策杖走四方

「八闽风采」纪实文学丛书

章武 著

海峡出版发行集团 | 海峡文艺出版社

图书在版编目(CIP)数据

策杖走四方/章武著. 一福州：海峡文艺出版社，2015.5

("八闽风采"纪实文学丛书)

ISBN 978-7-5550-0543-8

Ⅰ.①策… Ⅱ.①章… Ⅲ.①纪实文学一中国一当代 Ⅳ.①I25

中国版本图书馆 CIP 数据核字(2015)第 081048 号

"八闽风采"纪实文学丛书

策杖走四方

章　武　著

责任编辑　何　莉

出版发行　海峡出版发行集团

海峡文艺出版社

经　　销　福建新华发行(集团)有限责任公司

社　　址　福州市东水路 76 号 14 层　　**邮编**　350001

发 行 部　0591—87536797

印　　刷　福州华彩印务有限公司　　**邮编**　350014

地　　址　福州市福兴投资区后屿路 6 号

开　　本　787 毫米×1092 毫米　1/16

字　　数　264 千字

印　　张　17.25

版　　次　2015 年 5 月第 1 版

印　　次　2015 年 5 月第 1 次印刷

书　　号　ISBN 978-7-5550-0543-8

定　　价　39.00 元

序

何少川

这套《“八闽风采”纪实文学丛书》，反映的都是有关福建的题材，大部分篇章是作者从《走进海西纪实文学丛书》中选取编辑而成的。

《走进海西纪实文学丛书》是一套反映八闽大地县域（市、区）经济社会发展、地方文化特色和自然景观的纪实文学集。自 2007 年春安溪有关方面邀请采风创作起，至今已应邀走进近 50 个县（市、区），出版了 50 多册集子（其中包括应省有关部门邀请采风创作的专集）。这套丛书作品都是作者深入基层创作的，体例统一，布局合理，内容全面，特色突出，文化味浓，可读性强，得到普遍欢迎。丛书由福建省炎黄文化研究会和福建省作家协会联合组织编写。写作和编撰过程中，得到各地党政部门的帮助和支持。

八年多来，在采风和编纂丛书过程中，共有 1400 多人次的作家和新闻工作者投入，是福建省史上参加人数最多、持续时间最长、成果丰硕的采风创作活动。作者老中青结合，有名老作家，也有初涉文坛的文学爱好者，有来自省里的，也有市、县的。到目前为止共创作了 1100 多万字作品，为福建留下了一批宝贵的文化财富，为建设先进文化和培养文学新人做出了积极贡献。

为繁荣社会主义文化，进一步展示福建风貌，经省炎黄文化研究会研究决定，拟选取撰写丛书作品数量较多的作者，分期分批出版个人专辑，汇编《“八闽风采”纪实文学丛书》。专辑每册字数在 20 万字左右。收入专辑的文章主要选自“走进丛书”，不足的可补上撰写福建内容的纪实文学作品。第一批出 12 册，以后视情况将继续出版。

目 录

2012年（70岁作品）

2013年（71岁作品）

2014年（72岁作品）

2008 年

(66 岁作品)

瓷都的色彩

到福清吃光饼

母亲的塘屿，我的心跳

有了爱，就有了一切

瓷都的色彩

人们常说：建筑，是凝固的音乐；色彩，是城市的霓裳。

以某种色彩为主旋律的城市交响乐，总是让人一曲难忘。比如，朝霞中，金色的布拉格；海风中，蓝色的突尼斯小镇。当飞机降临瑞士的苏黎世时，夕阳下，从无数或圆或尖或方的屋顶上，所反射上来的橙红色，闪闪烁烁，影影绰绰，犹如一幅点彩派油画，那种蒸腾上升的暖意，让人铭心刻骨。

山城德化也不例外。当我第一次来到戴云山中，第一眼看见古老而又年轻的瓷都时，立刻就被它独特的色彩征服了。

那是在凤凰山麓，在德化陶瓷学院——这是在全国两千多座县城中，罕见的一所冠以县名的学院。作为瓷都人才的摇篮，其崭新的校舍，既包含各种教室、实验室、图书馆和师生公寓，也包含从成型、车模、制模、彩绘、拉坯、烧成到材料加工等陶瓷生产全套工艺流程的实训车间，其所有建筑物外墙的立面，却只有两种颜色——红色，白色。多么简单、多么纯净、多么亮丽的两种颜色！而正是这红白两色的交错、叠加与对比，勾画出整座校园建筑群的线条与轮廓：高与低、圆与方、凹与凸、曲与直……远远望去，如同一片白色的云海，在波澜起伏中托起一轮红日，蒸蒸日上，蓬蓬勃勃！

是的，红与白，两种颜色。红色，让人想起瓷窑里熊熊燃烧的炉火，据说，它从古至今，已燃烧了数千年。白色，让人想起在烈火中诞生的德化瓷器，它早已通过蓝色的海上丝绸之路，走向全世界……

感谢深谋远虑、匠心独运的建筑设计师们，他们用最简单的红白两色，锻制成一把钥匙，为在学院就读的莘莘学子——未来的工程师、工艺师与瓷雕艺术家们，同时，也为从外地来参观的我，开启了瓷都艺术宫殿与历史文化长廊的一扇大门。

首先，展现在我眼前的，是遍布德化全境的一种泥土，一种“以白为贵”的泥土。千年，万年，或亿万斯年？高高的戴云山怀抱着它，密密的森林庇佑着它，潺潺的溪涧滋养着它，阳光、月光、星光，连同亚热带的和风细雨轻轻地抚摸着它，也许，还有远古时期山奔海立、水深火热的种种地质运动，终于，使它成为一种饱含石英、绢云母和高岭石等矿物质的瓷土，一种举国罕见，唯德化所独有的优质瓷土。早在新石器时代，德化的先民就发现了它的价值，从此，它就成为历朝历代陶瓷业生产取之不尽、用之不竭的原料，为瓷都的巍巍大厦奠定了最坚实的基础。

当然，瓷土之白，与瓷器之白，不可同日而语。瓷土再白，它也照样只是一种泥土。要让原始的，质朴的，粗粝的，充满野性的瓷土，变成细腻的，光洁的，精致的，充满人性，乃至人性与神性交相辉映的瓷雕艺术品，其间，不能没有人类文明的照耀、催化与升华。而人类文明最初的使者，便是火，熊熊燃烧的烈火，这一点，当我走近屈斗宫古窑址时，感受就更真切了。

作为世界串窑的始祖、中国宋元时期古瓷窑的代表、国家级重点文物保护单位的屈斗宫古瓷窑，如今，它十分谦逊地隐身在县城一所中学的校园里，藏匿在一幢最具闽南民居特色的红砖古厝中。当我尾随主人推开厚重的木质大门，随着门闩在木臼中发出一阵艰涩的旋转之声，我立刻感到眼前一亮，仿佛有一股热气扑面而来，全身心都有一种灼热的感觉。那就是火，永不熄灭的人类文明之火！尽管，从这里出土的数千件文物早已另存他处，呈现在我眼前的，只剩一条长长的，依山势而上升的古窑址废墟，散落着几件匣钵、支圈和宋元时期瓷器的残片，但我，依然能听见柴火在毕毕剥剥地燃烧，炉火在烈烈扬扬地翔舞，每一个晃动的人影，每一个赤裸的躯体，每一块鼓胀的肌肉，每一滴飞溅的汗珠，全都是通红通红的，红得那么热烈，那么庄严，那么神奇、神秘而又神圣！

当然，随着社会的进步，科技的发展，随着人类环保意识的增强，这种以木柴为燃料，以牺牲青山绿水为代价的古瓷窑，早已被时间所淘汰，早已被清洁能源，被电热箱式窑、电热磁道窑、电油混烧窑、煤气窑、液化气窑等所取代。但红色依然不变，任何泥胎在上釉后都不能不通过高温焙烧这一最重要的环节。红色，不仅仅是自然界的物质在燃烧中所迸发出来的高温，也是人类在创造性的劳动中，所释放出来的巨大精神能量。而正是有了这种红，这种烈焰腾腾的红，普普通通的白色瓷土，才能成为举世为之倾倒的白瓷艺术品！

是的，白色，纤尘不染的白，玲珑剔透的白，精美绝伦的白！当我走进规模宏大的陶瓷博物馆，走进琳琅满目的陶瓷展销城，走进熙熙攘攘的陶瓷一条街，贴近每一个展柜，静静地观赏每一件陶瓷成品——从寻常百姓家餐桌上的杯盘碗盏，到宫庙寺院神案上的佛像、花瓶、香炉与宝鼎，从最具中国特色的龙凤造型，到充满西洋情趣的陶瓷小玩具，从古典的写实与写意，到当代的夸张与变形，从无名氏手中率性的即兴之作，到何朝宗大师刻意求工、誉满全球的渡海观音，每一件瓷雕艺术精品，都让人口不能言，足不能举，为之痴迷，为之陶醉，为之飘飘然若羽化而登仙也！

此时此际，我终于领悟：德化瓷器的白，并非只有单纯的一种，它具有极大的包容性。它可以白中泛黄，白中透红，白中凝紫，白中描青，与其他种种色彩相拥抱，相渗透，相调和，相融合，从而，幻化出天上人间一切的绚丽、灿烂与辉煌！因此，它白得那么纯净又那么丰富，白得那么高贵又那么质朴，白得那么凝重又那么轻盈，白得那么恬静又那么灵动，仿佛有一阵轻风，吹动每一片树叶，每一片花瓣，每一条衣裙上的皱褶！它的白，甚至可以白到似有若无，白到彻里彻外的透明，对着灯光，你可以识别器皿背面的纹饰，可以发现观音菩萨的内心，有一盏圣灯在微微地发光……

是的，白色，德化瓷器最珍贵的本色与母色！据说，其高白瓷的白度，超过百分之八十八，高居全国所有瓷器之冠。千百年来，人们曾经用无数的比喻来形容德化瓷器的白，但在我看来，这一切似乎都是徒劳，正如恩格斯所言："任何比喻都是蹩脚的"，都不足以全面概括它无与伦比的天生丽质！

说它像云，像雪。但轻浮的白云，哪有它的凝重；松软的白雪，哪有它的精细与雅致！说它冰清玉洁，但冰与之相比，太冷；玉与之相比，似乎又太硬，太沉了。说它像鹅毛，像鸭绒，但禽类的羽毛，哪有它的端庄！说它白如葱根，但又失之于凡俗。说它色如凝脂，可称之为奶油白或猪油白，但动物油脂与之相比，未免过于肥腻，过于黏稠。说它通体莹润如象牙，可称之为象牙白，但又太贵族化了，欠缺它平民化、世俗化，对广大百姓独具亲和力的另一面！

我以为，还是几百年前，国际瓷坛上一种被普遍认可的通称，最简约，最精确，也最传神。这种叫法，把明清时期的德化白瓷提升为全中国的白瓷来加以认识，从而，发出掷地有声的三个字："中国白"！

是的，脱胎于"中国红"的"中国白"，这才是对瓷都白瓷最具有想象力和说服力的概括！

看来，红与白这两种色彩，不仅仅只是陶瓷学院建筑物的外观、戴云山山城的霓裳，它更是世世代代德化人的内心独白，贯穿瓷都古今一种崇高的人文精神。红，是心血，是激情，是理想的旗帜在高高飘扬；白，则是至真至纯、至善至美的品质、品位与品格。红是花，白是果；红是子宫，白是胎儿；红是熊熊的烈火，白，则是在烈火中永生的凤凰！

2008 年春

到福清吃光饼

农历正月初五，福清市举办首届“光饼文化节”，我有幸得到邀请，与省城的一批民俗专家驱车前往。到场一看，但见全市24个乡镇及街道同在红地毯上摆开擂台，端出刚出锅或刚出炉的65种民间特色小吃。顿时，热气腾腾中，海蛎饼的香，番薯丸的甜，牛仔肉的嫩，高山羊的纯，炸海苔的脆，焖豆腐的软，酸笋蛏的滑，清蒸大鱼头的鲜……既令人大开眼界，又叫人大饱口福。

其中，最引人注目又最让人垂涎的，当然还是本节的主旋律——福清光饼了。各式各样的芝麻光饼，油酥光饼，夹紫菜、夹海苔、夹粉蒸肉、夹“雪里蕻”的光饼，仿佛时光倒流半个多世纪，让我回到了童年时代——那时，我父母双亲在新厝乡的双屿村教小学，每到星期天，他们到学区开会，只要买一串光饼——记得，当时每串12个，只需一角钱，往我脖子上一挂，就不用操办我的午饭了。我好比大将军带上压缩饼干，任意上山爬树，下海拾贝，饿了，便与小伙伴们分食这天赐佳品，快活似神仙。

及至长大后到福州于山拜谒戚公祠，才知道这光饼还颇有一番来历：史载明朝嘉靖年间，倭患不断，民族英雄戚继光率领戚家军挥戈南下，直抵福清，为追寇杀敌，军中常常来不及举火烧饭，于是便发明、制作了这种便于携带的干粮。后查乾隆年间的《榕城诗话》，有诗为证：

昔闻南塘戚将军，御倭远走东海岸。
三军千里裹粮来，征发往往误朝爨。
特作此饼散军中，一串随身挂铠钎。
干戈冲斥任鲸吞，临阵含脯和血汗。

身经百战兵不饥，士气激发倍骁悍。

由此，我对福清光饼的感情，于亲近中又增添了几分敬意。后来，我每次车经福厦公路上的宏路、渔溪，总要停车买上几串，聊慰怀古思乡之情。有时得闲，也信步至路旁小铺中观赏光饼师傅的劳作。只见其配料虽然简单，无非面粉、盐碱、芝麻之类，但操作过程却十分考究，饼坯制成后贴在热烘烘的炉壁上，师傅一手提着盛有已燃细条松柴的铁铲，一手用弯柄的油漆纸扇煽火，待饼色由象牙白转黄时，便用竹筛封炉，使其在炉内受热均匀。须臾，开炉铲饼，那刚出炉的光饼，状如中秋夜团圆之明月，色若奥运会冠军之金牌，黄澄澄，金灿灿，香喷喷，热腾腾，羡煞人也！

再后来，我走南闯北多了，各地的名饼也品尝过不少：新疆的馕饼，西安的锅盔，苏北的黄桥烧饼，兰州的黄河大金饼，浙江溪口的海苔千层饼，台中的老公老婆饼，乃至东洋的海鲜饼、西洋的比萨饼、印度的薄饼和巴西的玉米饼、土豆饼……尽管各有千秋，各臻其妙，但总觉得都还比不上老家福清的光饼。看来，今生今世，我对故乡、亲人和童年刻骨铭心的记忆，全都珍存在福清的光饼里头了。

令人遗憾的是，与福清咫尺之遥的福州，却很难吃到正宗的福清光饼。是因为在全世界做惯大生意的“融商”“福清哥”（注），看不起老家这民间的雕虫小技？还是因为福州的光饼都改用电烤箱烘制，从而失去那种在炉膛中烟熏火燎所渗透进的泥土味和松枝的香味？

好在此番的“光饼文化节”，每一种光饼都是用最传统的手工制作方法在炉子里烘出来的，是原汁原味原生态的正宗光饼，因此，它让我返老还童，重温了童年时代的纯真与快乐。尤其喜出望外的是，我还尝到了多年不见的猪油酥光饼，那可是福清光饼中的极品，放上十天半月也依然香脆如故，过去相思岭上有家小店精工制作，最负盛名，但自从公路改道后，就再也难觅其踪影了。

其实，福清光饼的手工制作技艺，也是一项弥足珍贵的非物质文化遗产。它和戚继光保家卫国的赤胆忠心一样，在今天也仍然需要我们发扬光大。也许，这就是福清市举办“光饼文化节”的初衷吧？

2008 年夏

（注：福清城关别称“融城”，遍布全球的福清人又特别善于经商，故有“融商”“福清哥”之称。）

母亲的塘屿，我的心跳

我这辈子，到过不少海岛，但从来没有像平潭的岛外之岛塘屿那样，第一眼望见它，就有一种与生俱来的亲切感；第一脚踩上它的码头，心跳就莫名其妙地加速了。

那天，由祖籍平潭的杨际岚带领，我和舍弟章汉及几位文友，从县城出发，驱车至敖东镇芬尾港（钱便澳），乘渡轮过海坛海峡，约一小时后在草屿稍作停留，又半小时，抵达塘屿。

草屿和塘屿，同属南海乡，是该乡的一对姐妹岛。但俩姐妹长相大不一样。大姐草屿有如杨贵妃，心宽体胖，丰姿绰约，且满山树木，郁郁葱葱，远远望去，如身披一袭翠绿色长裙，也许，这就是取名“草屿”的由来吧？小妹塘屿却如同赵飞燕，身材苗条，有点瘦，但瘦得恰到好处，有一种现代美人的“骨感”——满山满坡皆为裸露的石岩，其纵横交错的纹理，如同一张张渔网，正晾晒在阳光之下，散发出一阵阵遥远而又亲切的鱼腥味。

船靠码头，一上岸，就被前来拉客的摩托车包围了。原来，岛上不通汽车，摩托车是唯一的交通工具。令人惊喜的是，所有驾车的司机全都操莆仙方言，作为莆田人的我，突然间在如此遥远的海岛听到如此熟悉的乡音，心跳立即快了起来，很有一种“他乡即故乡”的奇妙感觉。

据说，塘屿全岛现有居民五千多人，其老祖宗全都是明末清初从莆田黄石、江口一带迁来的移民。岛上有三个村庄，分别取名为北楼、中楼和南楼。我们上岸的码头，地属北楼，乘摩托由北而南穿越全岛，便可经中楼和南楼，抵达全岛最南端的海滨沙滩。这里，是海坛海峡的南口，我们此行所要拜访的一位巨人，就横卧在沙滩与海水的临界处。他，就是闻名遐迩的“海坛天神”。

我们迎着海风，从陆地沿沙滩往大海前行，远远望去，便见临海处有一长条形的石头山，状如一个躺在海中的巨人。他圆头大耳，袒胸露臂，挺着大肚子，再把双腿、两足平平地伸进海水里。细看，它脖子上有突起的喉结，脐下还有一柱男根昂天勃立，显然，是个血气方刚的大汉子。据说，当地老乡俗称其为“石人山”，后来有个文人到此，灵机一动，就为他取了个雅称，叫“海坛天神”。

如今，这“海坛天神”已和“泮洋石帆”齐名，成为平潭海蚀地貌景观中的双绝。只不过，石帆是从海水中站起来的，而他是躺在海水中的，这一立一卧，一矗一横，一苗条一粗犷，倒也相映成趣，堪称天赐的两大奇景，对平潭旅游业的发展，可谓功德无量。同来的文友们欢呼雀跃，全都返老还童，像顽童一般爬到“天神”身上摸爬滚打，只有我因腿脚不好，只能拄着拐杖在沙滩上绕“天神”的头颅转了半圈。但也有意外的发现，即在他后脑勺的靠枕处，有朱以撒先生所留下来的摩崖题刻“神游万古”四个字。看来，比起我们这些姗姗来迟者，这位书法名家兼散文高手，早已捷足先登了。

此时此际，海鸥在头顶高旋，海浪在脚边细语，一阵阵海风迎面吹来，我仿佛身轻如燕，也跟随以撒兄的墨宝“神游”起来。千年，万年，亿万斯年？“天神”这家伙是如何来到这里，又是如何躺了下去？他是醉了，还是睡着了？如此五大三粗、身强力壮的他，岂能老躺在这里睡懒觉？喂，朋友，该醒醒了，赶紧拔起双腿，站起来，朝着蓝天白云，伸个懒腰，再甩开膀子，迈开大步，为平潭热火朝天的开发建设，出大力、流大汗吧！

从沙滩返回，当地主人龚清文——南中村的村民委员会主任，已闻讯赶来，在一家海鲜餐厅门口等候我们。他扛了个鼓囊囊的小麻袋，倒出来一看：哇，都是我们全未见过的海螺：青衣螺、斗笠螺、大花螺，还有一种状如笔架的笔架螺，又名皇冠螺。于是，午餐桌上，便有了得天独厚的海鲜味，有了此起彼伏嘘嘘嘘的吸食声。我笑道：此等美味，就是在北京人民大会堂金色大厅的国宴上，也享受不到啊！

席间闲谈，又有意想不到的奇遇：当龚清文得知我弟弟章汉的名字时，忽然高兴地叫起来："你我还是校友呢!"原来，岛上的中学生，如到平潭城关上学，水陆兼程，交通颇为不便，按祖传惯例，他们往往直接驾船，西入兴化湾，到福清与莆田交界处的江兜中学就读。该校最出名的毕业生，是原任北大副校长的陈章良，其次，就是福州市文联主席陈章汉了，常为学弟学妹们所津津乐道。有了这一段小插曲，这一餐海鲜饭，吃得就更是有滋有味了。

餐后，主人带我们进村一游。有古庙，供桌上的供品，有我从小所熟悉的莆田民间米粿"红团"。有民宅，多为燕尾脊的红砖古厝，和我老家的建筑形制一模一样。其贴在大门两边的春联，又都在红纸上端加一小段白纸，这，不就是莆田沿海所特有的"白头联"吗！记得小时候，我曾听我父亲说过：此俗源于明代抗倭年间，为的是悼念春节期间不幸罹难的亲人。可见，对侵略者的仇恨，古今皆同，陆海皆同，平潭与莆田、福清皆同，真可谓同仇敌忾矣！

我们穿过颇为热闹的村街，来到一个可坐千人的大礼堂兼影剧院。有几位手抱烟筒的"老叔公"（莆田人对老大爷的尊称）正在打麻将，还有几位"老婶妈"（莆田人对老太婆的爱称），正在闲聊。其中有一位缠小脚的"老婶妈"特别热情，一看到我们这些生客，就招手让我们坐在她身边"讲新闻"（莆田话，聊天的意思）。有趣的是，她的装束：插花的螺髻，绣花的头箍，斜襟镶边的大褂，居然都还保留明清时代的古典风韵，显然，这是老祖宗从莆田陆地移民时所带来的式样。

墙上，还有若干告示，引起我们这些文人的极大兴趣。

其中，有一张《南中十八怪》，以莆田方言的"顺口溜"，向外地游客介绍这里的自然景观和民情风俗：裸石男女睡一块，坐车不如坐船快，紫菜搓成老鼠尾，石头切成豆腐块，小脚女人走路快，姑娘不愿嫁岛外……其幽默风趣，不亚于全国驰名的《云南贵州十八怪》，真让人忍俊不禁。

又有一张《劝告书》，用的是半文半白的语体，写得亦庄亦谐，也让人叹为观止："讲来不好意思，在此打麻将，有人胡言乱语，不利团结，望其心中有数，自动收手，否则，后果自负……"

但最令我们感动的，还是一张用红纸书写的《光荣榜》，上列百余人为四川地震灾区的捐款名单：村支书，五千元；村主任，一千元……由此可见，这里虽孤悬海外，但与全国息息相关，可敬可亲的村干部、村民，都有像大海一样宽广的胸怀……

返回福州，我向84岁的老母亲汇报难忘的塘屿之行。不料，她老人家说：塘屿，我当然知道。当年，我和你爸是在平潭县城结婚的，后来到塘屿住了一段时间，我就是在塘屿怀上你的，再后来，坐船到白犬岛，这才生下你……

到此，我才如梦初醒，恍然大悟。原来，我的生命之源、生命之根，就在塘屿；我在娘胎里的第一次心跳，就在塘屿。难怪，我第一眼看到塘屿，就有一种与生俱来的亲切感，第一脚踏上塘屿，心跳也就加速了……

2008年秋

有了爱，就有了一切

冰心与大海

2003年8月3日，福建，长乐。

冰心文学馆大厅，青年冰心雕像揭幕仪式。

当来自北京、福州、香港的文艺家代表和省、市有关领导徐徐揭开红绸布时，一阵热烈的掌声如同海潮般席卷而来。由洁白无瑕的缅甸汉白玉精雕细刻而成的冰心，以其冰清玉洁的青春少女形象出现在大家的面前。她，剪着齐耳短发，身着素洁的衣裙，抱膝端坐，凝神静思，以“满蕴着温柔，微带着忧愁”的目光，望着面前这一代又一代的小读者。她的背后，是蔚蓝色的大海，一层层银涛雪浪从远处奔涌而来，仿佛能让人听见海风的呼啸和海鸥的鸣叫……

是的，这就是冰心，我心目中的冰心，一向以“海的女儿”自称的冰心，高举爱的旗帜飘扬在世纪之海的冰心。

我痴痴地望着她，想起了我在中学时代第一次阅读《春水》《繁星》时的情景，想起了我在退休之前访问美国，漫步慰冰湖畔的情景，想起我到中央民族学院，到北京医院拜望冰心时的情景，当然，也不能不想起1999年春天那个雪花纷飞的早晨，在八宝山公墓送别冰心的情景——那天，灵堂里没有哀乐，只有一曲有关大海的乐章，在海风的呼啸、海鸥的鸣叫声中，伴随着小号和管风琴的优雅旋律，一声声，似从遥远的天际飘摇而来。那天，灵堂中只挂有一条横幅，上面，也只写着她的一句名言：“有了爱，就有了一切。”

是的，只要有了爱，有了像大海一样深沉和博大的爱，就有了人世间至真至善至美的一切，这，就是对冰心一生人品与文品最充分的概括与最传神的写照。听王炳根馆长说，这尊雕塑是由香港女诗人蔡丽双博士捐赠的，是由惠安县的一家雕塑厂设计和创作的，青年冰心的形象蓝本，源于一张照片，那是1942年她在美国留学期间，游历大西洋中伍岛时，坐在一块礁石上拍摄的。雕塑家就是在这张照片的基础上，融入自己的情感，张开想象的翅膀，进行艺术构思的。可惜，我当时正忙于倾听蔡博士散文诗《冰心玫瑰》的朗诵，王馆长告诉我的有关这家雕塑厂和雕塑家的名字，并没有听进去。

好在冰心的女儿吴青教授心细，她特意把这尊雕塑的作者，十分谦逊地躲在人群背后的一位年轻人，一位身材壮实，圆头大脸，双目炯炯有神的青年雕塑家请到台前，一起在他的作品前合影，以表达冰心家人对他发自内心的谢忱。而恰恰是这张合影的牵线搭桥，让我在四年后的今天，能有机会结识本文的两位主人公，并采写出这篇报告文学。

建华、碧华与“振华”

那天，我跟随一批同行到中国石雕之都惠安采风，在参观位于崇武古镇龙西工业区的振华雕塑厂时，我发现该厂的主人——热情好客的董事长吴碧华女士，她身穿一袭红衣，就像一团燃烧的火焰，在周围无数汉白玉石雕像的包围中，显得特别耀眼。从她分发给我的一本画册上，我突然间发现了这张照片——这张有关青年冰心雕塑，有关冰心女儿吴青和雕塑作者合影的照片，于是，我像被电击一般激动起来，一幕幕记忆全都在心屏上叠印回放。我立即向她打听这位青年雕塑家的名字，没想到，她那带有浓重莆田乡音的回答，给了我意外的惊喜：原来，这位青年雕塑家，不是别人，正是她的爱人、毕业于中央美术学院雕塑系、与她一起在这里创业办厂的厂长秦建华。

真是踏破铁鞋无觅处，得来全不费功夫！可惜，在当天的参观过程中，厂长秦建华却始终没有露面。听旁人说，秦厂长专心于艺术创作，包括交际应酬活动在内的一切经营管理业务，全由他的妻子——董事长吴碧华全权负责。还听说，秦建华祖籍重庆市，而吴碧华的娘家在本省仙游县。一个是巴山蜀水的“华”，一个是闽中沿海的“华”，两“华”老家相隔千万里，他俩是如何走到一起，相知相爱，并且有了爱的结晶——振“华”雕塑呢！出于写作者的职业敏感，我立即断定其中大有文章，而一篇报告文学是否有价值，往往不在数字，不在事件，却在于贯串其中的人物性格及其命运。于是，我主动请缨，要对振华雕塑厂作进一步的采访。

翌日下午，还是热情好客的吴碧华在厂门口满脸笑容地欢迎我。至于秦厂长呢？女主人一个电话，就把他召来了。我们的话题，就从青年冰心的雕塑说起，而秦建华的第一句话便是：“能为冰心造像，这是我们一家人最感自豪的事了。”他的这句话，使我想起另一位艺术家类似的话，那是东南大学的齐康教授，当年，他接受冰心文学馆建筑设计任务时，也曾说过：“我从小崇拜冰心，能为冰心馆设计，这是我一生作品中的又一座里程碑。”看来，心有灵犀一点通，正是冰心作品及其人格的巨大魅力，征服了无数小读者，也吸引了许多艺术家。

我们的谈话，是在家庭的温馨氛围中进行的，而志同道合之爱，两情相悦之爱，正是一个家庭幸福美满最坚实的基础。众所周知，作为我国美术界的最高学府——中央美术学院，其雕塑系历来招生不多，而该系毕业生秦建华，却偏偏谢绝唾手可得的铁饭碗，选择了一条下海经商的自主创业之路。他从巴山蜀水来到厦门特区后，暂时栖身于一家台商开办的工艺品美术公司，常到素有“木雕之乡”美称的仙游县验收样品。当他来到一个木雕世家时，他第一眼就发现这家有个名叫吴碧华的小妹气质很好，而一个人的气质是装扮不出来的，是从心灵深处透过一个眼神，一抹微笑，以及所有的言谈举止自然而然地流露出来、闪现出来的。他顿时发现自己心中有一种异样的感觉，熟悉古希腊神话的他，似乎有一种预感：也许，爱神丘比特正把神箭朝他射了过来？果然，不久以后，小妹到厦门曾厝垵找他来了，于是，夕阳下金黄色的沙滩上，留下了一对年轻人两行长长的脚印，海潮击打礁石，飞溅起一簇簇雪亮的浪花，犹如他们汹涌澎湃的激情。他们谈艺术，谈人生，谈事业，谈理想，越谈越投机，越谈越觉得相见恨晚，谈到最后，两人决定合资办一家雕塑厂，厂址就选在著名的石雕之乡惠安崇武。为了熟悉崇武的地理环境、风土人情，充分利用当地的营销市场，让秦建华的雕塑才能得以充分燃烧，吴碧华先到崇武开设一家餐馆，然后，再和秦建华一起开办石雕厂。于是，秦建华＋吴碧华＝振华雕塑，一个新的石雕企业，一个不以当地花岗岩青石为原料，而以秦建华家乡的汉白玉石为原料的雕塑厂，就在崇武海滨落地生根，一朵绚烂的爱情之花，开始酿造、孕育丰实的艺术之果。

东风第一枝：某公雕像

“孤城三面鱼龙窟，大岝双峰虎豹关。”

拥有阳光、海浪、沙滩、礁岩和六百年抗倭古城的惠安崇武，不仅拥有光荣的历史、壮丽的风景，还拥有无数古老的石雕艺术品。而在今天，这一方得开放改革风气之先、积极招商引资的热土，正张开双臂欢迎从外地飞来的种子。以8万多元资金起家的振华雕塑厂，在这里有了立足之地，也有了秦建华自己书写的第一块招牌。万事俱备，只欠东风。如今，他们最想得到的，就是最适合他们创作的订单了。无数星光璀璨或月光皎洁的夜晚，新婚燕尔的小俩口，谈论最多的，就是有关汉白玉石雕像的订单。

1992年的某一天，神秘的幸运之神终于降临。那是一个秘书模样的不速之客，拎着一个黑皮包，从中掏出一张老人的照片，希望有人能为他作个两米高的石雕像，唯一的条件是，先画出个平面草图，以便让影中的老人亲自审定。但有关这位老人的姓名、身份，来人守口如瓶，一切全都秘而不宣。当时，崇武一带的石雕厂大都从事传统石雕制作，题材以龙柱、石狮子为主，少数人物雕塑，无论神像或人像，也都模仿前人已有的样品。如今，仅凭一张照片，就要制作出一尊真人肖像雕塑，这在当时的惠安，尚无人敢于问津。但对于中央美术学院雕塑系毕业的秦建华来说，却求之不得，正中下怀。学过人体解剖学，对人体素描和人像雕塑有过严格训练的他，立即毫不犹豫地应承下来。他对着照片凝神片刻，就掏出炭笔，迅速勾勒出一张草图，尽管他不知道笔下的人物姓甚名啥，更不知其个性、经历及所从事的职业，但从主人公的慈眉善目和宽厚的嘴唇中，他敏锐地捕捉到某些最主要的特征，他力求在形似的同时，多少能透露出人物的某种精神风貌。那位守口如瓶、脸上看不出什么表情的客人，当即把草图匆匆取走了。好在不久，他便兴冲冲跑回来相告，老人家看了传真过去的草图，十分满意，同意由振华雕塑厂进行制作，价格从优，但时间要求尽可能快些。

于是，在妻子吴碧华无微不至的照料和帮助下，秦建华进入了创作的极度亢奋状态。他聚精会神，目光如炬，夜以继日，全力以赴，他先花四天时间制作泥塑模品，再用五天时间在汉白玉石头上进行切削凿磨，精雕细刻，直到每一个块面，每一个线条，凹与凸，光与影的每一点细节全都妥帖为止。到了第十天，当第一线曙光照到工场时，一尊两米高的老人全身雕像，已栩栩如生、活灵活现地在底座上站了起来。他西装革履，身披大衣，慈和的目光中透出执着与坚毅，神态从容、安详而又高贵……

直到这时，前来验收的那位神秘客户才亮出了主人公的名字：吕振万。众所周知，吕振万先生是著名的爱国港胞，声名赫赫的实业家、教育家和慈善家，他为实现“实业救国”的理想，不仅在家乡南安投资兴办蟠龙工业区，还慷慨解囊，为全国一百多所大中专院校捐资办学……

当秦建华把吕振万的名字刻进基座时，他暗自庆幸自己对人物的猜想和理解十分准确，没有辜负老人的信任和重托，尽管他和老人并未谋面。为庆贺振华雕塑厂第一尊真人肖像作品的成功，吕振万先生派人送来了高达 18 万元的高额酬金，这在当时，可以买回整整三个车皮的国产汉白玉石呢！对于创业伊始、正在等米下锅的他们来说，这“第一桶金”来得多么及时！当然，不仅仅如此，对于两“华”夫妇来说，这尊雕塑的成功，还意味着他们的远大理想终于找准了市场的一个立足点，有了实现的可能：即在继承惠安石雕传统的基础上，运用现代手法，以真人肖像雕塑为突破口，以伟人、名人雕塑为闪光点，开展各项汉白玉石雕业务，从而填补惠安现代石雕的一项空白。如果说，未来的事业是满园春色百花齐放，那么，这第一尊雕像的成功，正是来之不易的“东风第一枝”！

共和国的将帅风采

一切艺术，都是情感的载体，而在人类的一切情感中，最基本也最崇高，最单纯也最丰富的，莫过于爱了。这种爱，既包括男女亲情之爱，更包括对自然，对艺术，对祖国，对人民，乃至对全世界全人类的博爱。有了爱，就有了灵感，有了创造，于是，冰冷的石头就有了灼热的生命，坚硬的石头就有了脉脉温情，沉默的石头能开口说话、放声歌唱，静止的石头也能张开飞翔的翅膀！

当我走进振华雕塑厂时，我发现我沉入了一个爱的海洋。因为在我的身边周围，全都是一尊尊我所敬爱、热爱或喜爱的人物雕塑——伟人、名人，神话传说中的神人、仙人，以及许许多多我叫不出名字的凡人雕塑。在他们中间，有马克思、恩格斯；有毛泽东、邓小平、周恩来和邓颖超；有孔子、老子、徐霞客和鲁迅；有释迦牟尼、观音、基督和圣母玛利亚；有大卫、维纳斯、海伦，也有布鲁塞尔的第一公民——那位撒尿的英雄小男孩于廉；有翩翩起舞的敦煌飞天乐伎，有转动巨大齿轮的产业工人，也有勤劳、勇敢而又服饰奇特的惠安女子……可以想见，雕塑家们在每一个人物的身上，都倾注了多么真诚而又炽热的爱！

入口处，有几尊威风凛凛的将军胸雕特别引起我的兴趣。一问，原来这只是大型群雕中的一小部分，那是专为江西省兴国县将军公园所制作的。

地处赣南的兴国县，是全国著名的苏区模范县、烈士县，更是蜚声海内外的“将军县”。在第二次国内革命战争时期，当时只有23万人口的兴国县就有8万多热血儿女参加红军，孕育出54位功勋卓著的共和国将军。为了缅怀将军们的丰功伟绩，家乡人民于2002年，在县城新城区和工业区的结合点、319国道和兴赣公路的交接处，兴建起一座将军公园，其中，占地5000平方米的将军馆，屋顶为红军八角帽造型，展厅由镰刀铁锤形状构成。馆前正中，安放着高达六米的毛泽东主席巨型雕像，其次是陈毅元帅的雕像。大门两旁，分别立着肖华、陈奇涵两位上将的胸雕。其他的将军群雕，则在馆内沿着二万五千里长征的路线图展开，让人们在不同的方位，从不同的视角加以瞻仰。全馆布局，显得大气磅礴，恢宏壮丽。而这一切，全都是秦建华率领振华雕塑厂的创作团队集体完成的。54 位兴国籍的将军，全都是 3 米高的胸像，按他们授衔时的照片放样、设计，每一位都活灵活现，都能在威武雄壮的共性中体现出某种独特的个性，令人一见难忘。将军公园建成后，立即成为爱国主义教育基地，成为红色旅游的一大亮点。2004 年 8 月，一位中央领导同志亲临瞻仰，在他凝重的眼神里，传递出一种深切的缅怀之情。他说：革命前辈们的革命精神和优良传统，对我们坚定信念、鼓舞斗志、做好工作仍然具有重大的现实意义，永远是我们在前进道路上战胜各种困难和风险、不断夺取新胜利的强大精神力量。临走前，一向严肃的他，还露出十分轻松的笑容，对一旁陪同的县领导幽默地说：你们这里有这么多将军，雕得这么好，没有一位司令来统率，不就乱了？县领导一听，觉得很有道理，就请秦建华补雕上一尊朱德的雕塑，朱德虽不是兴国人，但他是红军的总司令，解放军的大元帅啊！秦建华接到这个新任务，心想：所有的 54 位将军都是胸像，朱老总就来个全身像吧！但要采用什么样的姿势才能表现他的风采？坐姿？立姿？似乎都还欠缺点什么。为此，他找来许多党史、军史资料，细细翻阅朱老总的文集、诗集、图片，苦苦进行思索，忽然，灵光一闪，朱老总的一句诗跳进了他的眼帘，那是 1946 年 12 月 1 日，朱老总 60 岁时所写的一句诗："历年征战未离鞍"，这不就是朱老总对自己戎马一生、南征北战最形象的概括吗！于是，他欣然命笔，迅速绘就朱老总策马奔驰的草图，为了体现马的前进速度和力度，他还特地在马蹄下加上几束飞溅的浪花。于是，胸有百万雄兵，指挥若定的朱德雕塑，高达五米的朱德骑马雕像，就成为将军公园里的画龙点睛之作。

中华第一护法狮

在中国传统雕刻艺术中，作为神兽的石狮子是不可或缺的题材，它那威武的形象，雄强的造型，激昂的神态，磅礴的气势，从古到今，从南到北，深受各地人们的喜爱，并逐渐成为中华民族一种重要的文化生灵，乃至于成为民族精神的一种象征。

据专家考证，自明清以后，中国的石狮雕刻，形成南北不同的两大风格流派，而惠安是南派石狮的总代表。坐落在惠安崇武的振华雕塑厂，自然也用汉白玉石头雕刻了无数头石狮，但其风格却并不拘泥于当地的南派传统，走进厂区的石狮大观园，历朝历代的石狮，全国各地的石狮，乃至于头发蓬松、螺髻层叠的洋石狮，几乎应有尽有，美不胜收。其小者如拳，可置于案头清供；其大者，光基座就有一人高，自然要安放在某些特别重要的场合，具有特别重要的意义了。

誉称"中华第一护法狮"的一对大型石狮，就是专为中华人民共和国最高人民法院设计和制作的。它一雄一雌，一左一右，在首都高院大门口遥相对峙，其每只高 3.2 米，重达 14 吨，是用四整块缅甸汉白玉石垒叠雕成的。

说起这对石狮的创作经过，还颇有一番曲折的故事。那是 2002 年，最高人民法院的新大楼即将在首都落成，为了体现法治国家的法律尊严，高院成立一个专门小组，在全国各地寻找最适合的护法石狮。可是他们找了好几个月，都未能尽如人意。各地现有的石狮，或威严有余而失之于狞厉，让人敬而远之；或笑容可掬过于温顺，而欠缺应有的尊严。当一行人来到福建省高院大门口时，眼前忽然一亮，觉得其间的石狮与他们的要求比较接近，于是，便直奔惠安崇武，找到这对石狮的原作者秦建华，要求他能在此基础上进行再创作，务必能充分体现我们共和国以法治国与和谐社会的新理念。显然，这是古今各地石狮雕刻中从未遇见的新课题，对此，秦建华自然是诚惶诚恐，他在首都天安门广场久久徘徊，他绕着金水桥畔的汉白玉石狮走了一圈又一圈，他决心在全国人民熟悉的这对古代宫廷石狮的身上，融入现代观念，运用现代手法，进行人性化的再创造，使之既威严雄壮又无凶狠之霸气，既端庄大方又和蔼可亲。经过数易草稿，反复推敲之后，这一对石狮子终于赢得了各方的好评，当它们第一次在首都揭幕时，观者潮涌，掌声雷动，被首都媒体称为我们共和国的"第一护法狮"。

今天的振华石狮，已成为我国最大、最具专业性的汉白玉雕塑企业之一。两"华"手下，已拥有多名来之于高等院校的雕塑家和一大批能工巧匠。其产品，融传统与现代于一体，颇具中西合璧之特色，尤以形神兼备的古今名人塑像和真人肖像雕塑而一枝独秀，深受欧美、东南亚国家、祖国大陆及港澳台地区的青睐，它的某些作品，甚至走进了越南的主席府和俄罗斯总统普京的别墅……

为此，秦建华夫妇获得了许多荣誉，他们的作品获得了许多奖项，振华雕塑厂也赢得许多可观的数字，限于本文篇幅，请恕我不在此一一罗列。我只想特别强调的一点是，为了回报社会，回报人民，近年来，他们已经为惠安县和崇武镇的城镇建设和社会发展，为夫妇双方老家的父老乡亲，慷慨捐资数百万元，而这一数字，还将与时俱进……

爱，是家庭的基础，是事业的前提，也是艺术才华、艺术创造的源泉与动力。而爱的每一次超越，每一次升华，就意味着每一次新的成功与收获。当我们结束这一次短暂却又内容丰富的访谈时，宾主双方全都重新提起冰心的那句名言：

“有了爱，就有了一切！”

2008 年秋

2009 年

(67 岁作品)

天上人间一杯茶

福安多福

一川风流

拄着拐杖当导游

天上人间一杯茶

福鼎白茶，一半产自人间，一半来自天上。

26年前，我记得很清楚，正是清明节那天，我第一次从武夷山来到太姥山。因路上偶感风寒，再加上鞍马劳顿，上山时，我正在发烧。于是，抬头观景，每一块山石都在晃动；低头寻路，每一级台阶都在沉浮；钻入山洞，两厢的石壁也仿佛有了生命，有了呼吸，时而膨胀起来挤我，时而收缩开来放我。好在我那时还年轻，还能跌跌撞撞跟上同伴而不至于掉队。只不过，太姥山留给我的最初印象，那一柱柱拔海而起的石峰，赤条条裸呈在阳光中，就像是一群山僧，光着头，腆着肚子，正抱成一团，在海边无拘无束、无忧无虑地喧闹着，嬉戏着。与武夷山相比，它欠缺小家碧玉的清秀与温婉，但却多了几分童真，几分野趣，有一种大巧若拙之美。

后来，两眼一抹黑，我进入一个长长的山洞，迷迷糊糊中听人说是“鸿雪洞”。再后来，双眼一亮，又看见一棵老茶树，每一片绿叶上都跳动着明晃晃的阳光，更让我头晕目眩。有人在介绍它的来历，可惜，我只听进去三个字：“绿雪芽”。当时，心里咯噔一下：雪，怎么会是绿的？又怎么会发芽呢？此后，便有人把我扶回洞里去，又有人，大约是居住在洞中的尼姑吧？采下一把新茶叶，放在铁锅里煮沸，不久，便有一大碗热茶灌进了我的五脏六腑。可惜，昏昏沉沉的我，根本来不及品味那不同凡响的茶色、茶香、茶味，只觉得沉重的脑袋轻了，干裂的嘴唇润了，焦渴的喉咙爽了，艰难的呼吸顺畅了，发涩的双眼间似有潺潺的泉水流淌。

下山时，我出了一身大汗，神清气爽的我，忽然有一种身轻如燕，翩然欲飞的感觉。我返身朝山上回望，不料，从海上刮来一阵风，飘来一团云，再漫过来一大片白茫茫的雾，顿时，太姥群峰，连同“鸿雪洞”和

“绿雪芽”，全都消失了，全都无影无踪了。我怀疑刚才是不是做了一场梦？然而，我的口舌还在生津，喉咙还在回甘，五脏六腑还都在茶香中浸泡着，陶醉着，遮天蔽日的云海雾幔，又怎能吞没我铭心刻骨的记忆呢？

当夜，回到桐城查阅资料，这才明白，长在鸿雪洞附近的那株“绿雪芽”，就是福鼎白茶的母树。传说，它是由白茶的始姐太姥娘娘亲手种下的，因其“芽毫胜雪”，故称“绿雪芽”……

我终于恍然大悟：今天，我在太姥山上所喝的茶，让我出一身大汗，烧退病愈的清明茶，原来，就是太姥娘娘从天上赏给我的“绿雪芽”！

此茶只应天上有，人间哪得几回尝！

转眼间，26年过去，我已是拄着拐杖、步履蹒跚的老人了。当我驱车重访太姥山时，我并不奢望能再喝上一杯来自天上的绿雪芽。因为我知道，人生的机缘，往往只有一次而已。我再也无力爬山、钻洞了，我只是想再望一眼太姥群峰，再吸一口“海上仙都”的灵气、仙气与茶叶的清香气。好在福鼎人已在半山腰矗起了太姥娘娘高大的石雕像，尽管我无法走近她，细细瞻仰她的风采，但我，终于能向她遥致注目礼，以表达我长达26年的思念和感激。

这时，风从海上来，一阵阵掀动我的心潮。我想起湄洲岛的护航女神妈祖（林默娘），想起古田的妇幼保护神临水夫人（陈靖姑），她们与白茶的茶神太姥娘娘一起，并称“台湾海峡三女神”。作为民间文化信仰中的至善、至美与至尊，她们在海峡两岸，在世界各地，拥有千千万万的信徒，其中，当然也包括虔诚的我。

没想到，我这次来福鼎采风，又有幸品尝到一杯令人铭心刻骨的茶。但它并非来自天上，却是真真切切产自人间。

那是在桐城城关：半城山色，半城海韵，满城茶香。

那是在江涛与海潮的汇聚之地——山海特产街。

当我走进一家名叫“品品香”的茶叶店时，迎面就看见一位身穿宽袖长袍的古人，一位慈眉善目的长髯老人，正端着一杯茶，似乎正在细细地观茶色，嗅茶香，品茶味。显然，他就是人间的茶圣——唐代的陆羽。我趋前细瞧，方知这是一尊江苏宜兴的紫砂雕像。有趣的是，他手中的茶杯是可移动的，那茶，似乎还有一丝热气，一缕余香，正悠悠荡荡地送了过来。

一位红衣女子笑吟吟迎上前来："这杯茶是真的。我们品品香茶店，有条店规：每天早晨8点钟开店门，第一件事，就是烧茶，并把第一杯茶敬奉给我们的老祖宗。"接着，她递上来一张名片——真巧，她也姓陆。我笑问：你是茶圣的第几代孙女呢？也许，我这问题有点唐突吧？她立即脸红起来，不好意思地回答："这，我可不知道呢——"那"呢"字，尾音拉得长长的，像在唱歌，是典型的福鼎话——人称闽东的"吴侬软语"。

这时，另一位红衣女子也趋前自报家门：雷姓，是畲家女。她说："我们店里的员工，不管姓不姓陆，是不是汉族，全都认茶圣是我们的老祖宗呢——"又是一个"呢"字，余韵绵长，让人如闻仙乐。

原来，福鼎白茶之所以名传遐迩，还要归功于陆羽。正是他老人家，在撰写世界上第一部《茶经》时，就指出："永嘉县东三百里有白茶山"。永嘉，现为浙江温州。据陈椽在《茶叶通志》中考证："永嘉东三百里是海，是南三百里之误。南三百里是福建的福鼎（唐为长溪县管辖），系白茶原产地。"由此看来，早在唐代，福鼎就是白茶的祖地了。而那时，"铁观音"尚未问世，"大红袍"也闻所未闻呢！

趁她俩为我们烹茶之际，我抬眼四顾，方知"品品香"为"中国名牌农产品"，品品香公司，名列"中国茶产业百强企业"。柜台上，摆放着包装精美的各种茶品：白毫银针、白牡丹、贡眉、寿眉，包含有须眉饼和峨眉饼的龙团凤饼。水开了，茶也沏好了。满店堂都氤氲起热腾腾的茶香。

小陆说：今天，我们敬奉给老祖宗的茶叶，是我们的新品——"好心情"系列的"有机白牡丹"。有请！

于是，我毕恭毕敬地站了起来，双手接过茶杯。今天，我有幸能与陆羽同饮这杯茶，心情，自然就像一朵白牡丹，把国色天香全给开了出来。

福鼎，作为白茶的祖地，为什么它的茶叶能越种越多，越制越精，越销越广，成为主导县域经济发展的一大产业集群呢？我想，我已从这家小店里找到了答案：福鼎人，世世代代，子子孙孙，都满怀敬畏之心，感恩之情，崇仰着，纪念着，祭拜着茶业的老祖宗——不论是天上的茶神，还是人间的茶圣。而正是这种虔诚与执着，使白茶历经千年、数千年而不凋，成为一种文化，一种信仰，一种永不枯竭的精神力量……

我想，今生今世，我是再也忘不了福鼎的白茶了——

天上人间一杯茶！

2009 年春

福安多福

在全国近三千座县城（注一）中，“以诗立县”者极为罕见，而福安有幸获此殊荣。光凭这一点，就让我这初来乍到的外地人深感兴趣，不能不来一番充满诗意的探寻。

原来，此地古称韩阳，先秦时期为闽越人聚居地，唐以后归长溪县管辖。南宋淳祐五年（1245年），时任端明殿学士的邑人郑寀献诗理宗皇帝，申请立县。诗云：“韩阳风景世间无，堪与王维作画图。四面罗山朝虎井，一条带水绕龟湖。形如丹凤飞衔印，势似苍龙卧吐珠。此处不堪为县治，更有何处拜皇都。”理宗阅罢，龙颜大悦，当即提起御笔，欣然批准：“敷赐五福，以安一县。”

从此，中国的版图上，就有了“福安”这个五福呈祥的绝佳县名。

在古人的心目中，何谓五福？《书经·洪范》的说法是：“一曰寿，二曰富，三曰康宁，四曰攸好德，五曰考终命。”汉代桓谭《新论》的说法为：“五福：寿、富、贵、安乐、子孙众多。”笔者以为，此两说大同小异，无非都是幸福、吉祥、安康之意，但其出发点与落脚点，似乎都只与个人的命运相关。今天，时代不同了，立足福安，胸怀全国，放眼世界，面向未来，我们对“福”字的理解，不妨与时俱进，能比古人有更多的浮想、联想与畅想……

福安多福，福在山。

这里的山，无山不奇，无山不青，无山不富。

高高的白云山，有千奇百怪的冰臼群，神奇、神秘而又神圣。作为古冰川期的地质遗存，它是如何穿越时间的长河，以亿万年的耐心，冰融于水，水滴石穿？幽幽的瓜溪峡谷，有激流，有飞瀑，还有 3600 棵野生野长的刺桫椤。作为古冰川期的孑遗生物，巨无霸般的恐龙早已灰飞烟灭，而她们，为何还能在这里临流照影，翩翩起舞？

春天，穆阳的水蜜桃开花了，灿若云霞，漫山红遍；秋天，溪塔的葡萄熟了，润如珠玉，满沟流蜜。一年四季，又有老当益壮的古樟、绿叶婆娑的翠竹、多子多孙的油茶，为山川大地披上永不褪色的绿妆。但这一切，都还比不上重重送青的茶山，层层叠翠的茶园，从云雾中飘来的一阵阵茶香，一支支茶歌，更让人神迷心醉。

自古以来，福安就享有“名茶之乡”的美誉。创建于明末清初的坦洋工夫茶，早在 1915 年，就与贵州的茅台酒，一起荣获巴拿马国际博览会金奖。酒与茶，是中国对世界三大饮料的两大贡献，前者刚烈，如堂堂之男子；后者柔美，如窈窕之女郎。如果说，茅台酒代表中国的阳刚之气，那么，坦洋工夫茶，不就是华夏大地的掌上明珠！难怪，全国最早的茶叶研究所，最早的茶叶职业学校，早在 20 世纪三十年代，就在福安落地生根！而今，福安名列全国第二产茶大县，规模宏大的茶叶销售市场——“中国海峡大茶都”，又在这一方热土上，抽枝吐叶，开花结果。

福安多福，福在水。

这里的水，流成溪，名富春溪。她蜿蜒百里，四季如春，春色无边。从前，她是一名村姑，天生丽质，“养在深闺人未识”；而今，她是一名新星，在全国“十佳旅游线路·闽东北亲水游”中，崭露头角，光彩照人。且看她，轻移莲步，轻舒玉臂：一手牵来屏南的鸳鸯溪、白水洋，一手揽住福鼎的“海上仙都”太姥山，山的姿容、海的韵致集于一身，可谓左右逢源，顾盼生辉，风情万种！

这里的水，汇成江，名赛江。好一个充满动感的“赛”字，让浩浩荡荡一江碧波，顿成一条蓝色而透明的跑道，于是，在江涛的欢呼声中，在海涛的喝彩声中，便有百舸争流，千帆竞发，更有一艘艘艨艟巨舰，乘风破浪，驶向太平洋！

且看赛江两岸，一个个船坞如婴儿诞生，一簇簇焊花如礼花飞溅，一架架龙门塔吊如红色大力士巍然挺立。三大船舶工业园区，近百家造船、拆船和涉船企业，使福安一跃成为全国最大的民间船舶修造基地。遥想数十年前，当这里还是沉寂的小渔港时，上海江南造船厂一条万吨轮下水，举国便为之欢腾。如今，光这里的一家民营厂，其10万吨级的船坞上，就静悄悄躺着一条8万吨级的新货轮。涂满防锈漆的巨大船体，犹如一根红色的利箭，正等待着开弓发射的命令。

赛江下游出海口，是国家一类对外开放口岸：白马港。这，又是一个充满力度与速度的好名字！通江达海的福安，造船出海的福安，不就是一匹插上双翼的白马，正扬鬃奋蹄，奔向明天吗！

福安多福，福在城。

攀登旗顶山，背倚凌霄塔，或驱车旋上天马山，伫立于观音阁下，极目远眺，福安全城历历在目。也许，700多年前，郑寀诗中所写的“龙”啊“凤”啊“古井”啊什么的，早已时过境迁，难寻踪影，但城在山中，水在城中的大格局，依然不变。“四面罗山”，依然绕城环翠如屏障；“一条带水”，依然穿城而过似玉带。就连富春溪岸的古樟林，也依然青春焕发；桃花洲上的芦苇荡，也依然野趣盎然；绿树红楼环衬中的古莲花池，也依然清波荡漾……

感谢老祖宗，为子孙留下青山绿水的无价之宝，更感佩建国60年来，福安的劳动者、建设者和创业者，在当年阡陌纵横的韩阳坂山间小盆地里，建起无数华楼美厦，拓开无数长街大道，使这里成为闽东人口最密集，文化、教育、卫生、科技、体育设施最齐全，人流、车流、物流、资金流最充沛，商贸活动最活跃最繁华最热闹也最时尚的生态之城，文教之城，商贸之城……

当然，最令市民引为自豪，最令外人刮目相看的，还在于它是中国首屈一指的电机电器之城。且看城东的秦溪洋工业园区，那一大片花园式的新厂房，有如千军万马，排列成纵横有序的方阵，就是这一现代产业集群的缩影。回眸50年前，就在这里的荒滩上，草棚里，人们用手工敲打出第一台仿照苏制的交流电动机，被《人民日报》誉为“山窝里飞出金凤凰”。

50年后的今天，金凤凰的“金蛋蛋”已孵化出800多家企业，超百亿的年产值，其产品，大到军用发电机组，小到海豚式的按摩棒，行销120多个国家和地区……

倘若“诗中有画，画中有诗”的唐代大诗人王维，果真骑鹤来此一游，面对这史无前例的现代奇迹，写惯田园诗和山水画的他，不知该如何落墨，如何下笔？

福安多福，福在人。

君不见，古有三贤：薛令之两袖清风，千古流芳；郑虎臣一心锄奸，万民称颂；爱国诗人谢翱，则以满腔热血，写就“天地间之至文”（注二）！他们，虽官不上一品，财不足百万，但一个个都是顶天立地的忠义之士。

先贤们的这一优良传统，千秋之后，依然一脉相承。

君不见，作为革命老区的福安，百分九十九的村庄是老区基点村，为全中国解放事业抛头颅洒热血的福安籍烈士，占整个闽东的三分之一！

当然，这里不但出英雄，出先烈，出悲歌慷慨之士，也出文人墨客，出专家学者，出世界冠军，出各行各业的英才俊彦，泰山北斗：教育家张如瀚，人物画家郭梁，左联作家白蓬，文艺评论家张炯，外交家兼翻译家施元辉，乒乓球世界冠军陈新华，世界杯射击比赛头号神枪手林忠仔，把“畲歌唱进北京城”的畲族歌手兰兴发，名列“中国十大民间艺人”的银雕工艺师林仕元……

更何况，数风流人物，还看今朝：在电机城，在造船港，在“名茶之乡”和“海峡大茶都”，又有多少弄潮儿，在商品经济的大海洋中劈波斩浪，在改革开放的大舞台上叱咤风云！

福安，又是全国畲族人口最集中的聚居地。这里的畲族经济开发区，全省唯一。这里的民族中学，主招畲家儿女，培育畲族精英，全国唯一。就连福安的形象大使——誉满京都、红遍大江南北的茶艺表演团，也是以畲山的茶歌，“山哈”婚礼上的“宝塔茶”节目来压轴。畲汉同胞一家亲，同在福安，有福同享！

福安之福，福在山与水之间，重在地利；

福安之福，福在城与人之间，贵在人和。

除了地利，除了人和，更重要的，还在于天时，还在于中国的开放改革，给福安的发展，提供了千载难逢的机遇。而敢于“为天下先”，勇于“第一个吃螃蟹”的福安人，正是紧紧抓住这一千载难逢的机遇，这才使昔日闭塞的穷山沟，“山沟里飞出金凤凰”，遂成为中国的电机之都；昔日默默无闻的小渔港，遂成中国民间的造船大港；昔日“名茶之乡”，铸就全新的“海峡大茶都”……

举目前瞻，在海峡西岸的东北翼，在环三都澳区域发展战略的蓝图上，福安，这座正在崛起的“生态型港口工业城市”，又将展现何等的壮丽与辉煌！

总之，福安多福，福在天时、地利、人和，三者俱备，三者和谐之统一。只要中国的开放改革路线不变，福安人开拓进取、勇于创新的精神不变，前程似锦的福安，十福太少，百福不多，纵有千福万福，也全在美好的愿景之中，岂能囿于古人区区之“五福”哉！

谨以此文，为福安父老乡亲献上一万个真诚的祝福！

2009 年春

（注一）据统计，截至 2005 年 12 月 31 日，全国共有县级市 374 个，县（含自治县、旗、自治旗、特区和林区）1636 个，市辖区 852 个。总计：县级行政区划共有 2862 个。

（注二）引自黄宗羲对谢翱诗文的评价。

一川风流

黄，是闽西永定土楼的主色调。无论你走进哪一个村寨，从哪个角度张望，一座座或高或低的土楼，或方或圆的墙体，总会在光与影、明与暗的交叠中呈现出不同层次的灰黄、淡黄、中黄、橙黄和赭黄。这深深浅浅、浓浓淡淡的黄，使人想起山的高大与沉稳，土地的质朴与深厚。

然而，当我从下洋镇驱车前往中川村时，却感到这黄色的世界里已经融入新的元素。我发现，客都温泉酒店高低错落的屋顶坡面上，其屋瓦是湛蓝色的，有如波浪在起伏。中西合璧的虎豹别墅——胡文虎纪念馆，其方圆兼具的外墙上，也是一片淡淡的天蓝色。仿佛有一股清新而又温润的海风遥遥吹来，我明显地意识到：这里，毕竟是侨乡，是山离不开海，海离不开山的侨乡。

中川村不愧为永定第一侨乡，村中现有人口不足三千，但在海外的亲人却超过两万。三千也好，两万也好，全都姓胡。“纷纷屋角叠鱼鳞，一万丁男一本亲，试问沿村十里望，家家都是姓胡人。”一座始建于明代万历年间的胡氏家庙，依然精神抖擞地端坐在村后的虎山之上。

我们今天的采风路线就以此为起点。带领我们前来的向导，是侨育中学的胡赛标老师。上坡时，他提醒我务必要数一数脚下石台阶的级数。这——不就是在山村里随处可见的普通石阶吗？我疑惑不解地望着他，发现闪在他眼镜片里的目光，在真诚中透出几分庄重，几分神秘，以及急于与人分享这种神秘的自豪，令人感动。于是，我拄着拐杖一步一个台阶地数了起来：用花岗岩条石铺就的，一至八级，用青石铺就的，一级，再加半级。最后那半级，只容一人单足落地。总共，九级半吧？

“对了，就是这九级半台阶，成为我们中川人特殊的文化密码，出洋谋生唯一的通行证。”原来，大凡胡氏后裔初次到海外拜见同族宗亲时，长辈总会率先垂问祖庙的石阶有几级。你若支支吾吾答不上来，问者便嫌你不是正宗的中川子弟，你若一口咬定九级半，长辈便哈哈大笑：好啊，我们的额头上写着同一个胡字呢！

胡氏家庙最引人注目的，是高耸在天光云影中的那一根根石桅杆。每一根桅杆的顶端，或龙盘，或虎踞，或雕刻成毛笔笔尖的造型，据说各自代表胡姓一位杰出的祖宗——龙盘虎踞者，武将也；巨笔如椽者，文官也。旗杆林立，自然标志着此地俊采星驰，英才辈出——光是明、清两代，村里就有5位进士、30位举人、文武仕官108人，其中，还有“一门五进士”“三代四司马”之类的佳话，怪不得庙里最显眼处的匾额上刻有“文武世家”四个大字。那么，从近、现代到当代，从这九级半台阶走出去的中川胡姓一族，又有哪些杰出人才呢？

胡赛标老师如数家珍：马来西亚锡矿大王胡子春、胡曰皆，胡椒大王胡泰兴；新加坡万金油大王胡文虎，财政部长胡赐道；印尼化工大王胡秀波，驰名新马文坛的诗人胡浪曼，风行全球的报业巨子胡仙；国民政府中央参政员胡兆祥，新中国外交家胡成放，著名画家胡一川，以及长江三峡工程设计师胡万旺等数以百计的专家、教授、工程师……

一个小小的山村，何以能涌现如此之多扬名海内外的各界精英呢？孔子曰“智者乐水”。老子曰“上善若水”。那么，我们就按中国古代哲人的指点，从穿村而过的一条小溪，与村庄同名的中川，来一番溯源追根吧？

原来，此地原名枫坑，想必先祖肇基之时，满山遍野皆是野生的枫树林吧？后来，伐木造田，盖楼起屋，枫树渐渐少了，便易名为中坑。坑者，凹陷之地也，万山丛中一小坑，多少给人以局促、封闭之感。好在有坑必有水，而潺潺的流水是封锁不住的。不知何年何月，有位聪明的前辈，灵机一动，就把溪名和村名合并起来，统称为中川。一个川字，源源不绝，滔滔不息，千回百折，奔向大海，何等风流潇洒，何等淋漓畅快！就像村中胡姓子弟，早从明朝开始，便沿着中川——金丰溪——汀江——韩江这一水路，这条最早以外销永定烟丝为主的海上丝路，从广东汕头进入大海，走向世界。我以为，从中坑到中川，这一字之改，正好说明中川人得风气之先，其思想观念很早便从封闭走向开放。

当我们离开家庙，沿七拐八弯的小巷走下村中的主街时，一队来自马来西亚的观光客从背后涌了过来。领头的导游，是一位举着小三角旗的客家妹子，她满脸红光地宣布：各位侨胞，各位贵宾，前面，就是闽西的小丽江中川古街了。

果然，呈现在眼前的街景，处处小桥流水，家家木楼花窗，廊道与廊道夹岸并行，店铺与店铺隔溪相望，一面面酒旗高挂，一串串灯笼低垂，与古风尚存而游人云集的丽江颇为相似。只不过，为便于摩托车、电动自行车进出，这里的木桥、石桥早已改成了水泥桥，廊道上的鹅卵石或条石，也全被水泥所替代，至于店里的商品，自然也与茶马古道上的山珍大相径庭。总之，它少了滇西高原古城的纳西族风情，却多了闽西客家浓浓的侨乡风韵。

据说，早在20世纪初，古街上就有了专为华侨、侨眷服务的邮局、银行、金银首饰店，随着照相机、缝纫机、留声机等舶来品如海潮般涌入，当年最时尚的照相馆、时装店等也一一在此开张。后来，还有人用一台手摇发电机和一台八毫米的放映机，在这里放映了无声电影《卓别林》，一时全县为之轰动，这里也就赢得了“小香港”的美称。遥想当年，每当夕阳染红了溪中的流水，月亮升起于东山之巅，小桥的石栏上，岸边的条椅上，店家门口的竹榻上，总会坐满乡亲，或吹拉弹唱，或讲古论今，一壶山茶，八面来风，不亦快哉！有时，邻里发生纠纷，当事人还会来此请人公开评理，好在是非自有公论，矛盾及时化解，双方“一笑泯恩仇”的佳话也层出不穷，于是这里又被人誉称为“和好坊”，连海外亲人也为之津津乐道。逢年过节，若有“水客”归来，在此发布海外亲人消息，这里就更热闹了，好比“春江花月夜”的民乐合奏中，掺进了小提琴的西洋小夜曲，敲击石板街面的跫音中，既有木屐的吧答声，也加进了高跟鞋的橐橐声。

客家人素有尊师重教的传统，儿时就读于家乡的旧私塾、新学堂，长大后漂洋过海的客家人，更是把捐资兴学作为回报家乡、光宗耀祖之头等盛事。比如胡文虎，他不仅是侨育中学的首任董事长，还是全国“百所医院千所小学”的捐建人，其所捐的款项堪称天文数字。而他的故居和幼时就读的花学堂，就在这条古街溪中的两岸。如今，有了虎豹别墅全面展示他的生平业绩，其故居已不再对外开放，但花学堂却风采依旧。这是一幢砖木结构的双层小筑，其两翼各有一间小阁楼高高耸起，把翘脊飞檐、雕梁画栋嵌入蓝天白云之间，最能体现古街的历史风貌。画家胡一川就曾以此为背景，创作出一幅名画，题为《我的故乡——福建永定中川》。本来，在风景油画的标题中，一般都把地名省略，但他却一口气把省、县、村三级地名全都冠上，足见其爱之深，情之笃。查其年谱，此画为74岁重返故里时写生所作，虽然年过古稀，但画面上亮丽而又浓烈的色彩，粗犷而又泼辣的笔触，却充满激情，充满力度，甚至，还充满了音响——楼内朗朗的读书声，溪中潺潺的流水声，桥下此起彼落的捣衣声，协奏出无限的生机与希望。难怪，此画在波士顿展出时，获得一致好评，而波士顿，是哈佛大学和麻省理工学院的所在地，是美国首屈一指的大学城。

如今，桥下的流水比当年瘦了许多，也许是用上了洗衣机，捣衣声再也听不见了，寂寂的花学堂里，也早已人去楼空。但旧墙上那一框泥塑浮雕却让我呼然心动：一条鲤鱼，几乎是以笔直的身姿，奋身向上跃起，溅起了水中的一簇簇浪花。这鲤鱼跳龙门的传说，从黄河流域传遍全国，十分形象地表达了人们望子成龙，“学而优则仕”的理想和愿望。客家人在长期迁徙的过程中完好地保存了这一图案，充分说明他们对以儒家学说为核心的中原文化是何等坚守与执着。胡文虎等侨界精英的童年，就是在这一文化氛围的熏陶中接受启蒙教育的。此后，他们漂洋过海，经商也好，兴学也好，办报也好，投身慈善事业也好，想必都与此有关吧？空空荡荡的花学堂，让人产生无限的怀想与联想。

有趣的是，与花学堂一桥相连的富紫楼，却体现了主人对人生价值的另类追求。这是闽西唯一以富字笔画布局营造的土楼，被胡老师称之为“绝版的字形楼”。它借大门口的永久性对联公开标榜“富家占大吉，紫气自东来”，很有点财大气粗的狂傲。登堂入室，方知那富字的“宝盖头”，是北端的弧形围楼，那“一”字，是安坐正中央的厅堂，那“口”字，是四四方方的大天井，那“田”字，便是中门与南大门之间，天街两侧门当户对的四个小四合院了。全楼数不清的大门小门，一关，则分隔成相对独立的许多小单元，一开，则全楼贯通，一呼百应，体现家长至高无上的权威和全家尊卑有序的大一统格局。

看来，本楼的主人——在台湾彰化等县当过学官的胡旃乡，不但见多识广，富有创意，还是个颇有反潮流精神的人。在“君子言义不言利”的清代，他能高举发财致富的大旗，很不寻常。但转念一想，这里毕竟是侨乡，历朝历代，人们因贫而侨，因侨而商，因商而富，因富而荣归故里者大有人在，只要能以其之富回报桑梓，皆可广受乡人所敬重。也许，正是这独特的地域文化心理，为富字楼的奠基提供了最好的土壤？

令人感叹的是，子孙们所选择的人生道路，却往往相悖于老祖宗所指引的方向。正如在花学堂读书的胡文虎，并没有“鲤鱼跳龙门”而走上仕途，反而成了举世闻名的实业家，从富字楼走出的胡旃乡后代，也不见财大气粗的富商巨贾，倒有四个文质彬彬的才子：著作等身的南洋作家胡炎贤，以弹奏古筝著称的音乐家胡焕孚，科学启蒙工作者胡冠群，先后参与创办中川小学和侨育中学的教育家胡甫开。当然，他们所拥有的也是财富，只不过是金钱难以衡量的另一种精神财富。有道是“有心栽花花不就，无心插柳柳成荫”，胡旃乡要是泉下有知，也会欣欣然而捋须微笑吧！

更令人敬佩的是，在中川，还有一批热血青年，既不当官，也不发财，甚至于暂时放弃学业，义无反顾地走上了革命的道路。作为红色苏区的一部分，在风云激荡的岁月，中川小学也好，侨育中学也好，都成为红色的摇篮，哺育出铁骨铮铮的民族脊梁。

少年时从印尼回国，就读于集美学校的胡一川，便是其中的佼佼者。他的故居也坐落在这条古街的下游。这是一座简朴的小四合院式的双层土楼，取名务滋楼，正如门联所示，乃“务本崇功德，滋生进大同”。不过，对于共产党员胡一川来说，这“大同”的含义肯定另有一番诠释。屋内厚厚的墙体，小小的房间，围着一方狭窄的天井，似乎无人居住，却养有一群鸡鸭。奇怪的是，楼内空荡荡的，竟不见任何一件纪念品，不免令人纳闷。也许，是因为此楼太小太潮太暗，不适宜展品的存放与陈列？也许，是因为广州另建有胡一川美术馆，而有意让家乡的故居保持原生态？但我以为，原始不等于空白，朴素不等于寒碜，名人故居不论大小，都有其不可取代的价值。胡一川这位师从鲁迅的青年木刻家，与邓中夏、艾青一起坐牢的“左联”战士，在延安与毛泽东合影，与朱德赛球，怀揣老母亲的一缕头发，唱着马赛曲奔赴抗日前线的八路军，这位在新中国成立后与徐悲鸿一起创办中央美术学院，继而长期担任广州美术学院院长的教育家，这位以油画、版画和书法作品享誉中外的艺术家，理应在他的故居给后代留下一点什么——比如他那幅《我的故乡——福建永定中川》，总该有一件复制品吧？好在经胡老师指点，我看见门楼的内墙上，贴有一张乡亲们修缮此楼的捐款名单，于是我相信，我的这一愿望，不久后当可实现吧！

与左邻右舍相同，务滋楼的门前也有一架小桥，桥下的流水，驮着斑斑驳驳的阳光，梳理着飘飘荡荡的水草，敲击着圆圆滚滚的鹅卵石，一路琤琤琮琮，朗朗当当地往下奔流。我忽然想，画家原名胡以撰，之所以改名胡一川，是否也与老家门前的这一川流水有关？于是，眼前的一切，全都变得温暖了起来。

果然，这中川的下游，就有温泉。当它穿越“狮象把门”的山谷，汇入金丰溪的蛟潭时，一口口热气腾腾的温泉，就从山上的岩穴间，溪岸的蕉林下，礁石的芦苇丛中冒了出来，成为造福侨乡儿女、发展旅游业的又一资源。当年，是20世纪三十年代吧？著名诗人、学者、教育家顾毓秀由友人胡兆祥陪同来此垂钓时，有感于此间风景绝佳，英才辈出，曾题词曰：“溪有蛟龙山有虎，如此溪山，第一溪山。”如今，这一题词还镌刻在山上的天后宫门前。前些年，乡亲们从报上得知顾先生还是江泽民总书记的恩师时，这一题词就更为人所津津乐道了。

如今，作为“第一溪山”的侨乡中川，其独特的文化现象已越来越引起人们的兴趣。就拿我们的导游胡赛标来说吧，他不但是侨育中学优秀的语文老师，还是当地土楼作家联谊会的召集人。在中川，中原文化、客家文化、海洋文化和革命文化，如何在长期激烈的碰撞中，既多元并存，又相融相合，从而，造就了人才辈出的“一川风流”？这正是他们研究和创作的一大主题。他刚出版的长篇散文《一座楼的客家》，就是一次成功的尝试。这，也为“一川风流”的永续发展，提供了一个新的佐证。

祈愿一川风流的中川，“数风流人物，还看今朝。”

2009 年秋

附注：本文入选《福建永定胡氏族谱》。

拄着拐杖当导游

如今，满世界都是导游。但你见过拄拐杖的导游吗？喏，我就是。

正是天高云淡、金风送爽的季节，国庆、中秋刚过，节日的喜庆色彩还在街头闪闪烁烁，一批来自美国、英国、新加坡、马来西亚和澳大利亚的海外亲人便相约飞来福州团聚。我们在榕的几家亲兄弟、表姐妹，订了家宾馆，租了辆大巴，齐心协力，共同接待，一个个忙得不亦乐乎。我呢？腿脚虽有不便，但信口开河、逗乐打趣尚可，便摊上了一项光荣任务：随车陪同亲人们在市区观光，权当业余导游。

有趣的是，我所服务的对象，多数都是长辈，其中 70 岁以上 20 人，80 岁以上 10 人，90 岁以上 2 人，外加两架轮椅、7 根拐杖，加上我自己这根，也就 8 根了，堪称银发旅行团。团员们虽然步履有点踉跄，行动有点迟缓，但对祖国的一切都感到新鲜，不论去哪里都兴致勃勃，不论我说什么全都洗耳恭听，一路上还有个在《南洋商报》工作过的表妹悄悄为我录音呢！

那天，车子刚出宾馆，见大街两旁榕荫如盖，我的导游词便由此发端：榕树，不但是泰国的国树，还是中国福州、台北和桂林三座城市的市树，其中，又以福州的榕树种得最早，种得最多……正当我借此介绍榕城建城 2200 年的历史时，车子拐上另一条马路，两厢的行道树已变成芒果。于是，我又改口说起福州对外开放的历史：早在明代，长乐的华侨就把菲律宾的番薯引种进来，有效地缓解了沿海地区的粮荒；前些年，菲律宾前总统阿基诺夫人又把芒果树的种苗送到福州，如今，可是年年开花，年年结果啊！这时，90 岁的美国舅公插话道：我们中国的好东西也不断传到外国去，比如，美国佛罗里达州有一种最好吃的荔枝，名叫“蒲氏荔枝”，就是传教士蒲鲁士从莆田移植过去的啊！我接过他的话题，发挥道：可见，生物虽有祖籍，但却没有国界。正如各位长辈，作为华侨华人，四海为家，但根却留在中国，大家还是要经常回老家看看噢！我这一说，全车都热烈地鼓起掌来。有位姨妈还特意塞给我几颗从南洋带回来的红毛丹，以示奖赏。

我们在市区的观光活动先后安排四天。第一天是闽江两岸走马游，第二天是马尾船政一日游，第三天是登镇海楼，逛南后街，外加三坊七巷访古游。其间，南后街的鱼丸、扁肉和花灯是老人们记忆中最快乐的童年；马尾港的盛衰荣辱牵动着他们一生中最敏感的神经；登镇海楼，鸟瞰市区拔地而起的千百幢华楼美厦，油然而生的自豪填满了他们脸上的每一条皱纹；驱车闽江两岸，一座座飞架南北的大桥——旧桥、新桥、公路桥、铁路桥、立体交叉桥，独塔或双塔斜拉桥，把闽都的过去、现在和未来全都连接起来，更使他们百感交集，流连忘返，大家宁可一再推迟回宾馆享用晚餐的时间，也要等到暮色苍茫，华灯初上之际，让闽江两岸的火树银花，照亮每一双惊喜的眼睛。

有幸的是，我这位导游身边还有一位顾问——我的老母亲。尽管她今年 85 岁了，但与她同辈的舅公舅妈、姨父姨母们，至今还亲切地叫她为“怡保妹”。原来，她出生在马来西亚的怡保，九岁时的一天，她姑妈抱着小表妹要回中国，她赶到火车站，跳进车厢，硬吵着要跟回来。姑妈无奈，只好临时决定把小表妹从车窗递出来，改带她回国。没想到，抗日战争、太平洋战争相继爆发，我母亲就留在中国了。此番，她的小表妹——我的老姨妈，也坐着轮椅回来相聚。那天，我母亲扶她上车时，她长叹一声道：怡保妹啊，早知道祖国变化这么快，建设这么好，当年要是把你留在南洋，让我回国就好了。我在一旁听了，急忙抗议：不行不行，万万不行，要是那样，我就不存在了，你们这次回来，也就找不到我这个导游了。顿时，全车人全都哄堂大笑起来。我发现，笑得最开心的，还是我那老母亲。

最后一天，漫游西禅寺。玉佛殿里的缅甸玉佛，观音阁里的千手观音，罗汉堂里的五百罗汉，全都让人赏心悦目。但最让大家叹为观止的，还是那棵“宋荔”——传说种于北宋年间，历经近千年的风雨雷电，却至今老而弥坚的古荔枝树。我趁机建议大家在树下合影留念，并献上祝词：一千年的荔枝，给一百岁的人生，带来一万年的甜蜜！

我拄着拐杖当导游的历史，也就此画上一个圆满的句号。如今，当我打开电脑，回味这张合影时，我发现我年轻了一些，也快乐了许多。

2009 年冬

2010 年

(68 岁作品)

重返仙游

沙阳八景新解

侯官故县的守护神

三见玉蝴蝶

跟随马可波罗漫游建宁路

银城赋

重返仙游

一

在全国近三千个县（市）中，最富有浪漫色彩的县名，想必就是仙游了。

它源于一个美妙的传说：很久很久以前，有九位来自安徽的盲人——何氏九兄弟，取道福州九仙山、福清石竹山来到这里。他们在木兰溪上游的一条小溪边驻足小憩，并掬起清凉的溪水洗脸，不料，这一洗，九个兄弟的十八只眼睛同时亮了起来。乍见光明的他们，兴高采烈地爬上一座森林密布的高山，来到一个下泻九级瀑布的天湖，他们选中这宛若仙境的地方采药、炼丹、修炼。有一天，九只大鲤鱼从水中跳了出来，九兄弟骑上鱼背，在彩云缭绕中冉冉升天而去。

从此，这溪，名仙水；这山，叫何岭；这湖，就称之为九鲤湖。

到了唐天宝元年（公元742年），就连原先的县名“清源”，也因此被改称为“仙游”。

也许，正因为这里是神仙们游历过、眷恋过的仙境，自古以来，仙游就有四大美景、四大名果、四大文化品牌。

四大美景：“一菜溪，二麦斜，三九鲤，四天马。”其中，尤以九鲤湖的九漈飞瀑最为壮观，明代徐霞客的游记、王世贞的戏曲，清代纪晓岚的笔记，以及风流才子唐伯虎等来此祈梦的种种传说，更为它插上翅膀，天下扬名。

四大名果：龙眼、荔枝、枇杷、文旦柚。其中，枫亭的荔枝，早在宋代，就呈现出“烟火万家，荔阴十里”，“夜半归来风满袖，家家门巷荔枝香”的繁华景象，祖籍枫亭的北宋名臣蔡襄，从中吸取灵感，写就世界上第一部荔枝专著《荔枝谱》。

至于仙游的人文历史，更有令人称羡的“四大品牌”：

一为科甲之乡：古代仙游，曾孕育出 4 名宰相、5 名状元、13 名尚书、28 名侍郎、近 700 名进士。其中，光是宋代的枫亭一地，就有三位全国皆知的名人——蔡襄、蔡京、蔡卞，统称为“枫亭三蔡”。

二为戏剧之乡：源于唐，成于宋，盛于明清的莆仙戏是全国最古老的剧种之一，仙游人也是全国最热心的戏迷。新中国成立以来，鲤声剧团五度晋京献演，一次赴台巡演，都取得轰动效应。其中，陈仁鉴编剧的《团圆之后》《春草闯堂》，郑怀兴编剧的《新亭泪》《晋宫寒月》等，已成为中国当代戏曲的经典剧目。难怪老舍生前有诗赞曰：“可爱莆仙戏，风流世代传”。

三为国画之乡：近代仙游，由李霞、李耕、黄羲所开创的仙游画派，以古典人物画饮誉海内外。其中，有“北齐（白石）南李”之称的李耕，其生前所绘制的屏风画《松青鹤白东方红》，至今，还矗立在人民大会堂的东大厅，为中外宾客所瞩目。

四为田径之乡、武术之乡：这里，是全国首批体育先进县之一，先后五次蝉联全国“田径之乡”，近年，又戴上全国“武术之乡”的桂冠。作为一大批体育健儿的摇篮——仙游少体校，也被国家体育总局命名为“国家高水平体育后备人才基地”。

如果说，作为全国历史文化名城的泉州，是“此地古称佛国，满街都是圣人”，那么，同样物华天宝、人杰地灵的仙游，似乎也可说成是“此地素称仙游，全县皆为神仙”了。

二

走进仙游，走进我青年时代的难忘记忆。

25 年前，1985 年秋天，我作为一名青年干部，奉派到仙游挂职锻炼，历时两年。然而，当年的我，一点儿也没有感到神仙的逍遥与自在。尽管仙游的秀美山川让我陶醉，深厚的文化积淀让我着迷，勤劳智慧的父老乡亲令人可敬可亲，但作为一个人口近百万的农业大县，其单一的经济结构、窘迫的财政收入、闭塞的道路交通和相对滞后的基础设施，却让我深感困惑与无奈。

照理说，新中国成立之后，作为全国蔗糖基地的仙游，其财政收入曾高居全省之前列，有时一年上交给省里的款项，就相当于省里补助给某兄弟地区八个贫困县的总和。然而，就在全省各地借开放改革的春风大踏步前进，纷纷脱贫致富时，长期以来，以糖税为县里主要财源，满足于"一甜遮百味"的仙游，却因世界甘蔗生产供大于求，糖价节节下降，产业结构来不及调整，地方工业来不及扶持，后续财源来不及培育，顿时陷入困境。眼看甘蔗面积一年年锐减，四大糖厂因"巧妇难为无米之炊"而相继关门，连一向让人引为自豪的蔗乡小铁路，也停开了小火车，昔日的辉煌，似乎已"无可奈何花落去。"

于是，为给全县干部职工及时发放工资，分管财政的副县长不得不四处借贷。为拓宽进出县城的公路，连县长本人也不得不下半夜起床，驱车四小时赶往福州，以便在交通厅领导上班之前，拦路索讨一笔救急的资金。甚至，有一次，县长办公会议的议题之一，居然是讨论能否为县城中心区加盖两座急需的公共厕所……

当年，作为分管文教的副县长，我也面临三大难题：一是全县中小学危房，可谓比比皆是，触目惊心，但计划内的专项修缮资金，只能算是杯水车薪。因此，一听说强台风将要登陆，就赶紧让学校提前放假。二是人口剧增，初中生员爆满，全县亟需加建数十间教室救急。尽管县里东挪西借，筹集了一笔资金，但也只能给每间教室补助一半经费，剩下的，就只能依靠群众了。好在仙游有尊师重教的传统，全县上下掀起了集资办学的热潮，就连和尚、尼姑也纷纷慷慨解囊，终于，赶在新学年开学之前，使这一招生任务勉强得以完成。其三，让仙游人津津乐道、引为自豪的文化"四大名乡"，如何保持"红旗不倒"？以鲤声剧团为例，虽然有好编剧、好导演、好演员，但在县城，却没有一个像样的剧场可以演出，更不必说历经“文革”浩劫之后，所有的灯光、布景、服装、道具、乐器都亟待更新了。而这一切，都需要资金投入。好在仙游人聪明，想出一条“以戏救团”的妙计，即精心排练著名剧作家郑怀兴的《鸭子丑小传》等三个新编剧目，并以第三次晋京展演为契机，向上级伸手，向社会求助。终于，得道多助，一路绿灯，鲤声剧团犹如再生的凤凰，在首都剧场大放光彩。

感谢仙游的父老乡亲，使我在短短两年的挂职生涯里，深知文教的繁荣与进步，离不开经济的发展与壮大。而要发展经济，唯有改革开放，但这又是一条多么漫长而又曲折的道路！

仙游，让我魂牵梦萦的你，离别25年来，一切都还好吗？

三

有道是“士别三日，当刮目相看”，果然，刚进仙游城关，我就迷路了。

我记忆中的城关，名鲤城镇，位于木兰溪北岸，我每次进城，总要先过木兰溪上的解放大桥。如今，我进城之后，在陌生的大街上转了好久，却迟迟未能见到木兰溪的一丝波光。原来，25年来，仙游城关不断向木兰溪的南岸扩展，一个县城早已变成了两个县城。这里，是南岸的新城，名鲤南镇。虽然只是坐在车上走马观花，但我已分明感到，这是一座按现代科学理念规划建成的新城，其工业集中区与居民住宅区相对分开，路网纵横交错，四通八达，商场、宾馆、银行、车站、邮局一应俱全，小学、幼儿园、医院、公园、体育场，更是令人耳目一新。显然，仙游已摆脱昔日“大县域，小城关”的旧格局，以做大做强中心城区的实绩，跃上了城市化的快车道。

终于，眼前一亮，木兰溪出现了，她，也分明由一个天生丽质的村姑，变成时尚新潮的女郎。我索性下车，步入沿溪的带状公园，在碧草如茵、鲜花盛开的长廊短亭间久久徜徉。这里，视野开阔，举目眺望，但见大蜚山犹如青色的屏风，镇守城北；木兰溪宛若绿色的腰带，绕城而过；隔溪相望的鲤南与鲤城新旧两城区，共同绘就“显山，露水，彰文，宜居”的锦绣画图。溪面上，原先的宋代古桥和“解放桥”，就像两位离退休老同志，已把进出城关的交通重任“让贤”给年轻有为的新大桥“彩虹桥”——该桥因桥面的弧形钢梁，色彩鲜丽，酷似彩虹，故而得名。听说，进出城关的桥梁，早已由二变三，由三变九。目前，全县跨越木兰溪的桥梁，多达25座。即此一端，也可想见：正在铺设两条铁路、四条高速公路的仙游，其交通状况将发生何等巨大的变化！

更令人可喜的，是原先的传统农业大县，正在向“临港工贸旅游城市”华丽转身。遥忆当年，仙游能上台面的工业企业，只有四家糖厂外加一家无刷电机厂，屈指可数。如今，随着仙游经济开发区的迅速崛起，城郊工业集中区的不断壮大，全县规模以上的工业企业200多家，其中，产值超亿元的，就有30多家。采风途中，海安橡胶有限公司的“天下第一胎”——全国最大的轮胎，巨龙管业有限公司的“天下第一管”——全国最大的输水管，都让人眼界大开。尤其让人啧啧称奇的，是仙水溪畔——传说中九仙双眼大放光明处，一座制作红木家具的工艺城，已后来居上，成为全国同类产业集群的龙头，被中国工艺美术家协会授予“中国古典工艺家具之都”的荣誉称号，其从业人员达8万多人……古往今来，蓄积在仙游人胸中深厚的文化素养和多方面的艺术才华，仿佛找到一个喷发口，释放出火山熔岩般的炽热与光焰。

就连一向闭塞的戴云山区8个乡镇，也相继投入“仙游生态旅游经济区”的怀抱。其中，以钟山镇为中心的台湾农民创业园，有26家台资的农字号企业入驻。在台湾，超越火龙果成为新一代“果王”的甜柿，已在这里成功引种数万亩，使它一跃成为亚洲最大的基地。看来，仙游的“四大珍果”，今后要改称为“五大珍果”了。

当然，对于笔者本人来说，此次采风，最关注的还在于文教领域。令人欣慰的是，古老的文庙矗起了孔子的汉白玉雕像，崭新的鲤声剧场让莆仙戏的锣鼓声长盛不衰。为全国体坛输送不少功勋运动员的县少体校，也已在城南的体育中心择址另建，其规模之宏大，设施之先进，堪称全省县市级之最。在旧城改造中暂时寄居他处的原三馆一所（文化馆、图书馆、博物馆和李耕国画研究所），也将在城南的科技文化公园破土动工，重铸辉煌。至于全县中小学危房改造，早已在5年前全面完成。特别让我惊喜的，是最早落户于鲤南新城区的鲤南中心小学，崭新的校园，如同朝露般鲜丽可爱，据说，它以“小手牵大手”的特异功能，招引大批家长来到新区购房落户，从而，大大加快了城市化的进程。

如果说，经济是仙游的筋骨肉，文化是仙游的精气神，那么教育，则代表仙游的未来。站在仙游一中的校友光荣柱前，默读一个个院士、将军、侨领和文艺名家的简介，我为仙游的未来更是充满信心和力量。

四

其实，25 年来，仙游最深刻的变化，还在于人们的思想观念。

遥忆当年，仙游人一说起历史文化，便眉飞色舞，充满自豪，一说起经济财政现状，就底气不足，马上谦恭起来，难以摆脱“山区县、农业县和经济欠发达县”的思维定式。而要改变这一思维定式，又谈何容易！

记得当年，为绿化、美化县城，改变以往脏、乱、差的旧貌，县长从山区挖来一棵榕树，种进十字街头，不料，却招来一场不大不小的风波，有人甚至责难其为劳民伤财之举。为此，我曾在福建日报上撰文《关于一棵榕树的备忘录》：“在我们这块古老的土地上，每增加一点什么，减少一点什么，挪动一点什么，总之要变革一点什么，难免都会有种种议论。好在榕树就是榕树，不管是誉是毁，它统统听不懂……于是，年复一年，对它的种种议论也就渐渐烟消云散，乃至于被人所遗忘。也许，再过若干年，先前对它持怀疑态度的人也会坐在树底下纳凉，并摇着蒲扇对其孙子孙女道：想当年，爷爷就是支持它的啊！”

如今，这棵榕树依然端坐在十字街头，只是比以前长得更高、更大、更加气宇轩昂，更加绿意葱茏了。人们对他早已熟视无睹，再也不可能去议论它了。如今，人们议论的热点和焦点，是如何“跳出仙游谋发展”，变山区县为临海县，变传统农业县为工贸旅游城，变“欠发达经济”为相对富裕的小康经济。

记得 25 年前，我和我的同事们常常讨论一个问题：“为什么晋江人敢于赚全世界的钱，莆田人敢于赚全中国的钱，而仙游人只会赚仙游人的钱呢?”不但如此，民间还有一句流行颇广的俗语，叫“神仙难赚仙游钱”，说的是仙游人过于精明，过于省俭。这句话，乍听起来，貌似褒义，仔细一推敲，却是贬义——如果连神仙都无从下手，仙游的市场经济又怎么能活跃起来呢!

好在25年后的今天，这一问题的答案早已尘埃落定，成为全县人民的共识。试以仙游木雕和古典家具产业为例。当年，人们习惯于“立足仙游，就地取材”，欠缺红木资源的仙游自然与此无缘。而今，仙游人走出仙游，向全世界伸手，越南的黄花梨、老挝的红酸枝、印度的大叶紫檀、非洲的小叶紫檀，统统收购来为我所用，于是，这一产业也就从无到有，从小到大，越来越红火了。当年，是“神仙难赚仙游钱”，而今，木雕图案中不乏九仙骑鲤，八仙过海的造型，就连神仙本身也很值钱!当年，是“有多少钱，办多少事”，而今，是“办多少事，筹多少钱”，产业集群的发展壮大，资金已不再成为主要的问题。当年，“仙游人只敢做仙游人的生意”，如今，“仙作”家具誉满京城，火爆上海，走俏台、港、澳，远销世界30多个国家。仙游人也和晋江人、莆田人一样，不但敢于，而且善于赚全世界的钱了!

这，就是思想解放的威力，开放改革的伟力，仙游父老乡亲最可宝贵的精神动力!

辞别仙游时，我再一次来到旧城区的十字路口，来到那棵树大根深，枝繁叶茂的大榕树下。它，是仙游开放改革历史进程的见证，也是仙游人与时俱进，永葆青春活力的象征。

2000年春

沙阳八景新解

一

大凡山水佳妙、文风鼎盛的古邑旧郡，其风景常有“八境”、“十标”之说。据考证，此风源于北宋熙宁年间，开先河者为虔州（今赣州）知府孔宗翰，他在章、贡二水合流处筑起一座八境台，绘图八幅，请大文豪苏轼配诗八首，从此“赣州八境”名扬天下。

无独有偶，距此大约40年之后，时属南剑州的沙县也亮出了“沙阳八景”。为此八景取名的不是别人，而是后来领导抗金斗争的一代名相李纲。当时，他因进谏招祸，被贬到沙县当了一名税务官，但此间的明山媚水、奇花珍果以及淳厚的民风民俗，很快抚平了他心灵的创伤，并大大激发起他的创作灵感，使之文思泉涌，诗兴大发。当年，他所圈点的“沙阳八景”为：

凤冈春树，豸角秋烟，洞天瀑布，吕峰晴雪，

十里平流，七峰叠翠，瀛洲夕照，瑶池夜月。

汉字真是奇妙。一个个名词、动词、数量词和形容词，就像一颗颗玲珑剔透的珍珠，被李纲信手一拈，再一串，于是，沙县的青山碧水，嘉木繁花，春秋美景，全在日晖月华的映照下大放异彩，视之，读之，诵之，品之，可谓形神兼备，文情并茂，朗朗上口，熠熠生辉。

有道是“江山也要才人捧”，从此，闽中的“沙阳八景”，就和赣南的“赣州八境”一起，扬名天下。苏轼、李纲的神来之笔，在中国山水美学中，堪称一大创举。其后，全国各地争相仿效，“燕京八景”、“长安八景”、

杭州“西湖十景”等相继问世。到了清代，光是承德的避暑山庄，就有康熙所取四字名的前三十六景，乾隆所取三字名的后三十六景，两者合计七十二景。有趣的是，此风绵延不绝，一直流传至今。君不见，全国各地在作旅游宣传时，不也纷纷推出“八大名片”“十大名片”吗！而沙县有幸，早在八百多年前，就开风气之先，有了弥足珍贵的“沙阳八景”，岂不羡煞人也！

二

2010年早春时节，我随省作家采风团“走进沙县”，下榻于沙溪北岸李纲路上的绿圆酒店第12层楼。从楼上凭窗俯视，但见沙溪以平直的河道、宽阔的水面、清澈而平静的流水，从我面前缓缓流过。两岸，是碧草如茵、桂花飘香的带状公园；水上，是横江飞架的三座大桥；白昼，如三道彩虹争艳；入夜，似三条火龙齐飞。桥两端，溪两岸，昔日的吊脚楼早已消失，倒映在水中的，是彩云般的千幢楼厦与繁星般的万家灯火。当主人告知这就是古八景中的“十里平流”时，我怦然心动，很想对心仪已久的“沙阳八景”作一番实地考察。

不料，主人却说：原“沙阳八景”现仅存十里平流、七峰叠翠、吕峰晴雪、瀛洲夕照四景。另有四景，因种种原因，早已消失在历史的云烟之中，昔日风华，已是“无可奈何花落去”。它们是：

凤冈春树。凤冈山，原为县治主山，旧时山上遍植梧桐，暮春时节，桐花似雪，蔚为奇观。1937年，树木惨遭砍伐。1981年，县城扩建，该山辟为府北新区，楼厦连云，市街纵横，山林旧景，再也难寻遗踪。

豸角秋烟。豸角山，位于城西，状若獬豸，故而得名。山顶原立有一石塔，称“豸角”，惜屡遭雷击，伤痕累累。1918年，南北军阀混战，“豸角”被南军炮火所毁。20世纪80年代后，此景荡然无存。

洞天瀑布。洞天岩，原在城西，有瀑布宽10米，飞流直下近百米，跌落下方深潭，水花四溅，轰然雷鸣，每逢久旱无雨，邑人常来此祈雨。1960年，利用瀑布落差建成水电站，此景随之消失。

瑶池夜月。瑶池，俗称月池，原在水南山川坛后，湮没已久，各种地方史料对此均语焉不详……

由此看来，古“沙阳八景”业已减损一半，不免令人深感痛惜，因为任何一处自然风景，都是不可再生的生态资源。但我转念一想，春秋代序，时移世易，大自然也如同人世间一样，一切都处于不断的运动变化之中，沧海桑田，在所难免。只是业已消逝的风景，好比早已辞世的先辈亲人，仍然值得我们永远怀念。况且，探究他们消失的种种原因——或丧之于天灾，或毁之于人祸，对于今天正在实践科学发展观的我们来说，如何从中吸取历史教训，更加珍惜来之不易的和平环境，更加爱护得天独厚的生态资源，更加合理地规划城乡建设，使之不至于造成建设性的破坏，都大有裨益。总之，业已消失的旧四景，从某种意义上来说，也依然是我们一笔珍贵的精神财富，因此，本文理应腾出篇幅，立此存照。

三

令人宽慰的是，“沙阳八景”中尚存的四景，不但风采依旧，且在新世纪朝阳的沐浴之下，更加容光焕发。

驱车由李纲路东下，不久，就抵达茂溪与沙溪合流处的古瀛洲半岛。令我惊喜的是，“沙阳八景”中的三景居然同时出现，且山容水态之秀美，森林植被之丰沛，自然环境之清幽，人文历史之悠远，皆出乎想象，我只能长叹一声：来得太迟了。

眼前这三景，且容我细细道来：

十里平流。穿城而来的沙溪，作为闽江上游最大的支流，它发源于建宁县的严峰山，一路蜿蜒曲折，滩多浪急，唯有流经沙县城关的这一段——西起大洲，东至琅口，总长5公里，其河道平直，溪面开阔，水流平缓而宁静，令人称奇。尤其是眼前的这一衣带水，波澜不惊，水面平滑而透明，就像明镜一般，静静地倒映着南岸七峰的满山翠色。山之竖，水之横；山之静，水之动；山之浓，水之淡；两者交相辉映，结合得如此完美，如此和谐，真应了古代画家所云：山得水而活，水得山而媚，此天地造化之神功也。正当我陶然欲醉时，忽见一只不知名的大鸟，张开白色的翅膀，飞掠水面，没入山林，就像一道闪电，让浓得化不开的绿色为之一亮。听同来的县电视台张素芳说，这里，常有数百只白鹭飞来栖息，光去年一年，她就拍摄到了两次。众所周知，洁身自好的白鹭，是生态环境最好的监测师，它们能对此山此水情有独钟，可见十里平流的纯净，是多么值得人类珍惜！

七峰叠翠。所谓七峰，就是并肩比立在沙溪南岸的七座小山了。同来的沙县文友张盛钏说，它原名七朵山。我一听，连声叫好，不说七“座”山，而说成七“朵”山，这一个“朵”字，真是妙不可言！我想，只有小巧玲珑如鲜花盛开的小山才可用“朵”字来作为量词吧！即此一字，足见沙县的先民是何等文采风流！这七朵小山，山不高，但山势陡峭，直插溪岸，且满山林木，郁郁葱葱。其山顶，多为松杉之类的乔木，矗立在天光云影之中，有凛凛然阳刚之气。其山根，又多为绿叶婆娑的竹林，仿佛身材窈窕的少女在临流照影，不能不想起“沙县自古出美女”的民间谚语。当年，李纲还为七朵小山一一取名，从东到西，依次为：朝阳峰，妙高峰，真隐峰，凝翠东峰，凝翠西峰，桂花峰，碧云峰。其中，朝阳峰，是因为它位于东方，每天最早迎来第一缕曙光吧！妙高峰，是因为它的高度，居七峰之首吧！真隐峰，想必有高人隐居其中。而凝翠双峰，据说曾有凝翠阁夹峙其间，为李纲及其文朋诗友饮酒唱和处。至于桂花峰和碧云峰，顾名思义，自然是桂花飘香、绿荫如云的仙境了。一个距县城咫尺之遥的地方，居然有如此七朵清丽的小山，静静地倒映在十里平流之中，这在全省县城中，似不多见。

瀛洲夕照。当我观赏七峰叠翠与十里平流时，所落脚的位置，恰好就在瀛洲。瀛洲，顾名思义，就是海上的仙岛吧！此地为茂溪注入沙溪处，因三面临水，故有此名。据说宋时建有步瀛阁，每当夕阳西下之时，登阁四眺，但见双溪之水面，落日熔金，霞光四射，气象万千。如今，阁虽不存，但新建有更高的半岛酒店，登斯楼也，凭窗伫立，既可近观双溪流水落霞之瑰丽，又可远眺淘金山暮色之苍茫，晚风徐来，不亦快哉！可惜我来的时辰不在黄昏，未能一睹夕照之华彩。好在从日本引种而来的山樱花，今日初次绽放，一片片嫣红的色彩，散发出一脉脉清香，不似晚霞，胜似晚霞！

令人遗憾的是，因我双脚行走不便，现存旧四景中的另一景，我心向往之而不能至，只能借助画册及光盘，瞻仰在美好的想象之中——

吕峰晴雪。吕峰，即锣钹顶，在大洛镇宝山村，海拔1537米，为全县最高峰。传说古有吕公隐居于此，故而得名。冬日雪后初晴，峰顶积雪与晨曦相映照，瑰丽壮观。此次采风，听前往登攀的团友介绍，全山的风景依然呈原生态的风貌。是日，他们迎着颇带冷意的寒风，攀登在弯弯曲曲的古道上，两旁山崖的树梢上，仍然覆盖有团团簇簇的白色物体，不知是雾凇，还是尚未消融的残雪？尽管他们一时没找到明代邓茂七农民起义军的山寨遗址，但都认为不虚此行，因为这里古木嘉树甚多，还有大片野生的杜鹃花，是避暑消夏的好去处，也是高山绿色农业观光的处女地，大有开发价值，将来，说不定还是沙县旅游王冠上的一颗明珠呢！

四

其实，各地的所谓八景十景，一半得之于天公造化之所赐，另一半也有赖于人类文明之滋养，其内涵与外延自当与时俱进，不断加以拓展。

本次采风，主题是沙县县域经济的发展，大家兴致勃勃地参观了高新技术工业园区——金沙园，沙县小吃文化城——沙村，以凤凰广场为中心的沙阳乐园，同时，也不忘攀登省级风景名胜区——淘金山，漫步城内的步行街，感受灯光夜市的热烈、浪漫与时尚。一路走来，我渐渐发现，当今的沙县，正在高速进行现代化建设的沙县，已经涌现一批令人耳目一新的景观。这些景观，既是自然的、生态的，又是人文的、历史的；既是经济建设和社会发展的最新成果，又为后人旅游观光、休闲健身、餐饮娱乐拓展了空间。比之古代的“沙阳八景”，不但毫不逊色，且大有后来居上之势。我忽发奇想，倘若从中精选出最具有代表性的新四景，以替代业已消失的旧四景，那么，我们古今交融的“沙阳八景”，亦可在今天重铸辉煌，再放光芒。

我把这一想法向沙县文友罗辉、方叶等求教，得到他们的鼓励，于是，回到福州之后，我就试着写成如下文字，算是我对重新整合“沙阳八景”的一份建议吧！其中，增补的新四景为：

淘金卧佛。淘金山，位于城西，海拔501米，总面积8平方公里。相传古人在山下沙溪淘金，因而得名，现为省级风景名胜区。其风景以“三绝”著称。按时间顺序，第一绝为苏铁，众所周知，它是与恐龙同时代的孑遗树种。淘金山上的苏铁群，学名“四川苏铁”，其树龄皆高达千岁，为全国所罕见。它们仿佛一件件青铜雕塑艺术品，盘根错节的鳞状根茎，像凤凰尾羽一般朝天撑开的叶片，全都黑黝黝的，带着金属的光泽、硬度和质感，威风凛凛地屹立在千秋史册之上。它们老而弥坚，“倔强犹昔”，令人肃然起敬。其第二绝为宋桂，尽管她也有800多岁了，却依然玉树临风，年年开花，其花香沁人心肺，不能不令人忆及当年李纲的诗句：“桂花岁岁占秋风，香满十里江城中。”当然，淘金山最为人称道的，还是它的第三绝：石雕卧佛。淘金山自古就是闽中著名的佛教道场，其古刹定光禅院于1993年修复，与此同时，利用山顶上的天然巨石，精雕成一尊卧佛，体长38米，高11米，宽10米，安详地斜躺在草地上，曲臂托起后脑，面朝沙县城关，双眉舒展，双目微张，似乎正在垂注人间万象。因此，人称其为“日受千人朝，夜享万盏灯”。据说，开光时，体长大于国内其他地方已有的卧佛，故有“华夏第一卧佛”之称，淘金山也因此被人称为“沙阳第一山”。

沙村美食。沙村，全称为沙县小吃文化城。位于城西，福（州）银（川）高速公路沙县入口处，占地百亩，于2008年正式开业。其建筑，既有客家民居的古朴，又有徽派园林的典雅，城内，市街纵横，商铺林立，红灯高挂，酒旗飘扬，是“集吃、住、行、游、购、娱于一体”的闽西北美食文化中心。其中，最诱人的，自然是原汁原味的沙县小吃了。沙县小吃，创于汉晋，兴于唐宋，盛于明清，自古便美名远扬。改革开放以来，这种以五谷杂粮、家养禽畜、田间果蔬和林间菇笋为主要原料，以家庭经营、手工制作，蒸、煮、炖等为主要烹调技艺的民间小食，因其物美价廉、绿色环保，很快成为独具特色的中国式快餐，全县有5万多人到全国各地开办沙县小吃店，以至于出现了“沙县小吃走天下”的奇观。而沙村，则可让天下人都来此品尝最正宗最精华的沙县小吃，包括已被认定的39种“中华名小吃”和63种“福建名小吃”。到福州、厦门观光，到武夷山、金湖游览的中外宾客，途中来此小住，大快朵颐，大开眼界，其乐无穷也！

乐园飞凤。沙阳乐园，位于水南凤凰山，为沙县综合性游乐园，总占地1212亩，1995年动工兴建，1997年12月8日中国沙县小吃文化节开幕之际正式对游人开放。2005年，为迎接沙县建县1600年，乐园提升改造工程竣工，新增凤凰主题公园、县历史博物馆（内含民俗馆）及沙县历史文化长廊等一批含金量很高的文化设施。其中，最引人注目的，是凤凰主题公园。公园由圆形的中心广场、凤凰主雕塑和16根排列成半圆圈的方形立柱组成。众所周知，在中国古代的文化生灵中，作为百鸟之王的凤凰，既是吉祥之鸟，也是智慧之鸟。沙县城关，北有凤冈山，南有凤凰山，沙溪上的古桥还有“双凤衔书”的传说，可见自古以来沙县人民对凤凰都情有独钟。眼前这一广场上的主雕塑，取名“走向辉煌”，是一只高达38米的凤凰，正在五彩祥云上引颈高鸣，它充分表达了沙县人民热爱家乡，建设家乡，对家乡实现现代化未来的美好憧憬。而环绕于两侧的16根方形立柱，象征沙县建县1600年，也分别雕有16只形态各异的凤凰，其造型取材，从新石器时代的“玄鸟”，到秦汉的瓦当，再到宋朝正式定名的凤凰，应有尽有。我站在广场上，细细品赏凤凰在不同时期的不同形象，如同阅读一部凤凰家族的演变史。我想，作为全国首创的第一家以群雕方式集中展示凤凰文化的主题公园，这“有凤来仪”，吉祥如意的“乐园飞凤”，理应补进“沙阳八景”之列。

龙湖夜月。“南有凤文化广场，北有龙文化公园”，南北呼应，成龙凤呈祥之势，这是沙县新城建设中的一大创意。其中，所谓龙文化公园，指的是龙湖，位于城北金沙园的中心。金沙园，全称为三明高新技术产业园区，由三明市与沙县联合开发，2002年经省政府批准设立，规划控制面积18平方公里，全面建成后，可容纳入园企业200家、居住人口7万人，它既是沙县群雄并起的工业城，也是繁荣文明的新市区。为给新市民提供宽松优美的生态环境，特在园区的中心位置开辟人工湖，并取名为龙湖。沙县别称“虬城”，虬者，无角龙也，传说古时有无角龙潜游于沙溪之中。把金沙园的人工湖命名为龙湖，寓意沙县的工业发展如同群龙腾飞，兴旺发达。为此，在亲水平台处，还立有九龙柱，喻龙生九子，生生不息，园区前程不可限量。我想，每当皓月当空之时，人们或荡桨于湖波之上，或漫步于杨柳岸边，必定是心旷神怡吧！“沙阳八景”中原有“瑶池夜月”，惜已不存，今以龙湖取代之，亦可谓天衣无缝。

以上新四景，若与旧存四景整合之，即可成新版之“沙阳八景”：

十里平流，七峰叠翠，瀛洲夕照，吕峰晴雪，

淘金卧佛，沙村美食，乐园飞凤，龙湖夜月。

窃以为，如此八景，可谓古今相融，新旧合璧，山川美食皆备，且日月同辉，龙凤呈祥，佛光普照，沙县风景名胜的诸多精华，已基本囊括其中。是否可作为沙县旅游的新品牌，推而广之，广而告之？

区区书生之见，不知沙县的父老乡亲们，以为然否？

2010 年春

侯官故县的守护神

13 棵古榕，像 13 位身披青铜盔甲的古代将士，在闽江岸边站成一排，簇拥着一座古老的石塔，守卫着一个古老的渡口及其背后一个古老的村落。

那石塔，名镇国宝塔，四角七层，因年代久远，石色黝黑如墨，宛若铁铸，其棱角锋利的背影贴在白茫茫的江面上，还颇有一番威镇江涛、力挽狂澜的英雄气概。那古渡口及其背后的古村落，就是古侯官县的县治所在地，曾一度被称为侯官市，今为闽侯县上街镇侯官村。

众所周知，现今的闽侯县，是由历史上的闽县、侯官县和怀安县的部分地域组成的。因此，在福州人的记忆中，侯官，是一个多么古老而又亲切的名字！

据查，“侯官”一词，原为会稽郡都尉府辖理下一个军事机构的职官名称，其主要职能是负责城池的防务，到了东汉末年才逐渐衍化为城邑之名。当时，作为福建设立的第一个县治，其原始位置已难以稽考，但到了唐初，它曾一度建置于侯官村，这在诸多方志文献中均有迹可寻，如明《闽都记》就明确记载：“侯官市，故侯官县治也。武德六年（623 年），置县螺江之北。贞元五年（789 年），为洪水漂没……”由此算来，侯官作为县治，从初唐至中唐长达 166 年，其城池被洪水淹没之日距今也有 1221 年了。

在中国的江河湖海，凡有水患处，往往都有威镇水妖的宝塔巍然屹立，眼前这镇国宝塔也不例外。细看那七层塔身与单层须弥座，通高虽只有 6.8 米，但每层各面均设有神龛，并浮雕佛像、团窠、花卉等图案，四面转角处还雕有虎背熊腰的大力士，全塔上下端庄简古，浑然一体。据同来的闽侯县博物馆馆长曾江先生介绍，1984 年维修此塔时，曾出土唐代开元年间的古钱币、古铜镜及舍利子、玛瑙等一批文物，其中，光是古钱币就有铜钱、铅钱、铁钱三种，由此推测，此塔修建年代与侯官在此设县的年代较相吻合。在福州市的现存古塔中，它也算是元老级的前辈了。1200多年来，它日日夜夜，寸步不离地屹立在闽江岸边，守望着侯官故县这一方热土，眼望它老而弥坚、铁骨铮铮的塔影，不能不令人肃然起敬。

如今，塔下的古渡口，已开挖成一条人工河，叫邱阳河，它的主要功能是泄洪，即把大学城蓄积与壅塞的洪水排入闽江，为此，在河口处建有桥闸。我们便顺着桥闸，走进对岸的侯官村。但见村中有一座绿意葱茏的小山，名华棣山，山上榕阴掩映中，有一座坐北朝南的古建筑，那就是侯官故县的城隍庙了。登山道旁，立有一块道光二十一年（1841年）的《重修城隍庙记》，上刻："吾乡之祀城隍也，自唐武德中置县而始，厥后县有治。贞元初，邑改，庙仅存焉。"由此可见，城隍庙始建时间与置县时间略同，毫无疑问，它就是侯官故县的守护神了。

从山下举目仰望城隍庙，但见它是幢面阔三间的土木建筑，外墙只有灰、黑、白三色，显得古朴而又庄重。石框大门顶上，竖嵌有一长条石刻匾额，左右两旁，是一对圆形的雕窗，远远望去，就像一位在鼻梁上架一副眼镜的老人，正神态安详地守望着山下的闽江。

我们从山下拾级而上，细看那匾额上的"城隍庙"三字，为"闽侯王世襄"所题。久闻王先生乃国宝级的文物鉴赏家，由他来为家乡的城隍庙题匾，其笔画之端肃严整，与建筑物之古朴庄重，可谓珠联璧合，相得益彰。可惜王先生不久前刚刚仙逝，此墨宝已成绝唱，不能不令人扼腕叹息。

步入庙门，由南至北，依次为戏台、拜亭、大殿、后殿等，皆为抬梁穿斗木构架，苍苍然古风尚存。此庙历经千年风雨，多次重修在所难免，其最近一次重修，时为1996年，当地村民为之踊跃集资，足见它深受百姓之拥戴。大殿上，仍保留有清道光年间的一对石柱楹联："西土沛恩膏，千百载犹蒙感应；南邦资捍卫，六一都共仰声灵。"此联中的"六一都"，指的是当时侯官县所统辖的地域，方圆达六十一都之广。

端坐在大殿正中神龛上的，就是身披大红袍的城隍老爷了。据曾江介绍，他名叫周苛，官封西汉御史大夫。楚汉战争时，他奉刘邦之命守卫荥阳，后为项羽所擒。他宁死不降，最终被处以烹刑。刘邦登基后，感其忠烈，令天下郡县立庙奉祀之。对此，我悠然想起，荥阳远在中原黄河流域，与闽江及侯官县毫不搭界，老百姓们为何要在此顶礼膜拜，且历经千年而香火不绝？

原来，“城隍”一词，原指古代的城墙和护城河（濠河），后来逐渐演绎成冥界的地方官，其偶像多为已故的功臣名将或廉吏贤哲，备受百姓推崇与爱戴，此间的城隍庙当然也不例外。只是后来由于道教的渗入，城隍的职权不断扩大，它既是地方的守护神，又是人间正义的主持者和忠奸善恶的审判者。因此，这里的城隍庙也和全国各地一样，在主祀某位城隍老爷的同时，还在大殿两侧，配祀有判官、牛头马面和黑白无常之类的皀隶与鬼卒，一个个皆凶神恶煞，大概想以此警戒后人，震慑尚在阳间欺压百姓的贪官污吏和恶霸流氓吧！当然，到了以法治国的今天，这一切都显得有点可笑。但转念一想：民心不可欺，民意不可侮，亲民爱民者荣享千秋香火，吸食民脂民膏者耻受万众唾骂，古代老百姓借城隍庙这一载体，表达一种正直、善良与美好的愿望，时至今日，仍然能引起我们的心频共振，眼前这一古迹，岂能不倍加珍惜并尽力予以妥善保护！

有趣的是，与大殿相对应的戏台，却毫无这种阴森恐怖的氛围。也许，是老百姓们坚信乌云遮不住太阳，是非曲直终见天日，善有善报恶有恶报吧，这戏台上总该有欢快的锣鼓声与悠扬悦耳的乐曲声。我发现有位当代书法家还在戏台的后幕上题写一匾，上书“乐乐乐”三字。其第一个“乐”字，读音为 yào，意为喜爱；第二个“乐”字，读音为 yuè，意为音乐，第三个“乐”字，读音为 lè，意为快乐。释成白话文，当为：因为喜爱音乐而快乐。它充分利用汉字一字多音多义的特点，妙趣横生，不能不令人叹服。这位书法家，不是别人，正是我们今天的导游曾江先生。

其实，城隍也好，古塔也好，都是侯官故县的守护神，而曾江先生长期从事文物保护工作，堪称这些守护神的守护人。他数十年如一日，以此为乐，乐此不疲，勤勤恳恳，忠于职守，这“乐乐乐”三字，也是他自身的心灵写照吧！

感谢他的盛情邀请，我们今天的侯官故县之旅，不虚此行，满载而归。

2010 年清明时节

三见玉蝴蝶

一

弹指一挥间，30 年过去了。

30 年前，1979 年一个夏日的清晨，我记得很清楚，正当我在县委招待所的门厅里候车时，一抹曙光照亮了墙上的东山县地图。我抬眼一看，顿时呆住了：这东山岛的形状，不就是一只四翼初展，翩然欲飞的蝴蝶吗？于是，我以《海上玉蝴蝶》为题，在福建日报上发表初访东山的观感：

“东山岛的形状，酷似一只蝴蝶。从前，这只蝴蝶是枯黄色的。漫漫黄沙日夜缠着她，压着她。她饥饿、焦渴，奄奄一息……如今，这只蝴蝶满身翡翠：到处是水，是树林，是充满生命和希望的无边的绿色……在东海和南海的交接处，一只美丽的玉蝴蝶，翩翩地飞舞起来了！”

1995 年夏天，我再访东山，有感于“谷文昌精神”在全岛发扬光大，东山的生态环境有了根本性的变化，于是，我以《又见玉蝴蝶》一文，在省报上再次表达我的喜悦。

老实说，这两篇多少带有纪实性质的散文作品，其本身无足挂齿，但始料未及的是，文中有关蝴蝶的意象，因被许多媒体推而广之，广而告之，渐渐，它就成为东山岛的别称了。

如今，又过了 15 年，当我第三次来蝴蝶岛采风时，恰逢岛上正举办盛大的“两节一会”：第四届漳州旅游节、第十九届海峡两岸关帝文化旅游节、闽台水产品博览会。来自海峡两岸的宾客有如海潮一般席卷全岛，节庆的焰火，照亮夜空，煮沸大海，也映红了倾城出动的万千笑脸。有道是

“人逢喜事精神爽”，我们这些躬逢盛会的作家、记者们，也如同扬帆出海的渔民一样，不断从生活的波涛中捕捞最鲜活的写作灵感。

短短几天几夜的所见所闻，使我深感东山这只玉蝴蝶，她的色彩越来越华贵，斑纹越来越精细，翅膀越来越轻灵，舞姿越来越优美，她所表演的舞台也越来越壮阔了。她在翔舞中每一次华丽的转身，每一丝曼妙的颤动，每一个新奇的造型，都成为新的亮点，牵引海峡两岸的无数目光。因此，当采风团分配写作任务时，我便主动请缨，要为东山续写一篇《三见玉蝴蝶》。

二

有趣的是，当我为起草本文寻找一个切入点时，我忽然发现，从“初见”“又见”到“三见”，我所关注的焦点其实都离不开一粒最小的物体：沙，东山岛随处可见的天然石英砂。

佛家常言：一沙一世界，一叶一菩提。其本意，原指透过一粒沙，可以看见三个大千世界。而我，30 年来三次来东山，不也都是透过一粒沙，来看全县的沧桑变化吗！

遥想从前，东山人视沙为害，谈沙色变。只因为茫茫的黄沙，是贫瘠和屈辱的同义语，是战乱和动荡的代名词，是“乞丐村”和“寡妇村”的血泪史。

新中国成立以来，东山人与沙争地，固沙造林，历经了多少艰难与曲折！至今，每到清明节，人们“先拜谷公，后祭祖宗”，对海岛生态文明的奠基者、老书记谷文昌，依然念念不忘。

而今，东山人以沙为宝，点沙成金。他们不但在沙地上营建现代农业大观园，在沙滩上发展旅游度假区，而且，还把一粒沙变成一大玻璃产业，他们对沙的科学利用，简直成为一门艺术。

记得我前两次来东山，满眼都是木麻黄，巍巍然如绿色长城环卫海岛，浩浩然如百万雄师威镇海疆。当然，由于岛上鲜见其他树木品种，木麻黄看多了，也难免因单调而出现审美疲劳。如今，我第三次来东山，岛上的绿色家族再也不是木麻黄的一统天下了。且看全国海拔最低的寺庙——东门屿的东明寺，居然种起了两千多株可制作红木家具的黄檀树；且看全岛的交通主动脉——西铜大道，其两旁的行道树，居然是从台湾引进的黑板树（俗称棚架子树），其主干笔直伟岸，如仪仗队摆开迎宾队列，其树冠状如巨伞，也将为游人搭起数十里凉棚。据说，这种抗风、耐沙、速生的高大乔木，位居台湾十大行道树之首，还是台中的市树呢！对此，络绎不绝从台湾来的游客，不能不倍感亲切。

当然，更让我大开眼界的，还是陈城镇白埕村的沙生植物园。这里，简直就是人间的伊甸园，只不过其主人不是亚当与夏娃，而是富有浪漫情怀的农民企业家林财平及其三个儿子。他们用两万多个收购来的旧石臼，圈起约两百亩荒凉的海边沙瘠地，经过十年的苦心经营，终于让全球五大洲的百余种沙生植物，在此落地生根，开花结果。步入园中，果真是姹紫嫣红，美不胜收：粮食类作物有美国紫地瓜，蔬菜类作物有荷兰芦笋，花卉类作物有阿拉伯的沙漠玫瑰，水果类作物有南非的神秘果、墨西哥的红龙果、印度的菠萝蜜、泰国的四季芒果及台湾的黑珍珠莲雾，至于树木品种就更多了，缅甸的柚树、西班牙的香花槐、澳大利亚的小叶南洋杉……

有趣的是，此地距谷文昌陵园不远，要是他人家忽然醒来，登上观林台朝这边眺望，定然会惊喜地大声赞叹：原来，适宜在东山沙质土壤上种植的，不光光只是木麻黄啊！

三

如今，毫无疑问，东山已成为海峡两岸的一大旅游热点。据说，每年上岛的境内外游客（当然，也包括来关帝庙祭拜的香客），早已超出百万之众。

那么，小小的东山岛，何以能有如此巨大的磁力？我想，除了“天下第一奇石”风动石、国宝级的文物单位关帝庙、全国四大名屿之一的东门屿、明代的铜山古城及众多与黄道周、戚继光、郑成功、施琅、谷文昌等古今名人有关的名胜，更为难得的，还在于它所独有的自然景观：海湾，七个半月形的海湾。

迎着温润而又清爽的海风，驱车在东山作环岛游，那真是人生的一大享受。但见马銮湾、金銮湾、乌礁湾……一湾连着一湾，湾湾大浪淘沙，皆是金滩银滩。到了全国文明村澳角，又见村前村后两大海湾，成X形相背交叉，一湾洪涛翻滚，一湾波澜不惊，让人在左顾右盼之间，一惊一乍，目瞪口呆，而在海涛中载浮载沉、活灵活现的龙、虎、狮、象四屿，则如同海上的动物世界，更让人恍恍然不知身居何方。

众所周知，阳光、海浪、沙滩，这是全世界滨海旅游度假区所不可或缺的三大自然要素。其中，阳光普照大地，海浪风起云涌，随处可见，并不稀罕。但若论起沙滩的长度、宽度、弯曲度与纯净度，论沙粒的粗不扎脚，细不沾身，洁白无瑕，能像东山岛七大海湾这样，就不多见了。至少，它比我所见过的中国北戴河渤海沙滩、罗马尼亚堪斯坦察的黑海沙滩，不但毫不逊色，且在某些方面，还有过之而无不及。我想，就凭这一条，东山人要把自己的家乡建成海峡旅游岛，进而在未来建成世界旅游岛，就不是空穴来风，异想天开的事了。可惜我年岁已大，腿脚不便，既不能跳上马背踏浪狂奔，也不能驾艇出海与海豚共舞，只能羡观两岸大学生在沙滩上共庆“嘉年华”，感受青春活力犹如生生不息的海潮汹涌澎湃。

千年，万年，亿万斯年？无数次山奔海立的地质运动，无数次潮来汐往的轮番洗礼，无数回微波细浪的深情抚慰，终于为东山岛淘洗出这一湾湾迷人的沙滩，天经地义，天造地设，它是海滨浴场的天堂，旅游度假区的摇篮，开展水上运动及水下探宝最理想的地方……

四

然而，东山的海湾与沙滩，又不仅仅只属于休闲与度假，温情与浪漫。

据科学探测，东山的天然石英砂，除潮间带海沙可发展旅游业外，还有储量近3亿吨的沉积砂，因其二氧化硅含量高达97%，又称硅砂，是重要的工业矿物原料，可广泛应用于玻璃、铸造、冶金、化工、塑料、橡胶、陶瓷及耐火材料等多种工业领域。曾经有一段时间，人们“只缘身在此山中，不识庐山真面目”，把它当成普通的建筑材料廉价出口，以换取微薄的外汇。后来，大梦初醒，方知它是制造高档玻璃——包括平板玻璃和浮法玻璃最理想的原材料。此次采风，我们有幸参观将投资百亿元的旗滨玻璃工业园区，其已投产的两条生产线，就如同长龙一般，把硅沙吞了进去，再把玻璃吐了出来，一吞一吐之间，便创造了“一粒沙变成一个玻璃产业”的奇迹。而这一异军突起的玻璃产业，立即就成为县域经济的龙头产业与支柱产业。

但是，正如大海无边无际，深不可测，人们对硅砂的理性认识和科学利用还远不能就此止步。据说，由于硅砂具有耐高温、耐腐蚀、高度绝缘及独特的光学特性，在当今飞速发展的航空、航天及IT产业中，还将大有用武之地。于是，这小小的一粒沙，在我的心目中，就显得更加神奇而神秘了。

一千多年前，唐代诗人白居易东临大海时，曾写下名篇《海潮赋》：

白浪茫茫与海连，白沙茫茫四无边；
朝来暮去淘不住，遂令东海变桑田。

当年，囿于时代局限，诗人看到大浪淘沙的景象时，只能感叹沧海桑田的历史变迁。他不可能想象今天的东山，同样拥有“白浪茫茫”与“白沙茫茫”的东山，其正在发生的巨大变革，已远远超出农业经济的范畴。今天，小小的一粒沙，当它投入工业、旅游业或其他新兴产业时，其附加值能否成几何级数飙升，它还将为东山创造出什么样的奇迹，笔者才疏学浅，不敢妄加猜测。但有一点可以肯定：东山人从视沙为害到以沙为宝，从与沙争地到点沙成金，这一历史发展的大趋势，是再也不会改变了。

2010年夏

跟随马可波罗漫游建宁路

元代至元二十九年（1292年），意大利著名旅行家马可波罗在中国逗留17年之后，从福建泉州启航返欧。这一年，他由浙江杭州、江西信州（今上饶市），翻越武夷山，进入闽北，在崇山峻岭中骑行六天，终于来到了闽北的建宁路（今建瓯市）。

当时，建宁是闽北最大的城市。雄伟的城墙，壮观的桥梁，繁华的市街，丰饶的物产，特别是美丽标致的女子，都给他留下美好而又深刻的印象。若干年之后的某一天，当他在意大利老家身陷囹圄，不得不靠回忆中国往事来打发时光时，有关建宁府影影绰绰的图像又在他的脑际浮现出来。于是，根据他的口述，由同房牢友鲁斯提契洛进行笔录而后整理成书的《马可波罗游记》，便有如下一段虽然简约但却颇为精彩的记载：

该城范围相当大，有三座很美的桥，长100步以上，宽8步。这地方的女人美丽标致，过着安逸奢华的生活。这里盛产生丝，并且制成不同种类的绸缎。棉布是由五颜六色的棉纱织成的，行销蛮子省各个地方。居民经营广泛的商业，并向外地输出大量的生姜和高良姜。

人们曾告诉我说，这地方有一种家鸡，它们没有羽，浑身披着黑毛很像猫皮，不过我没有亲眼看见过。如果能够一饱眼福，必然是一种奇观。它们像其他鸡一样生蛋，肉也很可口。这里老虎很多，出没无常，给这地区的游客造成很大的威胁，人们除非结伴同行，否则非常危险。

这段记载，字数不足三百，但涉及的内容相当广泛，一系列关键词，为我们提供了有关元代中期建宁路城市建设、经济发展与文化习俗的重要信息，尽管有些地方语焉不详，但也为后人留下许多想象的空间，而洋溢在字里行间的赞美之情，连我这外地人也为建瓯的父老乡亲深感自豪。

我忽发奇想：假若时光倒流 718 年，让我紧随马可波罗的背影，步入古代的建宁路，那么，呈现在眼前的，将是怎样一番景象呢？

城池·桥梁

马可波罗有关古建宁路的记载，开宗明义第一句就是："该城范围相当大"。它到底大到什么程度呢？也许，民间至今广为流传的两句老话，即"一府二县三衙门"和"去了三天建宁府，回家讲得一年古"，便是它最好的印证。一府，指的是建宁府（即建宁路，元代把府改为路）；二县，指的是建安县和瓯宁县。从南宋沿袭下来的这种行政格局，让三个衙门同居一城，充分说明当年的建宁城，是闽北的政治、经济和文化中心，也是人口最集中的第一大都会。据省博物馆陈忠干先生《闽北五千年》一书介绍，元代建宁路人口为 127254 户，506926 口。其城周长 9 里 30 步（约合 5068 米）。也许，这些数字在今天看来并不算什么，但在 700 多年前，当马可波罗从闽赣交界处老虎出没的原始森林里穿越出来，来到这依山傍水、田园锦绣、人烟稠密、城楼高耸，长桥飞架的建宁路时，就觉得它雄伟壮观、气势不凡了。步入城内，五凤楼的金碧辉煌，文庙的庄严肃穆，三十六街、七十二巷的市井繁华，都让他目迷心醉。举目远眺，城西东岳庙的飞檐翘脊，宛如天上的宫阙；侧耳倾听，水南光孝寺的晨钟暮鼓，一声声，更使他的心弦震颤不已……

当然，在马可波罗的眼里，最能体现城市建筑成就和艺术特色的，是"三座很美的桥"。据建瓯市方志委赖少波先生考证：马可波罗进出古建宁府的路线，是先由威武门进城，而后从通仙门出城。因此，他先后所见到的三座桥，依次为威武门外的桂香桥、通济门外的平政桥、通仙门外的通仙桥。

其中，桂香桥亦称"七星桥"，俗称"西门桥"，位于威武门（西门）之外。当年，"桂香桥"两端，夹道遍植桃柳松柏，旧志上称："望之如苏堤胜景"。有诗赞曰："七星桥下桃花水，七星桥畔杨柳风"，"十里红尘飞野马，千株绿树荫行人"。可见，这是一座风景如画、富有乡野情趣的桥梁，春天桃红柳绿，秋季桂子飘香，给马可波罗留下美好的第一印象。

其次，是平政桥，此桥从通济门直抵建溪对岸，旧志载其“累石为址，架木为梁，面覆以屋”，可见，它是一座典型的木构廊桥，又称风雨桥。此类廊桥意大利也有，比如，马可波罗家乡威尼斯就有一座始建于古罗马时期的廊桥，因诗人但丁在桥上与持花少女贝特丽丝一见钟情，被写入名著《神曲》而为世人皆知。马可波罗是与但丁同时代的人，我不知道他看见平政桥时是否想起他家乡的“廊桥遗梦”？不过，威尼斯的那座廊桥只有三拱，比起眼前的廊桥显然短多了，因此，马可波罗特地在此标明桥长“一百步以上”，足见他心中有数。

马可波罗在建宁短暂停留三天之后，从通仙门出城，前往福州方向。当时，通仙门外有一座跨越松溪的桥，因其长而俗称“长桥”，又因其通往水南的梅仙山，故桥与城门同名，称通仙桥。如今，长桥虽已无迹可寻，但通仙门经明、清两代重修之后，却是古城众多城门中保存最完好的一座。其用青砖垒砌的城墙高 6 米，门洞高 4 米，宽 5 米，纵深 24 米——比苏州的盘门还深两倍，已名列省重点文物保护单位。

在建瓯采风期间，我曾两次到此访古。穿过凉风习习的门洞，眼前一亮，便见松溪流水滔滔，对岸的梅仙山层峦叠翠。我发现古长桥桥头的遗址上有一座小小的樟树王庙，虽然不见老樟树，但庙里香火颇旺。庙侧有一条石阶路，斜斜地伸入松溪，想必就是古渡口了。我想，这石阶上是否就留有马可波罗的脚印？当年，他挥手告别古城时，那岸上的樟树肯定还枝青叶茂吧？正遐想间，一只白鹭从我眼前腾空而起，仿佛要把我的悠悠情思带往浩渺的天际。

街市·商品

马可波罗在建宁府逗留了三天。他和他的随员（如果有的话），是否接受过一府二县地方长官的盛情款待？在觥筹交错的宴会上，他是否喝过当地的红酒，尝过当地的溪鱼和板鸭，酒酣耳热之际，他是否用建窑烧制的兔毫盏品过北苑的贡茶，并以椎栗作为茶点？我不得而知。但作为一个大旅行家，他肯定在三十六街、七十二巷中穿梭来往，并与市井上的士农工商各色人等进行交流，否则，他如何对当地的风土人情能有如此深刻的记忆？

“居民经营广泛的商业”，这是他对古城物产丰富、经济繁荣、商贸发达的总体评价。众所周知，此地山清水秀，田园锦绣，素有“桑麻披野，茶笋连山”的称誉。到了宋代以后，更是农工并举，妙称天下。举凡纺织业、制茶业、陶瓷业、印书业、采矿业、冶炼业、食品加工业乃至于商品流通所必需的钱币铸造业等等，都相对发达。优越的自然环境，丰饶的物产，便利的水陆交通，为当时的商贸活动提供了特别有利的条件。

面对市街上琳琅满目的商品，马可波罗择要点出了其中六种：生丝、绸缎、棉纱、棉布、生姜、高良姜。其中，头四种均与纺织业有关。见多识广的他，何以对此情有独钟？我想，这与建宁府早从晋代开始就栽桑养蚕、纺纱织布，到了唐宋以后，纺织业已相当发达有关。马可波罗漫步街市，发现这里布店、绸缎庄特别多，其所售面料，花色品种最全，质量最佳，生意也最旺火。前来洽谈批发生意的，有操各种不同方言的顾客，因此，他断定这里的纺织品“行销蛮子省（指南方各省）各个地方”，此其一。其二，这也与马可波罗的出身及来华目的有关。正如季羡林先生所言：“为什么威尼斯的马可波罗会到中国来？从资料中可以看出，丝绸之路西端的重要城市之一是威尼斯，而东端则是中国……因此，许多威尼斯人通过丝绸之路这一条大动脉，不远万里，来到中国，其中主要是商人，他们来中国是为了做生意。其他的人间或也有。马可波罗一家几代，都来到了中国，也就丝毫没有什么可怪之处了。”（引自季羡林《丝绸之路与中国文化》）

除纺织品外，马可波罗还提到两种日常生活所必备的食品：生姜，高良姜。其中，生姜处处皆有，家家不可或缺，恕不多言。但高良姜却是大有来头的姜中之王，不可等闲视之。高良姜，别名小良姜、徐闻良姜，是一种多年生的热带山姜，食、药兼用。因出于古“高凉郡”（今广东省湛江、茂名一带）故名高凉姜，后因谐音而讹称为高良姜。又因徐闻县的产量最多，又称徐闻良姜。据《广东通志》和《雷州府志》等记载：湛江徐闻所出产的高良姜在北宋时期就是朝廷贡品，因其气味芬芳馥郁，悬于室中有避疫之效，服用有温中散寒、止痛消食之功效，北宋皇室曾用其作香料和驱蚊虫品，御医院也曾经常采其制作皇室成员食滞的消食汤品。当今，风靡全世界的汉药驱风油、清凉油、万金油等药油，其主要原料就是从高良姜中所提取的高良姜素。徐闻地处雷州半岛，为祖国大陆最南端，不但是高良姜的原产地，也是海上丝绸之路的重要港口。古建宁府何时从那里引进高良姜，广为种植，并大量“向外地输出”？我不得而知，但从这里可以证明，建宁府的经济，早就走向海上丝绸之路，是一种“外向型”的经济了。

美女·服饰

“这地方的女人美丽标致，过着安逸奢华的生活。”马可波罗对古建宁府女子的赞美，不能不令人浮想联翩。

对此，我十分赞赏赖少波先生的三种见解：

一是气质之美：古代的建宁女子，举止优雅，气质不凡。据史料记载，当地人口大多是由中原一带迁徙而来的。东晋有“衣冠南渡，八姓入闽”；唐末五代有江北来避难的士大夫、豪商巨贾；到了宋元时期，外来人口就更多了，他们大多为上流社会的达官显贵，那些出身豪门的夫人小姐，从小受过良好的家教，知书识礼，一举手一投足，一顾盼一回眸，都透露出大家闺秀的风韵。

二是容貌之美：古代的建宁女子，身材匀称，容貌姣好。当地的传统习俗，女子很少参加户外体力劳动，较少受到风吹日晒，故肤色白润。此外，她们还有健身养颜的独门秘方，那就是豆浆粉，俗称“豆腐娘粉”。《本草纲目》记载：“豆浆利水下气，制风热，解诸毒”。《延年秘录》上也记载豆浆“长肌肤，益颜色”。现代医学研究认为，女性衰老和雌激素的减少有关，而豆浆中的大豆异黄酮、大豆蛋白、卵磷脂等，是公认的天然雌激素的补充剂。每天坚持喝豆浆的女性，可延缓衰老，美容养颜。

三是服饰之美：古代的建宁女子，服饰华丽，装扮得体。正如上文所述，此地的纺织业十分发达，而纺织业的发达必然带来服装业的繁荣。有道是“云想衣裳花想容”，华丽的服饰装扮，自然为原本就气质不俗的美女们，更增添几分优雅与靓丽。

对此，我在建瓯采风期间，特向市政协文史委吴雪灏先生请教：在古城三十六巷中，有哪些巷名与女子服饰有关？他不假思索，如数家珍道：有花巷、扇巷、镜花巷……于是，在我的眼前，又渐渐浮现出如下一些镜像。

镜像之一，清晨，马可波罗步入花巷。花巷，顾名思义，是出售鲜花与各种人造花的巷子。但见乡下姑娘挑着一担担鲜花赶进城来，每一片花瓣上都有亮晶晶的露珠在闪动。刚喝完豆浆粉的老板娘，正忙着把一簇簇姹紫嫣红当街摆开。几位由小丫鬟陪伴着前来选花的贵妇人，身穿绫罗绸缎的衣裙，正款款而来。这时，曙光初照，整条巷子，花光闪耀，花香袭人，马可波罗睁大碧眼，简直分不清哪是鲜花，哪是美人……

镜像之二，马可波罗步入扇巷。这里的扇子，皆为手工制品，大体分为四种：一是纨扇，二是折扇，三是葵扇，四是麦秸扇。他发现，凡购买葵扇和麦秸扇的，多为平民百姓；凡购买折扇的，多为文人雅士；而重金选购纨扇的，必系富贵人家的少女少妇。纨扇，因形似圆月，又名团扇，以竹木作柄、作框，并以洁白的丝绢作扇面，上绣山水花鸟等精美的图案，配上汉字书法，具有很高的审美价值。此地盛产丝绢，纨扇价格可能比苏杭便宜，想必他当即买下十来把，准备带回意大利，也让威尼斯贵妇的纤纤素手，能借助纨扇，扇出东方美人的缕缕香风……

镜像之三：马可波罗步入镜花巷，举目四望，这里的铜镜真多，或大或小，或圆或方，既有花样翻新、精工铸造的时尚作品，也有古意盎然、几可乱真的前代名镜之仿制品。此时，一位盛装少妇正揽镜自照，醉心于“当窗理云鬓，对镜贴花黄”，猛然间发现一个碧眼金发大络腮胡子的洋人，正出现在自己的背后，她吓了一跳，立即用团扇遮住羞红的脸面，一溜烟逃出店去。虽然这只是惊鸿一瞥，但在马可波罗的心中，此女子美丽标致的印象，却再也挥之不去了……

建宁女子之美，除了上述气质之美、容貌之美、服饰之美，我以为还可补充的一点就是：心态之美。此地素有崇拜母性、尊重妇女的文化习俗，女子具有较高的社会和家庭地位，故而心态特别好。至今，每年清明节，家家户户门口插柳，为的是纪念练夫人，传说她是拯救全城百姓性命的“芝城之母”。城乡处处，都有香火旺盛的妈祖庙，妈祖是海上的护航女神，常与江海打交道的建瓯人，自然对她十分敬仰。当然，他们也拜男性的关公，所谓“九门十关公”，指的是九座城门有十座关帝庙。但关公千里走单骑，夜读春秋，秉烛达旦，忠心耿耿为两位嫂子当保安，其本身就是尊重女性的楷模。马可波罗说这里的女子“过着安逸奢华的生活”，安逸是奢华的前提，我想，所谓安逸，既指宋末元初战乱之后，此时的社会较为安定，也指此地的妇女，特别是富家妇女，因地位较高，生活条件较好，故心态较为平衡，较为宽松，较为亮堂，容易快乐和满足吧？不知当今的女权主义者们，对此有何感想？

家禽·野兽

大凡旅行家，尤其是身兼游记作家的旅行家，都对生活具有广泛的兴趣，对一切未知的事物充满好奇心，马可波罗也不例外。比如，在有关建宁府的短短记载中，他就童心勃发，竟然用一半篇幅来介绍道听途说的两种动物，一种是家禽——不知名的鸡，另一种，则是大名鼎鼎的野兽——老虎。

先说鸡。被马可波罗称为“奇观”的那种鸡到底是什么鸡呢？查《马可波罗游记》英译本译者曼纽·尔科姆罗夫原注：“家禽爱好者识别出这种家禽为羊毛波斯鸡，中国人称它为天鹅绒毛鸡，但现今只存有白色的一种了。”而据吴雪灏先生回忆，此鸡本地人叫丝毛鸡，解放初还有，他小时候就见到，毛黑，皮黑，肉黑，骨黑，连鸡血也是紫中带黑的颜色，其味道特别可口。可惜现在建瓯，却很久没看到了。后来，我上网查了一下，原来这丝毛鸡全称为丝毛乌骨鸡，原产于江西泰和等地，故又称泰和鸡，其典型外貌具有桑冠、缨头、绿耳、胡须、五趾、毛脚、丝毛、乌骨、乌皮、乌肉共十大特征，堪称鸡中的美人，1815 年，该鸡曾作为珍贵禽种送往“巴拿马太平洋万国博览会”展出，得到各国人士的广泛好评，将其列为观赏鸡而誉满全球。当然，它也是一种营养丰富、食用和药用兼具的优秀鸡种，饱含18种氨基酸及钙、钠、钾、铁、镁等化学元素和铜、锌、锰等微量元素，是历代用以招待贵客的上等佳肴。与此同时，它还是妇科中药乌鸡白凤丸的主要原料。可惜，当年的马可波罗，既无眼福又无口福，只能在游记中想象它为家禽世界中的“奇观”了。

由此，我又想，有他700多年前为此鸡所做的广告，假如现在的建瓯，能重新引进此鸡，大加养殖，并列入菜谱，那么，它的魅力，当不亚于红酒、板鸭、弓鱼和豆腐娘粉吧？说不定，它还能为建瓯饮食业和旅游业的发展，再创奇功呢！

再说虎。翻开闽北任何一部县志，有关古代虎患的记载比比皆是，建瓯自然也不例外。这里的虎，当属华南虎，又叫中国虎，因为分布在我国的四个老虎亚种（东北虎、华南虎、孟加拉虎和印支虎）中，唯有华南虎是中国独有的。十多年前，我来建瓯时，就曾亲眼见过该虎所制成的标本。记得那天是阴天，但老虎身上布满黑色横纹的金黄色彩，却像灿烂的阳光大放异彩。可惜，如今的建瓯，如今的全中国，却再也找不到野生华南虎的踪迹了。1996年，联合国国际自然与自然资源保护联盟发布《濒危野生动植物国际公约》，已将它列为第一号濒危物种，居世界十大濒危物种之首。啊，华南虎，比大熊猫还要稀少、还要珍贵的华南虎，曾经让马可波罗闻之生畏的华南虎，可怕、可爱而又可怜的华南虎，如今，你到底藏在哪里？你是否已经彻底告别了地球？当年，曾经出现在建瓯的华南虎标本，你何时能作为建瓯博物馆的镇馆之宝，公开展出，让建瓯人的子子孙孙，能永远珍存这一份色彩斑斓的记忆呢？

当然，我不是文史专家，无法对古之建宁、今之建瓯博大精深的史料钩沉索隐、披沙拣金，进行深入的科学考证，我对马可波罗有关游记的读后感，一半借助于建瓯文友的指点及他们所提供的一些研究资料，另一半，只不过是我本人好发思古之幽情的浮想联翩罢了，其不周不当之处在所难免，尚祈有识之士多多指正。

2010年秋

银城赋

一

东溪，西溪，东西溪。

东溪，带着北辰山的飞瀑、竹坝的花果、梵天寺和梅山寺的晨钟暮鼓，从东北源源而至；西溪，驮着莲花山的林涛、汀溪的温泉、五峰村和茌畲村的古寨乡风，由西北滚滚而来。双溪在城关合流成东西溪后，与溯溪而上的海潮相汇聚，相激荡，从此，以更开阔的胸襟，更饱满的激情，滔滔不绝地奔向同安湾，奔向大海，拥抱起海中的一双姐妹岛：厦门岛与金门岛。

这，就是同安。同时拥有三溪、六岸的同安，兼具山的厚重、溪的奔放与海的壮阔。

水，是城的摇篮，城的命脉，也是城的精魂之所在。正因为东西溪汇集起境内百分之八十的溪流，浇灌着全流域470多平方公里的土地，使之成为闽南金三角著名的鱼米之乡、花果之乡；正因为东西溪怀抱着拥有1700年历史的古城，使之成为文风鼎盛、英才辈出的“海滨邹鲁之地，声名文物之邦”，世世代代的同安人，包括原属同安的厦门人、金门人、集美人和翔安人以及无数海外子孙，都把东西溪当成自己的母亲河。

令儿孙们引为自豪的是，温情似水的母亲，还同时拥有一“银”一“铜”两个美丽的别称。据康熙版《大同志》载，因“城东西广、南北隘，如银锭样，故名银城。”又载，因双溪合流处“有三石状若鱼，色若铜，故又名铜鱼城。”

为铜鱼城取名的，不是别人，正是大名鼎鼎的北宋理学家朱熹。朱子有幸，年仅 23 岁就首仕“同安主簿”，为他一生的事业奠定了基础。同安有福，也因朱子的神来之笔，添上了这一千古流芳的美称。

银辉熠熠，铜光灼灼。从此，碧水绕城的同安，在史册上便有了金属般的品质与色泽，金属般的亮度与光芒。

二

我虽不是同安人，但在童年时代，也曾有幸吸吮过东西溪甘美的乳汁。

那是 1947 年，我五岁的时候。在我懵懵懂懂的记忆中，同安留给我最深的印象，是一幢红砖古厝，外加一场洪水。

那时，我母亲在县城的洗墨池小学任教，我常常跟她到学校玩。我不记得学校前面是否有一口碧波荡漾的池塘，但却记得母亲上课的教室，是在一幢古色古香的红砖大厝里，一间前有天井的殿堂里。那殿堂，朝天井的方向没有墙，只有一人高的红漆木栅栏，把阳光切成斑马纹投影在红砖地板上。殿内的后墙正中有座神龛，上头塑有一尊菩萨，可是我人矮，只能望见菩萨略略翘起的黑靴子。而课桌椅就在他的黑靴子底下摆开。也许是母亲讲课时我不大安分吧？有一天，坐在第一排的一位女生打开铅笔盒，取出一片桃红色的药片，要我含在嘴里。那药片，清甜清甜的，含在嘴中久久不化……

长大后，我才从母亲口中得知，那药片，是润喉片。那间教室，是洗墨池小学所借用的苏氏宗祠，那宗祠，还有个大名鼎鼎的堂号，叫芦山堂。如此说来，堂中神龛上的那位菩萨，就是同安人的骄傲——北宋时代的大政治家、大科学家、大药物学家、大工程师苏大人苏颂了。童年的我，真是有眼不识泰山啊！

那年夏天的某一天，准确地说，是农历六月初六，同安城发了一场大洪水。大水漫进了大街小巷，甚至穿堂入室，淹进了寻常百姓家。我第一次看见大人们撑着门板上街，第一次看见溪里（或海里）的船像鱼一般游上了岸。我还惊奇地发现，那船，跟鱼一样，跟人一样，是有眼睛的，一双圆滚滚、黑溜溜的大眼睛，显得特别威严和神秘……那天，我弟弟章汉正好在洪水中诞生，因此，他的乳名就叫“安生”。

这次到同安采风，临行前，86岁的老母亲特地交代：到同安，一定要去看看芦山堂，看看安生出生的地方，去尝尝同安最好吃的肉粽和马蹄酥……

于是，当采风团分配写作选题时，我就自告奋勇要写一写同安的老城关，为的是旧地重游，看看东西溪是否得到治理，像芦山堂这样的人文古迹是否得到完善的保护？

好在新一代的同安人，不愧是东西溪母亲河最孝顺的子孙，我所关注的两个问题，都有了令人满意的答案。

三

翻开同安县志，不乏东西溪水患的记载。

如：清康熙三十七年（1698年）农历四月二十八日晚，大雨如注，诸山多崩，水涨数丈，船挂树梢，桥梁冲坏，西门城崩，死者千余人。

又如：1956年9月18日，第26号台风在同安登陆，洪水淹进城关，水深达2～6米，城郊20平方公里范围内尽成泽国。由于洪水肆虐，西溪上的西安桥（西桥），东溪上的太师桥（东桥），屡塌屡修，居然重修达17次之多……

幸好，这一页页灾难的历史早已翻了过去。如今的同安城，三溪六岸全都筑起坚固的防洪堤。堤内，是洁净的马路，是花香袭人、树影婆娑的绿化带；堤外，是宽阔的水面，洁净的水流，是一只只白鹭在波光云影中翩翩起舞。横跨于东溪之上的东桥、南门桥，横跨于西溪之上的西门桥、新西桥，全都整修一新，尤其是东溪与西溪合流后的东西溪，其水面之开阔犹如湖泊，被称之为银湖，而跨湖而过的新大桥，也就冠名为银湖大桥了。这是一座颇具现代感的单塔单索斜拉桥，长328米，宽27米，塔高30米。远望高高耸立的桥塔，白天，它衬着蓝天白云，如大鹏展翅；夜晚，它灯火辉煌，又如同一架优雅的竖琴，为古城新市弹奏曼妙动人的小夜曲……

当然，对东西溪的整治，包括净化、绿化与美化，非一日之功，而是历经半个多世纪，举全县、全区之力所完成的一项浩大而又艰巨的工程。

听区报道组的朋友介绍，早在新中国成立后不久，东溪和西溪的上游，就先后建成汀溪、溪东、竹坝等水库，为城乡人民的用水、用电，提供了力所能及的保证。改革开放以后，东西溪治理正式列入县政府工作议程。从 1984 年起，全县多次进行大规模的清障、疏浚、固堤工程，使合流段的过洪能力大大提高，为全流域的抗洪排涝奠定了基础。1998 年，即同安撤县设区后的第二年，厦门市特区政府更是把高标准构建东西溪防洪体系，作为当年全市建设工程的重中之重，并申报列入国家计委的增投项目。喜讯传来，从县民刚刚转为市民的父老乡亲无不欢欣鼓舞。为弥补工程建设巨大资金中的小缺口，全县人民自动掀起募捐集资的热潮，从机关公务员的工薪到事业单位职工的奖金，从梵天寺的香火钱到小学生的压岁钱，从乡镇企业家的红利到海外亲人的外汇，可谓人人争先恐后，个个慷慨解囊。

2000 年 6 月，总投资 1.52 亿元的这一宏大工程按期竣工。东起东溪五显桥，西起西溪草仔市，下达双溪合流后的石浔、浦江两支流，共建成防汛道路 5.5 公里，防洪堤 27.65 公里，与此同时，配套工程瑶江橡胶坝也在下游横空出世，它同时兼具蓄水、挡潮、排涝和美化四项功能，使上游水位大大提高，不仅改善了农田灌溉条件，还大大美化了城区景观，让千年古城重见碧水绕城的美景。

然而，随着城区扩大、人口剧增、工农业生产的蓬勃发展，如何防治东西溪的污染，又成为一大严峻课题。为此，全区人民继续付出不懈的努力。2005 年，同安污水处理厂正式通水运行，2006 年初，相关道路的污水管道工程又全面铺开。与此同时，一批高污染企业被关闭，一批畜禽养殖场被拆除，一批环境违法案件被严厉查处，一堆堆淤积在河床中的垃圾杂物、一片片覆盖在水面上的水浮莲等有害植物，也逐渐清理干净。2008 年，整个综合整治工程基本完工。作为东西溪生态环境明显改观的标志是：天生丽质、羽毛洁白的白鹭又飞回来了。

众所周知，白鹭，既是厦门的市鸟，也是生态环境最好的监测师。当她们翩翩归来时，就说明东西溪的水质已值得充分信赖。其实，不仅是白鹭，据厦门观鸟协会专家们的观察记录，来东西溪戏水觅食的，还有翠鸟、青脚鹬、罗纹鸭、赤颈鸭、珠颈斑鸠、红嘴巨鸥和小白腰雨燕等鸟种，共计 6 目 22 科 34 属 42 种，她们，全都是同安人的至爱亲朋，是祝福古城“水清、岸绿、景美”的吉祥之鸟。

四

东西溪不愧是一位伟大的母亲。

1700 多年来，她孕育出一大批将相名宦、鸿儒硕士、文坛翘楚、艺苑才俊、科技精英、工商巨子、民族英雄、爱国侨领……

她，是他们共有的摇篮血地、智慧源泉和精神家园，也是全同安乃至全厦门市文脉之所在。散落在城乡各地的许多文物古迹，既是同安千年历史的见证，也是世世代代同安人包括无数海外子孙心中的骄傲。

尽管时移世易，沧海桑田，许多文物已在历史的云烟中“无可奈何花落去”，但有幸尚存的部分，在旧城改造、新城建设及东西溪整治中，已得到精心的保护，给我们这些慕名来访者以“似曾相识燕归来”的惊喜。

比如文庙，这座由朱熹亲自倡导扩建，全厦门市独一无二的文庙，就以古色古香、修旧如旧的大成殿、苏公祠、棂星门、观澜亭及“兴贤育才”大石坊欢迎我们，成为采风团来同安参观的第一个景点。泮池畔，那棵传说是陈嘉庚先生从南洋引种的柚树，粗壮的躯干，宽大的叶片，犹如绿色的华盖，最是引人注目。据主人介绍，为保证同安的文脉得以延续，文运得以贯通，区委、区政府专门拨款对孔庙周边进行整治，不但拆除原先挡在文庙大门口的高楼，把它辟为广场，还对文庙临东溪一线原同安古城的旧城墙，全面进行护砌加固，并增补其原有的雉堞。为此，我特地驱车到对岸，隔溪回望，但见从东桥到南门桥的溪岸上，古榕树老当益壮，古城墙巍然屹立，透过墙头的垛口，可望见文庙的红砖红瓦连同高高翘起的燕尾脊。子曰：“智者乐水”，诚哉斯言！

当然，对于笔者来说，此行的另一重点，是奉老母之命，参拜芦山堂。

原先的洗墨池早已消失在楼厦群中，固然令人惆怅，但作为“省宝”级的文物保护单位，这幢白石为基、红砖为墙、彩绘门神，三进双护厝的府第式建筑，却依然完好地保存着古时的格局，体现出典型的闽南建筑风格。穿堂入室，越过天井，转到了最后一进，那曾经充当课堂的殿堂还在，木栅栏还在，神龛上的塑像也还在，只是68岁的我，再也不是五岁的我，会无知地把他当成菩萨了。他，就是苏颂，被英国李约瑟博士称为“中国古代和中世纪最伟大的博物学家和科学家”。

如今，站在他的面前，我深感惭愧。因为我弟弟虽然在此出生，我也曾在此度过一小段童年，但我俩毕竟是外乡人，未能从他身上沾点智慧的灵光，以至于长大之后，我俩都只能成为平庸的文人。中国的历史缺少科学家，但不缺文人，文人中的佼佼者，如屈原，也只能峨冠博带，行吟泽畔，悲愤地发几句不着边际的《天问》，而同安人苏颂，却用他所亲手创造的举世瞩目的天文台——“水运仪象台”，去探测、求索、破译和解答有关《天问》的种种科学答案。这真是一项奇迹！在思想被钳制、科技被藐视、发明和创造被扼杀的中国古代封建社会，居然有如此一束文明之花，在这东西溪畔，在这座被称为银城的同安灿烂开放！

听说，同安人正在东西溪下游，在新建成的科技馆、文化馆和图书馆的前面，兴建苏颂广场，广场上将矗立起高达四层楼的水运仪模型。我想，古城同安新的区标，已呼之欲出矣！因为在当今，苏颂的科技创新精神，正是全同安、全厦门乃至全中国最可宝贵的精神！

五

告别同安前，我再次沿穿城而过的东西溪溪岸漫步。我发现三溪六岸的景观全都经过精巧的设计、精细的施工和精密的管理，沿线大大小小古迹也都得到精心的保护。

我看见银湖大桥的桥头，在车水马龙的环绕中，还保存有一幢红砖古庙、一棵老榕树以及树下的若干石桌石椅，有几位白胡子老人正在品茗下棋。我看见东西溪沿岸的绿化带上，恰到好处地置放着几块天然花岗岩，上刻“清风”“慎独”等字样，有几位母亲，正推着婴儿车，在一旁款款漫步。我还看见西门桥的一侧，还留有一条古旧的街巷，两厢店铺楼上当街伸出的阳台，其绿色琉璃栏杆，依然一式古希腊的花瓶式样，一股浓浓的闽南侨乡气息扑面而来。而在小巷深处，一家百年老铺，正热腾腾、香喷喷地散发出“双鹿牌”马蹄酥的油香味，多少海外游子不正是在梦中靠它来聊慰乡愁吗！

同安，真是令人赞叹，令人羡慕，能在新楼林立的城关，沿着三溪六岸，辟出如此成片、成线的绿色景观带，并在其中保留有如此之多的古建筑、古文物，让人日日夜夜聆听历史的回声，聆听大自然的天籁，充分感受东西溪母亲的脉脉温情，充分感受母亲身上的雍容气度和高雅的文化品位……这，并不是所有正在大拆大建中的城市所能顾及的。

最后，我来到双溪合流处的双溪公园。据说，这是忍痛拆除电影院后为市民所提供的又一处亲水观景的公园，而盛名远扬的“铜鱼池”，就在南门桥桥头一侧用白石栏杆围护的平台上，与溪中朱熹题刻的“中流砥柱”礁岩上下呼应。细观那铜鱼池，果真是有三块呈古铜色的鱼形石头，躺在一泓碧波之中，迎着朝晖夕阳，恍若在摇头摆尾，轻轻游动。

当年，朱熹把它当成古城文明的象征，祈求的是“铜鱼水深，朱紫成林”。而今，同安人的目标更远大了，他们所追求的是先行先试，走在全国小康社会的前列。临溪凭栏，眼看溪水泱泱，白鹭翩翩，我不由浮想联翩：自撤县设区以来，同安城关，由原先的铜鱼城、银城之旧城，扩展到誉称“金包银”的新城，如今，又在东西溪下游的入海口，即面对厦门的同安湾金海岸，建设全新的滨海新城。从铜至银再到金，这一系列巨大的变化，不正是同安从历史走向未来的路线图吗！它就像东西溪的流水，一心向往大海，浩浩荡荡奔向大海，谁也不可阻挡！

2010 年冬

2011年
(69岁作品)

航城赋

一

长乐，扼守闽江口南岸，一面背山、三面临海，别称“吴航”，简称“航”。据传，春秋战国时期的吴王夫差、三国时期的东吴孙皓，都曾在此屯兵造船。到了明代郑和七下西洋时，这里，更是到了“无湾不造船”的地步。

因此，我每次到长乐，都有一种顺风登船、扬帆出海的奇妙感觉。

50年前，作为一名到长乐参加秋收劳动的大学生，我曾随班上的长乐同学登上县城中心的塔山。山上空荡荡的，古时的寺庙啊，书院啊，全都成为丛莽中的断壁残垣，唯有一座宋建的三峰寺塔，以七层八角的铮铮硬骨、凌凌雄姿，屹立在天光云影之中。那时，县城很小，所有的市街，似乎只在塔山下环绕一圈半。于是，当我登上塔顶时，便觉得整座县城就像一艘古船，那石塔，就是古船上高高矗起的桅杆。海风，带着咸腥味从闽江口扑面而来，满山相思树哗然作响，如惊涛巨浪拍击着船舷……

1985年，为纪念郑和下西洋开航580周年，政府拨款在原“天妃宫”和“三峰塔寺”旧址上兴建起郑和史迹陈列馆。我第一次在馆内拜谒国宝《天妃灵应之记》碑，又第一次瞻仰郑和船队旗舰的模型。于是，在惊叹之余，我从心底认定，长乐这艘古船，就是一艘九桅十二帆的旗舰，它就像利刃一般劈开滚滚洪涛，出太平港，出五虎门，出闽江口。高高昂起的船首两侧，一双鼓突的大眼球，以灼灼如炬的目光，雄视着波澜壮阔的前方：太平洋、印度洋、阿拉伯海、非洲东海岸及红海海口……

1994年2月18日，国务院批准长乐撤县建市。欢天喜地的新市民在市中心的十字路口，矗起一座城雕作为市标。它以最简练的线条——长乐汉语拼音文字中的C和L两个字母，巧妙地组合成最具现代意识、最具航城地域特色的图案：正看，是一片船帆，正乘风鼓浪，奔向大海；侧看，又像是一架飞机或一枚火箭，正挟雷携电，直上云天。它标志着长乐这艘古船，已脱胎换骨成一艘新时代的艨艟巨舰，正以飞机和火箭的动力和速度，驶向海阔天空的世界，飞向充满希望的未来……

二

一方水土养一方人。“以海为田，操舟为业”的长乐人，自古以来，就有许多闯荡江海的弄潮儿，因此，航城也就成为闻名遐迩的“海员之乡”。

明洪武二十五年（1392年），朱元璋十分关注孤悬海外的琉球（今日本冲绳），他曾以宗主国皇帝的身份，“赐闽人三十六姓善操舟者，令往来贡。”而在“善操舟者”的三十六姓中，林、郑、蔡、金、梁、潘、谢诸姓，就多为祖籍长乐的移民。

从明永乐三年至宣统八年（1405至1433年），郑和七下西洋，长乐太平港成为他庞大舟师的驻泊基地和开洋起点。他在此招募水手，修造船舶，祭祀海神，伺风开洋，更有许多长乐人随舟师远航。不少长乐籍的军校和水手，经过七下西洋狂风巨浪的考验，成为“习于水斗，便于用舟”，具有高超航海技术的海之骄子。

清雍正七年（1728年），清政府出于对台湾和东南海防的重视，在“去海不远，密迩省城”的长乐琴江村，设置了全国四大水师旗营之一的三江口水师旗营。此后，一直到辛亥革命（1911年），这支军队参加过有关东南海疆几乎所有重大的海上战役，无论胜败，全都勇往直前。其中，最为惨烈的当数1884年8月23日、24日（农历七月初三、初四），在求和心切的清廷严令“不得先行开炮”的紧要关头，我三江口水师旗营官兵奋起反击，凭土枪土炮甚至手划八桨船对抗法军的坚船利炮，终因力量悬殊，伤亡惨重。是役，福建水师几乎全军覆没，官兵殉国者多达763人，其中，光琴江的旗兵，就有209名阵亡。战斗中，北门外炮台五位炮手，冒死发炮击中敌军旗舰。后人佩其神勇，建起“五炮神庙”，至今，仍香火不绝。可见，长乐的海员，自古以来，就有舍身为国的赤胆忠心和一往无前的英雄气概。

晚清时期，很多胸怀报国壮志的长乐子弟，到一江之隔的福建船政学堂和马尾造船厂就读或谋职，他们从祖辈的“操舟为业”，转型为现代海员，其后代为中国现代海军的创建与发展做出重大贡献。其中，就有民国首任海军总长、海军总司令黄钟瑛上将，辛亥革命期间，他与黄兴一起，成为孙中山在军事上的左膀右臂。

仍以琴江为例。从清代至民国，光这一村就出了一位海军中将、两位海军少将、7位海军舰长。其中，还有不少海军世家，尤以贾、黄、许三家最负盛名。据统计，在海军中供职的，许家已连续七代，黄家已连续八代，而贾家则连续九代。从1729年至2008年的279年间，从清代水师旗营的官兵，到中国人民解放军的海军少将，贾氏一门连续九代当海军，是中国目前已知的连续代数最多的海军世家，被称为中国海军从无到有、不断发展壮大的“活化石”。而涛声依旧、英气逼人的琴江村，也当仁不让地获得“全国历史文化名村”的殊荣。

三

长乐，不仅是海员之乡，更是著名的侨乡。

自唐武德六年（623年）长乐建县起，方志上就不断有长乐人漂洋过海、走向世界的记载。其中，影响较大的，如五代时的王彦英、南宋时的陈日贶等，都是长乐华侨的先行者。而明代跟随郑和船队下西洋的长乐籍船员，又有相当一部分留居东南亚各地，成为在椰风蕉雨中侨居的第一代长乐人。

和长乐的海员一样，长乐的华侨华人，自古以来，就有爱国爱乡的光荣传统。明代经商吕宋岛（今菲律宾）的长乐人陈振龙，堪称其中的佼佼者。史载万历年间，福建沿海久旱不雨，水稻绝收，百姓在饥饿中苦不堪言。陈振龙闻讯后，心焦如焚，他不顾番邦禁令，把原产当地的番薯苗封进藤篮（一说装进竹筒），绑在船舷两侧，千辛万苦，劈风斩浪，偷偷运抵福州，并大力加以种植推广，从此，这种耐旱、速生、高产的粮食作物就大大缓解了八闽的粮荒。对陈振龙的引种义举，当代诗人郭沫若曾赋词曰："此功勋当得比神农"，把他与尝百草、种五谷的神农氏相比拟，不能不令人引为自豪。而福州人感念他的大功大德，还在乌山上建起"先薯亭"以志纪念。

这次到长乐采风，我重点参观了长乐华侨博物馆，并从中得知，当今长乐的华侨华人，已分布全世界五大洲的75个国家，总数不下50万人，其中，约三分之一在美国，且以纽约居多。

这一点，我深有同感，因为2001年我初抵纽约的当晚，就在拉法盛唐人街的一家中餐馆用餐。我发现那位端盘子的姑娘满口长乐口音，一问，果然就是长乐人，家住文学路冰心文学馆对面。真是太巧了，我和同伴王炳根就是以冰心研究者的身份应邀来美国访问的，能在异国他邦遇乡亲，真是亲上加亲啊！此后，我还听一位长乐籍的副省长说，有一年，他到曼哈顿华埠的福建街访问，以长乐人居多的乡亲们一传十，十传百，纷纷闻讯赶来，恳请合影留念。副省长一向平易近人，今天自是来者不拒。没料到照相照了两个钟头还没照完。最后，副省长只好笑着求饶：" 对不起，我实在饿了，乡亲们，让我先吃饭吧！"围观等候者这才鼓掌散去。长乐籍华侨华人对中国亲人血浓于水的深情由此可见一斑。

近年来，长乐民间有段流传颇广的顺口溜：全世界"怕"美国，美国"怕"长乐，长乐的华侨华人最爱中国。当然，这段顺口溜多少带有调侃性质，作为全世界最大的发达国家美国，全世界最大的发展中国家中国，两者之间复杂与敏感的关系，绝非一个"怕"不"怕"的问题可以简单概括。但其最后一句"长乐的华侨华人最爱中国"，我却高举双手赞成。因为，近半个世纪以来，欢呼中国恢复联合国席位、最早在华盛顿白宫草坪升起五星红旗的，有长乐人；"台独分子"陈水扁"过境"美国，当场予以痛斥的，有长乐人；美军"误炸"我驻南斯拉夫使馆，上街游行抗议的，有长乐人；2008年，沿街护卫奥运会圣火传递的，也不乏身强力壮的长乐青壮年。更不用说长乐华侨华人对家乡经济建设和社会发展所做的巨大贡献了，如今，走进长乐任何一个角落，都可以看见与“侨”字有关的建筑，或工厂企业，或道路桥梁，或学校医院，或文化馆、博物馆、纪念馆……长乐之所以能跃居全国经济百强县（市）之列，其海外亲人的巨大贡献，人所共知，功不可没！

从古到今，从国内到海外，长乐人对祖国的赤胆忠心，可谓继往开来，一脉相承。长乐的华侨华人，堪称中国华侨华人中最优秀的一部分，说“长乐的华侨华人最爱中国”，诚哉斯言！

四

长乐不仅出海员，出华侨，也出文学家。郑振铎和冰心，就是其中最杰出的代表。他们的作品，也和长乐的海员一样，和长乐的华侨一样，充满海一般宽广的胸怀，海一般深沉的情感。

请听听郑振铎的散文名篇《海燕》：“小燕子在海面上斜掠着，浮憩着。它们果真是我故乡的燕子么！”这，分明就是一位背井离乡的长乐海员或长乐华侨，站在轮船的甲板上，借燕子的翅膀，寄托对家乡的万般思念啊！如今，这一段情深意长的美文，已镌刻在闽江南岸的石头上，成为传世的不朽之作。当我参观他在首占的祖居时，也依然看见小燕子在梁间飞来飞去，它们，可真是“似曾相识燕归来”啊！

出身海军家庭的冰心，更是一辈子自称“海的女儿”。有趣的是，她少女时代就读的学校，远在美国波士顿的威尔斯利女子大学，其红砖宿舍楼BEEBE楼，被冰心用中文谐音翻译成“闭璧楼”，就是由一位船主所捐建。当年，我有幸前往参观时，发现楼上还悬挂有一幅大海与帆船的油画。这，就是冰心常常用以聊慰乡愁的“画中的海波”了。而她生前在北京寓所的客厅里，始终高挂着一副梁启超手书的对联：“世事苍茫心事定，胸中海岳梦中飞。”我想，她心中和梦中的海岳，就是爱，对祖国、对家乡、对人民的爱，像大海一般壮阔和深沉的爱，正如她生前所说：“有了爱，就有了一切！”

其实，对海洋的热爱，已深深刻进每一个长乐人的心中，浸染着长乐的山山水水。我这次到长乐采风，城乡处处，都可以看到海洋的元素：帆形的市标，海蚌状的人民会堂顶盖，连我下榻的长山湖酒店，每到华灯初上的夜晚，其侧面的灯光，也闪出一片风帆的形状。与大海有关的种种意象，甚至渗透进政府的公文，塑造出企业的形象。比如，县里为我们提供的县情介绍，其第一个标题就是“滨江滨海希望之城”；我在一家生产锦纶、并巧妙地取名为“锦园”的企业观看电视片时，就有“企业是船，质量是帆；企业是船，人才是舵”等充满海洋形象的比喻。

当然，海洋对于长乐人来说，更是一种胸怀：“海纳百川，有容乃大”；更是一种气度：“潮平两岸阔，风正一帆悬”；更是一种动力：“乘风破浪会有时，直挂云帆济沧海”……

据说，长山湖酒店的所在地，就是郑和船队扬帆出海的太平港。六百年来，时移世易，当年的太平港，如今已成为新市区的一部分，正如当年的海滨沙滩，已成为长乐国际机场的跑道一样。但千变万变，有一种东西不变，且与时俱进，发扬光大，这就是长乐人的海洋胸怀、海洋情结、海洋性格，他们像海员一样勇敢向前，像海外亲人一样爱国爱乡……

临别前，我站在宾馆顶层，俯瞰不夜的航城，但见万家灯火在闽江口汇聚成星汉灿烂的海洋，长乐这艘亮光闪闪的巨舰，又再一次拔锚起航，驶向更加辉煌的明天。

2011 年春

试说城厢十二景

一

翻开中国各地的方志，大都有“四景”“八境”“十标”之说，以此显示当地自然景观之丰沛、文化积淀之深厚。据说，此风源于北宋，开此先河者，不乏当年的一批鸿儒硕士，如苏轼为“虔州八境”题诗，米芾为“潇湘八景”留墨，李纲为“沙阳八景”命名等等，都在各地留下佳话。

吾乡莆田，山、海、平原兼具，无山不青，无水不秀，又是英才辈出的“海滨邹鲁，文献名邦”，对此，岂能甘居人后！于是，早在明代天顺年间，就有邑人吴希贤为莆田初拟“壶桥晴岚”等四景。到了清代顺治年间，又有邑人林尧英遍览壶兰大地的山光水色，广纳博采，巧思妙想，一下子就推出了“东山晓旭”等“莆阳二十四景”。其景点数量之多，在全国实属罕见，以笔者之孤陋寡闻，只知六朝古都之南京四十八景、承德避暑山庄由康熙、乾隆二帝御笔钦定的七十二景，才能超过它。

对此，当代莆籍著名作家郭风先生十分自豪，他在《试说莆田二十四景》一文中曾说过：“此二十四景之提出及其命名，对我而言，似乎从小就曾引发一种启示，一种期待以及向往……这无形间、不知不觉间使我接受一种美学教育。”郭老此文，写于 1998 年，在此之前，我曾多次陪他返乡，并跟随他探访过其中近半的景点。一路上，他老人家屡屡感叹：何年何月，能把莆阳二十四景全都恢复起来，对外开放，那就太好了！

如今，郭老生前的这一夙愿，终于可以实现了。2011 年春天，省炎黄文化研究会和省作家协会采风团初抵莆田市城厢区的当晚，梁建勇市长就在接风晚宴上告诉大家：在“十二五”规划期间，我市将要全面整治并恢复莆阳二十四景，个别业已消失的景点，也要另择新景补上。此言一出，满堂喝彩，喜欢游山玩水的文人们个个都喜出望外。

座上，又听说莆阳二十四景中，有十二景都在城厢区范围之内，于是，我暗下决心，要借这次采风机会，或旧地重游，或补看过去未曾涉足过的景点，并步郭老之后尘，续写一篇《试说城厢十二景》。

二

有道是“春风得意马蹄疾”，短短三天时间，在市文联副主席郑国贤、城厢区旅游局长马炳臻等乡亲的引领下，我遍游城厢十二景中现存的十景，并对业已消失的二景也似乎找到可供替补的初步方案。

在城厢区古十二景中，水景与山景各居其半。

其中，水景六景，以“木兰春涨”居首，余为：绶溪钓艇，钟潭噌响，智泉珠瀑，北濑飞泉，柳桥春晓。

山景六景，以“南山松柏”领衔。余为：东山晓旭，西岩晚眺，梅寺晨钟，石室藏烟，三紫凌云。

我之所以特别推崇“木兰春涨”和“南山松柏”，因为前者，有宋代大型水利工程木兰陂之力挽狂澜；后者，有宋建广化寺塔之雄风依旧，两者皆为全国重点文物保护单位，其含金量之高，自然成为城厢区乃至全莆田市最珍贵的两张名片。

先说水景吧！我最赞赏的是“木兰春涨”中的“涨”字，可谓一字千金，千古风流！众所周知，木兰溪是莆田大地的母亲河，它发源于戴云山，先后浇灌出东西乡和南北洋之四片平原，哺育出全市三百万子民。当它流经城厢时，何以一下子就“涨”了起来呢？原因是木兰陂这一古陂，把泱泱春水拦了起来，一个充满动感、富有力度的“涨”字，显得何等壮阔！如今，此处已辟为公园，原有李宏庙、智日禅师纪念堂等业已修旧如旧。而最让我心仪的钱妃庙也将整体搬迁重建。钱妃庙中，主祀的是来自长乐的奇女子钱四娘，她首建木兰陂功败垂成后，投水自尽，是个失败的英雄。

但莆田古代人民不以成败论英雄，把公而忘私、具有首创精神的她，列在诸多先贤的中心位置加以顶礼膜拜，这，又是何等胸怀与气度，何等远见与卓识！

在城厢区，还有木兰溪的一条支流叫延寿溪，古称绶溪，景名“绶溪钓艇”。这是一条荔林夹岸、古桥照影、白鹭翔舞、风景如画的黄金水道。我曾先后两次在细雨霏霏中乘舟游览。其绿意溶溶的岸边，常见垂钓者身披雨衣，如老僧入定，在静静等候鱼儿上钩，好一幅烟雨迷蒙的水墨画。画中之游，常让我想起古往今来在溪边长大的许多文人雅士，仿佛唐代进士徐寅还在此垂钓，北宋状元徐铎还在此读书，南宋诗人刘克庄还在此吟诗，而当代小说家杨金远也在此潜心写作，终于以小说《官司》被改编为电影《集结号》而一炮打响，轰动全国。

如果说，“木兰春涨”和“绶溪钓艇”，分别以溪流的壮阔与幽深取胜，那么，“钟潭噌响”与“智泉珠瀑”，则以泉瀑的一波三折、音韵铿锵而见长了。记得当年我随郭风先生来游时，他对两景的取名就特别赞赏。“钟潭噌响”四字，语出苏东坡《石钟山记》中的名句“噌吰如钟鼓不绝”，借此形容地形如钟的钟潭，有一条瀑布从山崖高处飞落潭中，潭水溢出后，又分成三支小瀑布，翻空泻入下方有如三只小酒盅般的小石潭。其上下一路水声，如钟，如鼓，噌吰作响，山鸣谷应，余韵不绝。尽管“钟潭噌响”这四个字，莆田人读起来有点费劲，但即使误读成“琮琮琤琤”，听起来也都像古筝古琴弹奏般赏心悦耳。

与此相同，“智泉珠瀑”也有首尾相连的三叠飞瀑，泻入深潭时，其凌空飘洒的水珠，在阳光下犹如万斛珍珠闪闪发亮，故而得名。据说，此景原名梅花漈，明代正德年间提学陈伯献辞官后隐居于此，把它改名为“智泉”。至今，崖壁上还留有他当年的题刻。对此，郭风连声夸奖“改得好”，因为莆田人自古就有“地瘦栽松柏，家贫子读书”的传统，“智泉”二字，一语道破莆田传统文化之精髓，堪与庐山东林寺的“聪明泉”相伯仲。后来，湄洲日报曾把读书版取名为“智泉”，他老人家更是喜形于色，津津乐道。

可惜，城厢水景中的“北濑飞泉”与“柳桥春晓”业已消失，不能不令人惆怅，于是，探求如何补救，也成为此次采风途中的一大话题，且容后文再叙。

三

再说山景。有道是天下名山僧占多，城厢六处山景都与宗教文化尤其是佛教文化息息相关。其中，“南山松柏”中有广化寺，“三紫凌云”中有龟山福清寺，“梅寺晨钟”中有梅峰寺，“石室藏烟”中有石室岩寺，“西岩晚眺”中有广福寺，“东山晓旭”中，则不但有报恩寺、妈祖宫，还有纪念明代“三一教”创始人林兆恩的“三教祠”。

以上诸寺，论规模之大，历史之久，声名之显赫，首推南山广化寺。它始建于南朝永定二年（558年），距今已有1400年的历史，素为福建四大丛林之一。20世纪八十年代以来，又进行了大规模扩建。如今，踏入山门，沿全长385米的中轴线步步登高，但见在苍松翠柏的掩映中，层层叠叠的殿堂楼阁，无不在庄严肃穆中诉说着佛教文化的博大精深。遥想当年，我曾随郭风、俞元桂诸师夜访山寺，聆听学诚法师说禅。这位中国佛学院的硕士研究生、曾参加过十世班禅转世灵童金瓶掣签认定仪式的年轻方丈，不但满腹经纶，且能用当代社会科学的最新词语为我们阐释佛经要义，不能不令人赞佩。如今，他已荣任中国佛教协会副会长兼秘书长，即此一端，也可想见广化寺在中国寺庙中的重要地位了。

当然，广化寺最令人引为自豪的，还在于寺前右侧所矗立的“国宝”——释迦文佛塔，这座建于宋乾道元年（1165）的仿木楼阁式石塔，五级八角，高三十米，以其独特的建构和近千幅精美的浮雕，展示我国宋代石雕艺术的精华。但我在观赏之余，也不无遗憾，即它所处的位置实在太局促了，周围既无树木之簇拥，花草之点缀，亦无空地容游客驻足流连，更不用说有停车场了。倒是与古塔景观极不相称的商品房，大有步步紧逼之态势，显然，这不符合《文物法》中对国家级重点文物保护的有关规定。显然，在莆阳二十四景的整治保护工作中，这里应列为重点，重新规划并加以拓展。我想，只要是爱国爱乡、有远见的房地产商，也一定能深明大义，为佛国净土避让出相应的空间以造福子孙后代。我还想，全国一些名寺名塔，如杭州六和塔、开封铁塔和大理三塔等，都在塔旁辟有中国古塔博物馆或举办有相关的图片陈列展，吾乡吾土的广化寺塔，与它们同属一个级别，何不也借此创建一个对青少年进行爱国主义教育的基地呢！

与“南山松柏”相对应的，还有“东山晓旭”和“西岩晚眺”。过去，它们都位居城乡结合部，成为旧城的方位坐标。如今，随着城区不断拓展，它们都已融入市区之内了。“东山晓旭”还好，因地势较高，只要把破损的道路重新铺砌，周边环境加以修整，即可重现昔日松风岩韵中之金碧辉煌。但被高楼大厦团团围困的“西岩晚眺”，哪怕就地筑起高台，也难以远眺西天的一抹晚霞了。于是，同行者都建议在新城之西另择一高地加以重造。至于原在城中梅峰寺的“梅寺晨钟”，据传古时的钟声，可远传百里，连福清县（作者注：古时福清未立市。）光贤里的一个村庄都能听见，该村因而被命名为钟前村。如今，沧海桑田，时移世易，此悠悠古韵，自然只能在清晨，在市区有限的范围内催人早起了。好在梅峰寺自1997年以来，已进行大规模扩建，并在寺内遍植莆田的名果龙眼树。其间，矗立于梅峰之巅，高22米的大悲殿，还设有走马回廊，置身廊上，尚可一览市区之洋洋大观。如今，这一难得的“城市山林”，已被国务院公布为全国重点开放寺庙。

与以上诸山寺相比，能与市区拉开一点距离，但又能居高临下鸟瞰市区，并藏身在高山密林间的石室岩寺，可谓得天独厚、闹中取静了。所谓“石室藏烟”，指得是从山下远远望去，梵寺、古塔、松林、岩洞等，全都笼在一片淡蓝或暗蓝的烟霭之中，郭风评说古人“从对远景的感受”来确定景观的命名，“使人念及吾乡先贤文化素养之深厚”。这里，既有唐代高僧妙应禅师骑虎进出的美丽传说，又有寺僧风味独特的“炒煎粿”用以待客，当年，郭风先生对此赞不绝口。今次，我与许怀中先生结伴同游，自然也都一快朵頤。由此，我又联想到旅游业与饮食文化的密切关系。大凡名山胜景，必有与众不同的风味小食为其增辉添彩，吾乡莆田，素以炒兴化粉、卤面、焖豆腐、红团以及诸如此间的炒煎粿等著称于世，望各星级酒店，切莫以为它们只是民间小食而上不了台面，须知，在见多识广的外地游客心中，它们并不比随处可见的海参鲍鱼等来得逊色。

此次采风的又一收获，是补看“三紫凌云”之雄姿。与“石室藏烟”相同，此景也是远景。为此，我们特地驱车到华亭镇一座跨越濑溪的大桥上，临水凭栏，极目远眺。所谓“三紫”，指的是紫霞山、紫微山、紫云山，海拔分别为五百、六百、七百多米，因其面对木兰溪平原，故显得特别高大。据说它们是一亿多年前火山喷发后堆积起来的，山岩饱含铁质，多为灰紫色的流纹岩和凝灰岩，再加上每天一早旭日初升，紫气东来，山顶上常出现紫云朵朵，故此得名。有趣的是，这三紫山的三座山峰，似乎都被削去一小截，呈小平台状，有点像山西的五台山。民间传说：这三紫山原是才高八斗的三兄弟，曾化身学子进京赶考，一举夺得“三及第”。但他们不想当官，又偷偷回到家乡镇守木兰溪。天帝认为他们太自高自大了，便命吕洞宾挥剑砍去三个高高昂起的头颅，而头颅落地处，便是华亭镇的三个村庄，分别取名为湖头村、圳头村和圆头村。对此，同行的莆田市文联副主席郑国贤戏言道，这三“头”之村依然文风鼎盛，特别是圆头村，堪称当代莆田的“作家之村”，其中，有马来西亚华文作家协会的主席云里风，他为家乡所设置的“云里风文学奖”，对莆田青年作家的成长，功莫大焉。有上海新民晚报《夜光杯》的资深编辑曾元沧，他所写的乡土散文在莆田广为流传。还有圆头小学的教师龚玉瑞，他的散文集取名为《文人瘦》，北京的大作家邓友梅看了，哈哈大笑，并赋诗“打油为贺”曰：“倾心任教，竭力为文，桃李芬芳，瘦而不贫。”

据说，紫微山附着于龟山，山中藏有福清寺，古时曾与广化寺齐名，可惜因时间仓促，再加上我腿脚不便，此行也就交臂失却参拜的机会了。

四

在城厢古十二景中，已消失的二景分别为“北濑飞泉”与“柳桥春晓”。

郭沫若有诗：“北濑飞泉今化龙”，说得是原先北濑溪的瀑布，已淹没在东圳水库的茫茫碧波之中，此景再也无法重现了。好在此次采风，区里安排大家重点参观了一个新取名叫“九龙谷”的森林公园。我们沿东圳水库上游的莒溪进入峡谷，方知这里就是著名的九鲤湖九漈瀑布层层跌落的峡谷，只不过，其上游四漈在仙游县地界，下游五漈在城厢区境内。而在《徐霞客游记·九鲤湖日记》中，对上下九漈都有详细而又生动的记载，其中，又曾五次出现“莒溪”字样。因此，这里既有以瀑布为主的自然风景资源，更有以《徐霞客游记》为珍宝的历史文化资源。

我们在峡谷中沿清溪上溯，发现新辟有“霞客古道”，其创意可嘉。但对“九龙谷”之命名，一路上，同行的文友们多有异议，一来，以“九龙”命名的景点，全国各地比比皆是，太滥了，缺乏新意；二来，以“九龙”对应“九鲤”，或存有“鲤化龙”之美好寓意，但“鲤鱼跳龙门”，是下游往上游“跳”的，贵在“跳”字，若逆向从上游往下游“化”之，则显得牵强附会。其三，徐霞客一再广而告之的“莒溪”二字，古意盎然，是与“霞客古道”相配套的最现成的好名字，何不就叫“莒溪峡谷”或“莒溪森林公园”，来得更古雅、更独特、更富有文化底蕴和审美情趣！而同在常太镇，距此不远、业已消失的古景“北濑飞泉”，不也可移来此处，改称为“莒溪飞泉”吗！飞泉者，瀑布也，用来形容此间之五漈，不也妙趣天成吗！

此外，我还以为，一个风景区的开发，应打破属地界限，城厢的莒溪与仙游的九鲤湖，既然是同一水源，同一峡谷，属于徐霞客的同一篇游记名著，就应该统一规划，共同开发，合力宣传，以事半之功倍而取得“双赢”。

至于另一古景“柳桥春晓”，如今也已不复存在了，我意倒也不必另找一新桥插柳补上。那天晚上，听梁市长说，市区的六万棵荔枝树，一棵也不准砍伐。此后，我又从报上得知，市里拟打造总长度达十多公里的内河荔枝林景观带，且“一带”连“六园”（六个荔枝公园），通过河道截污清淤工程及建设公共绿地，逐步建成一个水清、河畅、岸绿，具有荔林水乡特色的绿色生态系统。受此启发，我想，若以“荔园春晓”取代“柳桥春晓”，岂不范围更大，更有地方特色与时代风貌！此外，考虑到春景中已有“木兰春涨”，而荔枝成熟季节又在夏天，此景亦可改称为“荔园流丹”。

综上所述，经整合之后，城厢十二景可为：

木兰春涨，绶溪钓艇，钟潭噌响，智泉珠瀑，莒溪飞泉，荔园流丹；

南山松柏，梅寺晨钟，东山晓旭，西岩晚眺，石室藏烟，三紫凌云。

匆匆三日之游，区区书生之见，不知家乡父老乡亲可笑纳乎？

2011 年春

条条大道通厦门

从前，厦门是个纯粹的海岛。滔滔海水，把它与大陆相阻隔。能进出厦门岛的，唯有渡海的舟船。

1949年10月15日夜，当中国人民解放军在数百门大炮的掩护下，向厦门守敌发动进攻时，新华社所发布的电讯稿中，特地用了“千舟如箭”一词，以形容我军舟船之多、之快、之勇往直前。壮哉，“千舟如箭”！这四个字，真是字字掷地有声，至今读来，尤感英气逼人！

1956年12月9日，鹰厦铁路的最后一寸铁轨，经海峡长堤铺进了厦门，从此，厦门岛变成了实际意义上的厦门半岛。而在此之前，负责施工的铁道兵和民工，不顾天上的敌机轰炸，不顾海上的风浪肆虐，开山炸石，填海筑堤，为此，我们的“朱老总”——朱德委员长特地题写“移山填海”一词予以表彰。壮哉，“移山填海”！这四个字，真是字字笔力千钧，全今读来，尤令人荡气回肠！

当年，“采风”一词尚未流行，但我省老一辈的诗人、作家们却也受此感召，纷纷到工地现场“体验生活”，于是，便有蔡其矫的《海峡长堤》、童晴岚的《海堤诗草》、何泽沛《移山填海的人》等一批力作问世，它们忠实地记录了新中国建设中的这一大壮举，堪称我省当代文学史上讴歌时代主旋律的发轫之作。

此后，在长达30多年的时间里，被诗人们称为“海峡长堤”的厦门海堤（含集美——高崎与杏林——集美两堤），成为从陆路进出厦门的唯一通道，为巩固海防，为厦门的和平建设立下了汗马功劳。然而，到了1980年国务院批准厦门设立经济特区以后，这条只能供一列火车穿行和两辆汽车对开的陆上通道，就显得力不从心了。于是，厦门大桥、海沧大桥、杏林大桥和集美大桥，便相继在改革开放的时代应运而生，在20世纪与21世纪之交大放异彩。于是，我们的厦门，就像巨灵之掌，伸开由“一堤四桥”所构成的五指，与大陆更加紧密地扣在一起了。

此番参加“走进湖里”的采风活动，笔者有幸驱车环岛半圈，对进出厦门的五大陆地通道进行一番走马观花式的巡游，尽管是“一日看遍长安花”，但毕竟是“春风得意马蹄疾”。所到之处，但闻阵阵海风与声声海浪相应和，但见点点海鸥与群群白鹭共翔舞，他们，也都为每一座长虹般、巨龙般的长堤与大桥而载歌载舞呢！

其中，1991年通车的厦门大桥，是我国第一座跨越海峡的公路大桥。1999年通车的海沧大桥，是世界第二座、亚洲第一座特大型的三跨连续全漂浮钢箱梁悬索桥。尽管这饱含科技含量的专有名词读起来有点费解，但只要你钻进桥下的桥梁博物馆细细一看，你就不得不佩服该桥在科技创新方面、在中国桥梁建筑赶超世界先进水平上所做的重大贡献，难怪当年中央领导来此视察时，要特别宴请两百位在高温下作业的电焊女工，以示褒彰和慰问。

在厦门的桥梁建筑史上，2008年是特别重要的一年。这一年秋天，在厦门的跨海群桥中，最宽的集美大桥和最长的杏林大桥相继通车。有趣的是，这两桥在造型上都有个优雅的M形，被人形象地称之为“双驼峰”，远远望去，给人以一波三折的节奏感和一唱三叹的韵律感。其中，杏林大桥是铁路公路两用桥，我们今天搭乘福厦铁路的高速列车便经此呼啸而过，那种感觉，就像身插双翅在海面上滑行，何其轻灵，何其迅捷，何其逍遥自在！而从集美大桥驰入厦门，还可观赏到“一桥见数桥”的奇观，因所处海面最宽，视野最开阔，你可以远远望见厦门大桥、杏林大桥，甚至，连海沧大桥的双塔、五缘湾大桥的拱顶，也都历历在目。

以上诸桥，不仅是特区综合实力的体现、科技创新的结晶，也是与周围生态环境相容、相谐、相映生辉的艺术杰作。据说，他们的建设规模和投资数额越来越大，所要攻克的技术难题越来越多，但施工的时间却越来越短：建成厦门大桥，先后花了四年；建成海沧大桥，花了3年；杏林大桥，花了2年多，而集美大桥，只花了1年多。

尽管如此，特区人仍不满足，新世纪伊始，他们又开始了翔安海底隧道的勘测、设计与施工建设。这条全长8公里多、双向六车道的隧道，是中国大陆第一条海底隧道，它兼具公路和城市道路双重功能，也是厦门进入新世纪以来最大的一项基础设施建设。据统计，从隧道中开挖的土石方，相当于埃及的一座大金字塔；其所用的钢材，相当于7座巴黎的埃菲尔铁塔！

2010年4月26日，历经四年又八个月建设的这一浩大工程，终于迎来了万众欢腾的通车盛典。从此，厦门岛与翔安区的车程由一个半小时，缩短至8分钟。从此，进出厦门的通道，由“一堤四桥”又加上了“一隧”，形成了从海上到海底的全天候立体交通格局，为厦门从海岛城市向海湾型大城市的跨越发展创造了条件，也使整个海峡西岸经济区的开发建设如虎添翼。

当然，除了陆地交通，厦门的空中和海上交通也同时并驾齐驱。地处湖里区高崎的厦门国际机场，几经扩建之后，已成为我国大陆最繁忙的航空港之一。目前，它已开通国内外航线170条，2010年旅客吞吐量和货邮吞吐量均居大陆机场第五位。

对此，笔者深有体会，因为，我曾在这里遇见许多前来厦门参加“98”国际经贸投洽会、国际马拉松比赛、世界合唱节的各国贵宾，也曾从新疆乌鲁木齐直飞这里，从这里直飞吉隆坡对马来西亚进行访问。我以为，厦门机场不论硬件软件，都与世界上最先进的机场相差不远，而在国外任何一个机场，只要看到停机坪上，有飞机在高高翘起的尾翼上绘有白鹭图案，我就感到特别亲切，特别温暖，因为我知道，那是厦门航空公司的标志。

厦门自古以港立市，其海上交通四通八达。1989年，我第一次到香港，就曾乘坐“鼓浪屿号”客轮从香港维多利亚海湾驶回厦门和平码头。如今，随着特区的不断壮大，厦门的港口建设更是今非昔比。只要打开厦门地图，你就可以看到数不清的各种码头，如同珍珠项链一般环绕全岛。特别是当你由海沧方向乘车驶上海沧大桥高高的桥面时，第一眼就可以望见对岸无数高耸的龙门吊塔，它们就像红色的巨人在向你遥遥招手。假如与你同车的有厦门人，他必定会如数家珍地为你从北到南一一介绍：煤炭码头、象屿码头、海天码头、东渡码头、国际游轮码头、厦金客运码头……

提起厦金客运码头，自然又会引起人们所津津乐道的话题：曾经是大炮轰鸣、银弹呼啸、高音大喇叭隔海对阵的“厦门前线”，随着两岸形势有所缓和，它已成为最先实现“小三通”的幸运之岛，厦金航线也成为便利两岸直接往来的“黄金水道”。今年，是这一航线开通十周年，十年来，往返旅客累计已超过580万人次！

此次采风，我专程到位于湖里区五缘湾东侧的五通码头参观，它是继东渡之后又一座厦金客运码头，但它的名称在地图上却新标为“五通海空联运码头”，原来，只要在这里的售票厅买上一张“海空联运票”，便可先坐船到金门，再从金门飞向台湾的五大城市。而从五通码头到金门的水头码头，船程只需25分钟。换句话说，只要你在船舱里喝一杯热茶，整个厦金海峡便从眼前飞掠而过。

近年来，在两岸许多热心人士的推动下，有关在厦金之间直接兴建大桥或开挖海底隧道的多种选择方案也渐渐浮出水面。我想，“厦门金门门对门”，总有一天，两门之间、两岸之间的交流将更加畅通无阻，更加为世人所瞩目……

欧洲有句谚语：“条条大路通罗马”，说的是公元前一世纪，地跨欧亚非三洲的罗马帝国，为加强统治，修建了以罗马为中心，通向四面八方的大道。然而，罗马大道的兴建，却最终未能挽救罗马帝国走向战争、衰败、分裂与灭亡的命运。而我们今天所说的“条条大道通厦门”，每一条有形的陆、海、空大道，都源自另一条无形的大道，这就是邓小平为特区、也为全国所开创的改革开放之大道，和平发展与科学发展之大道。

走在这一康庄大道上的厦门特区，未来，将越来越美好！

2011年春

品牌之都话品牌

一

荒原，野地，风雪夜。一声震撼人心的嗥叫。狼！一匹、两匹、三匹……一共是七匹狼，猛然从屏幕中跳了出来，朝观众冲了过来。与此同时，嘹亮的画外音响起：“与狼共舞，方显英雄本色。”

也许，包括笔者本人在内的许多观众，对晋江品牌最初的印象，就来之于中央电视台有关“七匹狼”的这则广告。它那充满野性，充满力度和速度，在狂奔中头颅、背脊与尾巴拉成一条直线，前后四肢几乎在同一个落点上猛力蹬起的造型，体现出无比旺盛的生命力，给人以巨大的视觉冲击力。

“七匹狼”，很简单的三个字，由一个数词、一个量词、一个名词连缀而成。其中，“七”这个数词，代表这家企业刚创办时有七个年轻人。“狼”这个名词，在闽南语中与“人”谐音，寓意他们具有狼一样机灵敏捷、勇往直前的个性和抱团打拼的共性。而“匹”这个量词，却也引起我们这些文人的浓厚兴趣。有一年，我到内蒙古去，好几位诗人和小说家都好奇地问：在我们草原上，假如遇见那群狼，我们肯定会说成七条狼、七头狼或七只狼的。奇怪，它们到了福建，怎么就变成七匹狼呢？对此，我一时不知该如何作答，便笑着说，也许，在我们东南沿海，狼太稀罕了，所以才尊称为“匹”吧！后来，日本作家代表团来闽访问，团长是东京帝国大学的井出孙六教授，他则对“匹”字赞不绝口，他说，在日本的古典文学里，包括许多俳句，称狼，都是用“匹”的，它显得高贵而又神秘。教授毕竟是教授，他一语道破“匹”字在语法、修辞和审美中的诸多巧妙之处，令人叹服。

今年5月，我随采风团到晋江时，有幸来到金井，来到心仪已久的“七匹狼”故乡。在这个创建刚满20周年、业已上市的公司里，在这个占地12万平方米、花园式的工业园区里，几十条生产线，正源源不绝地输送出各类西服正装和休闲男装——它们可都是响当当的“中国名牌”和“中国驰名商标”产品。在这里，我强烈地感受到狼的气息、狼的活力、“狼族”的精神和品格无所不在。它们或高高地窜上屋顶，或静静地蹲伏在电梯门口，或跃过小溪涧，狂奔在花园的草地上——那是七匹狼的铜雕，每一只狼在疾跑中的具体动作都不一样，但争先恐后、一往无前的气势都一样，尤其是其中的第三只狼，还用后肢立地，直起身来，回头向后面的同伴发出嗥叫，仿佛在大声催促：快，快，再快些！这一幕无声胜有声的场景，让我看到了“狼族”一种很重要的特性：团结，纪律，抱团出击的团队精神。

于是，我从中领悟到，所谓品牌，不仅仅是产品营销的一种策略，它更是企业发展的一种战略；不仅仅是物质产品一种无可挑剔的品质，更是人（包括企业家及其全体员工）的一种品格、品位，可以让人反复品味、品赏的一种智慧，一种文化，一种精神境界……

二

当然，晋江的品牌绝不仅仅只有七匹狼这一家。

笔者撰写这篇文章时，正当2011年法国网球公开赛（简称“法网”）在巴黎如火如荼地进行，中国女单“一姐”李娜过五关斩六将步步杀入决赛并最终夺冠，吸引住全球电视观众的目光。与此同时，在李娜身后出现的许多与体育有关的鞋服广告，其中大多数皆为晋江品牌，如“多一度热爱”的361°，“永不止步”的安踏，“快乐，运动”的贵人鸟，“飞一般的感觉”的特步，“凡事无绝对”的乔丹，“TO，BENO.1”的鸿星尔克等等。

当然，不仅仅是这次“法网”，早在2008年北京奥运会上，声势浩大的“晋江军团”体育用品广告就让国人大开眼界，让世界同行刮目相看。据说，中央电视台第五频道（体育频道）因长期不间断地播放晋江品牌广告，被人们戏称为晋江的专用频道，此语虽然夸张，但也从中透视出晋江人敢于一掷千金——不，何止千金，简直是一掷万金、千万金宣传自己品牌的大胸怀、大气魄和大手笔。

然而，对品牌的宣传并非有钱就能做到。须知：中国十大体育鞋服品牌中，除李宁牌外，其他的基本上都在晋江生产。就拿运动鞋来说吧，全市年产10亿双，全球平均每12人中就有一双，其市场份额占全国的40%，全世界的20%。因此，晋江被中国皮革和制鞋工业研究所等4家机构联合命名为“中国鞋都”；被国家体育总局命名为“国家体育产业基地”。为此，市委、市政府还进一步提出奋斗目标：“努力打造具有国际影响的体育城市”。

当然，晋江的品牌也不仅仅只限于体育产业。它同时还是“世界夹克衫之都”“中国拉链之都”“中国纺织产业基地”“中国包装印刷基地”“中国食品工业强县（市）”“全国县域食品经济发展示范县”等。不仅全市如此，就连许多乡镇，也因某种产业集群相对突出，分别戴上“国字号”的桂冠，如，深沪是“中国内衣名镇”，英林是“中国休闲服装名镇”，龙湖是“中国织造名镇”，磁灶是“中国陶瓷重镇”，永和是“中国石材之乡”，而东石，则获得了“中国伞都”的殊荣。

据市发改委、工商局和质检局的同志介绍，从区域性产业品牌来看，晋江全市已荣获14项“国字号”的光荣称号。从单项产品来看，全市累计拥有119项“国字号”产品品牌。其中，“中国名牌产品”24项；“中国驰名商标”93枚，“中国出口名牌产品”两项。

有趣的是，笔者在赏读这三份琳琅满目的品牌名单时，发现有些品牌是二者或三者殊荣集于一身的。例如，既获“中国名牌产品”、又获“中国驰名商标”双项殊荣的，就有安踏、亚礼得、361°、七匹狼、舒华、乔丹、劲霸男装、柒牌男装、雅克、蜡笔小新等等；既获“中国名牌产品”、又获“中国出口名牌产品”双项殊荣的，有恒达的AP笔记本；而把以上三项殊荣集于一身、全国雨伞中第一家成为“中国出口名牌产品”的，则是恒顺洋伞有限公司出品的梅花伞，这正是：“小小梅花伞，温馨全世界。”

更令人叹为观止的，还有大名鼎鼎的恒安集团有限公司，作为全国最大的妇幼卫生用品和家庭生活用纸企业，其两枚“安”字头的商标——“安尔乐”（卫生巾）和“安儿乐”（婴儿纸尿裤），居然双双夺得“中国驰名商标”，让所有享用它们的妈妈和小宝宝，全都平平安安、快快乐乐，全都乐在其中，其乐无穷也！

可不可以这样理解：所谓晋江的“品牌之都”，它的整个造型，如同一座巨大的金字塔。假如我们的目光由下往上细细打量，那么，其最底下的基座，是遍布全市的六大传统产业和四大新兴产业集群，是有如繁星满天、鲜花遍地的无数“晋江制造”产品；再上，是300多项“省字号”的名牌产品和著名商标；再上，是119种“国字号”的名牌产品和驰名商标；再上，是14种“国字号”的区域性产业光荣称号，而最后，作为上述品牌的总和，才是在金字塔尖顶上闪闪发光的四个大字：“品牌之都”。

三

众所周知，在埃及金字塔前，有一尊狮身人面兽，它向全世界游客发出一个亘古难解的“司芬克斯之谜”。那么，作为一个县级市的晋江，它又是如何不断创造奇迹，成为举国皆知、世界瞩目的品牌之都？它的谜底到底是什么？

遥忆30多年前，中国改革开放之初，晋江人利用“闲钱、闲房、闲人”，从家庭作坊、来料加工起步，生产“国产小洋货”，进而发展为“贴牌加工”，虽然只是赚取境外、海外品牌的一点加工费，但却创造了中国民营经济起步发展阶段四大模式之一的“晋江模式”。当年，走在前列的陈埭镇，还被省委书记项南称誉为“乡镇企业一枝花”。

然而，就在这开局看似良好的1985年，却接二连三发生了所谓“星期鞋”和“假药案”等有关产品质量的事件，一夜之间，原本大受欢迎的晋江产品在全国遭到怀疑、冷落和抵制。这，对于具有出洋经商传统，一向秉承诚信为本的晋江人来说，其自尊心自然受到极大的伤害。痛定思痛之后，他们终于意识到产品质量事关县域经济发展的生死存亡。为此，1988

年，晋江市委、市政府发出“质量下，晋江衰；质量上，晋江兴”的口号；1995年，他们提出“质量立市”的目标，1998年和2002年，他们先后确立“品牌立市”和“打造品牌之都”的战略……

回顾晋江从贴牌到造牌，从质量立市到品牌立市，从“国产小洋货”到“中国品牌之都”的历程，我们完全可以看出：所谓品牌，不是从天上掉下来的，不是从别人那里借来的，也不是光靠明星代言就能吹出来的。如果说，它是一件新娘的婚纱，那么，它是一丝一缕、一针一线、一花一叶慢慢绣出来的；如果说，它是一座巍峨的宫殿，那么，它是一砖一瓦、一梁一栋、一雕栏一画础细细搭建起来的。它是天时、地利、人和的完美结晶；是科技与文化、物质与精神的和谐统一；是历届市委、市政府带领全市人民用心血浇灌出来的繁花硕果。晋江品牌及晋江经济的发展之路，是一条不断开拓、不断创新、不断提升的科学发展之路，是一条顺应时代潮流、符合市场规律、富有晋江特色的科学发展之路。如果说，晋江品牌有什么秘诀的话，其谜底正在于此。

回眸陈埭。这个当年的“乡镇企业一枝花”，如今早已是“八闽品牌第一镇”。在这个方圆不足40平方公里的小镇内，居然拥有安踏、361°、德尔惠、乔丹等28枚“中国驰名商标”、6项“中国名牌产品”、21项“国家免检产品”。其“国字号”品牌总量之多、之集中，不仅冠盖八闽，就是在全国，也实属罕见。

再看东石。它之所以被中国轻工业联合会、中国日用杂品工业协会命名为“中国伞都”，是因为这里拥有伞企业300多家，直接、间接从业人员5万人，每年生产雨伞5亿把，占全国总量三分之一。全国雨伞中的六大“中国名牌”，这里就占了4个。它们的名字都像诗一样美：“梅花”是雨中盛开的花；“雨中鸟”是在雨中翔舞的鸟；而“雨丝梦”则是雨中温馨浪漫的梦。还有一个品牌取的是它所在的村名：金瓯。在古人的心目中，金瓯者，国土也，亦指金色的聚宝盆。是的，同时拥有金瓯、梅花和雨中鸟三大“中国名牌”雨伞的金瓯村，就是一个金光闪闪的聚宝盆，它所生产的雨伞已销往全世界160多个国家和地区。其中的梅花伞，还是第一家荣获“中国出口名牌”的雨伞。它不仅有钓鱼台国宾馆指定专用的国宾伞，前不久，英国威廉王子举行婚礼时，等候在伦敦街头和王宫周围的观众中，就有不少人手持梅花伞。“小小梅花伞，温馨全世界”，也为这一场世纪大婚增添了梦幻般的童话色彩。

四

作为一名长期与文字打交道的人，我对晋江品牌的广告语情有独钟。据说，在商业领域，广告语包含企业广告语、产品广告语和品牌广告语三种。其中，品牌广告语最为重要，因为它能超越对企业和产品的介绍，在以秒计数的最短时间内，以最简短、最新鲜、最富有个性化色彩的语言，向受众传递品牌的文化内涵及外延，表达品牌所拥有的价值或所追求的价值取向，从而，以其不可抗拒的魅力，赢得受众的好感与信任，激发受众的情感与共鸣。如果说，眼睛，是人类心灵的窗户，那么，一句宛如神来之笔的广告语，就是品牌亮闪闪的一双大眼睛，它能令人一见钟情而终生难以忘怀。

请允许我再以体育品牌为例。在中文里，与体育精神相关的关键词，无外乎力量、速度、勇敢、自信、突破与超越等等，如果简单加以拼凑，那么，“晋江制造”很可能会造成品牌精神的严重同质化，从而显得雷同而空洞。好在晋江的品牌都能从自身的特点出发，找出与众不同的用语，且与时俱进，不断更新，让人常听常新，其妙无穷。

比如安踏，它最初打出的广告语是“安心创业，踏实做人”，朴实而又沉稳的语言，表现出企业一步一个脚印，扎扎实实开拓国内外市场的经营理念。它让人联想到汉语中一些带有励志性质的成语，如水滴石穿、厚积薄发、锲而不舍等等。1999 年，毛羽渐丰、已具备一定实力的安踏，首开晋江企业明星代言的先河，聘请乒乓球运动员孔令辉为之代言，同时打出“我选择，我喜欢”的广告语，寓意超越自我、追求卓越的一种进取精神。2000 年，随着孔令辉在悉尼奥运会成功夺冠，安踏迅速红遍大江南北。然而，到了 2007 年，安踏却又出人意外地放弃了那句人们耳熟能详的广告语，转而大力推广全新的品牌主张“永不止步”。这饱含哲理、浓缩到只有四个字的广告语，显然是企业精神的一种升华，它甚至可以超越国界，具有普世价值。安踏广告语的这一系列演变与升级，被业界公认为中国民族品牌成长的经典范例。

与安踏同样走专业体育路线的361°，其名称最让我着迷。据说，它曾经历过一场更名风波，而后，如浴火重生的凤凰一般创造了今天这个专以数字表达、因陌生而独特、能让人产生无限联想的名称。当我第一眼看见它时，就联想到360度既是圆，也是零。那么，它多了一度，是否意味着一切从零开始？后来，我听说，它最早打出的广告语是“唤醒你心中的豹子，361°运动武装”，接着又先后改成“勇敢做自己”、“中国勇敢做自己”的口号。如今，它又秉承“多一度热爱，多一份梦想”的品牌精神，在与世界级体育资源的合作中，越来越多在国际舞台上展现品牌实力。

当然，最使我感动的，还是2008年5·12四川汶川大地震之后，“晋江军团”在慷慨捐钱捐物、驰援灾区的同时，所快速推出的一系列公益性广告。这些广告及其用语，找准品牌自身内涵与突发事件之间的契合点，把民族精神、体育精神融入品牌精神，极大地鼓舞了全国人民团结抗灾、重建家园的必胜信念，赢得全国人民的广泛赞誉。

当时，安踏的广告语是：“挫折，难以抵挡？挑战，不可战胜？中国人要争一口气！用汗水，唤醒我们的勇气！用坚强，铸造我们的骨气！加油，中国！”

贵人鸟的广告语是：“山能动摇，但动摇不了抗震救灾的决心；水可阻断，但阻断不了同胞之情；爱在中国，无人可挡；全力赈灾，与你同在！”

而七匹狼则另辟蹊径，把原有的商业广告用语“男人，不会只有一面”巧妙地加以拓展和延伸：“男人，不会只有一面。用勇气支持你、用热血温暖你、用真情包围你。让我们共同携手，面对挑战！”与此同时，画面上接连出现三个场景：一年轻男子在大卡车前救小孩；一中年男子在献血；一初为人父者奔入产房与妻儿团聚，共同体验新生命在灾难中诞生的喜悦。这三个场景，充分体现堂堂男子汉既有临危不惧、英雄无畏的一面，又有充满爱心、温情脉脉的另一面。

以上这些音画同步文情并茂的公益广告，通过电视屏幕迅速传遍全国。

如今，尽管已过去三年，但我重温它们时，仍然感同身受。晋江品牌的广告语，真是可圈可点，可歌可颂，可敬可佩！

五

关于晋江品牌，有说不完的话题。限于篇幅，本文只能到此浅尝辄止。

不瞒读者，当我酝酿本文时，有好心的晋江文友曾为我担心：这题目不好写啊，因为晋江的品牌太多了，你写谁不写谁，写多写少，都不好办。是的，退休多年的我，已经六年没来晋江了，而这六年，正是晋江产业提升、城建提速、发展变化最大的六年，走在世纪大道上，我就像刘姥姥初进大观园，对一切都感到新奇、新鲜，甚至于一时难以理解和无法想象。但我最终还是在选题会上自告奋勇地领下这个难题，其理由有三：

一是晋江让我太感动了，面对最感人的素材，避而不写，这不符合我的职业习惯。何况，晋江人最让我佩服的，正是不断开拓进取的创新精神。那么，就让我向晋江人学习，迎难而上吧！

其二，我所写的文章，不是政府的工作总结，也不是企业的年终报表，不可能面面俱到。作为散文随笔，我所能遵循的艺术创作规律，是以“一斑而窥全豹”。其中的“斑”，只能是我在短短三天采风途中，有缘参访的少数企业。这就好比我骑着骆驼参观埃及金字塔，只能在驼背上拍几张远景照片，其清晰度自然有限。我想，晋江的企业家们都是具有全球视野的胸襟坦荡之士，不会为拙作的不足而耿耿于怀吧？

其三，最重要的一点，晋江是创造奇迹的地方，也是文学创作的一座富矿。每一个品牌，都是一首诗；每一个企业，都有一部跌宕起伏的创业史；每一位创业者的性格和命运，也都是一部带有传奇色彩的长篇小说。倘若我这篇小小的肤浅之作，能抛砖引玉，激发晋江本地作家创作激情，写出堪与品牌之都相匹配的黄钟大吕之作，那我就十分满足了。套用安踏的一句广告语：加油，晋江！

2011 年夏

白云深处访姬岩

很早以前——大约是三十多年前吧？我就听说永泰县有个白云乡，乡里有个白云村，村后的白云深处，藏有一座仙山，名叫鸡岩。说是古代仙人在此炼丹时，有五只天鸡飞来守护。后来，闽王王审知的一位爱姬葬身于此，香魂一缕，溶入白云，缠着山头久久不散，于是，鸡岩又改名成了姬岩。

三十多年前，最早写信邀我到姬岩一游的，自然是我的大妹夫了。他师范毕业后，被分配到永泰山区任教，不久之后，便当上了白云小学的校长，对此间的山水，自然情有独钟，很想我能为之写篇文章。可惜今天我践约来此时，他却驾鹤远游去了。听大妹说，他临终时最放心不下的，是毕业班学生们的考卷……

车停山半的桃源山庄。但见一泓碧波，在峡谷间漫泛，雾气氤氲；四围山色，浮沉于云海之中，一片空蒙。忽想起两句唐诗："昔人已乘黄鹄去"，"白云千载空悠悠"，我不能不痛责自己来得太迟，心中怃然。

好在同行的永泰文友，如数家珍地向我们介绍道：姬岩虽地处永泰、闽清、闽侯三县交界处，山高路远，人迹罕至，但自古以来，山下的白云乡却是个英才辈出的风水宝地，自明至清，光黄姓的著名文人，就有黄文焕、黄任、黄图南、黄惠等一大串，他们呼朋唤友，吟诗作赋，在山上留下不少摩崖题刻。其中，可作为今日姬岩广告词的"天作高峰列五鸡，峰头咫尺与天齐"句，就出自明代进士、翰林院编修黄文焕之手。他这一说，大家游兴倍增，我心中的隐痛似乎也冲淡了些许。

山庄背后，就是九曲回肠的攀岩古蹬道。穿密林，越深涧，攀仙梯，过天门，钻岩洞，探石室……我终于明白，这"与天齐"高的姬岩，其山体本身就是一块硕大无朋的巨岩。只不过由于千百万年的日晒雨淋、雷劈电击以及可能发生的地震、火山喷发等等，终于把它精雕细刻成这千姿百态的神奇。

何况，又有云，又有雾。在古人心目中，变幻莫测的云雾，定然是神仙出没的家园。难怪这里的象形奇石——仙床、仙被、仙灶、仙梯、仙船等等，一应俱全。其中，最让我感到新奇的，是一大块船形的巨岩，岩顶犹如平坦的甲板，铺垫着一层由落叶化成的尘泥。不知什么时候，鸟儿衔来树种，风儿刮来草籽，于是，一棵棵树木就像桅杆矗了起来，像船帆张了开来，整块巨岩，就像满载花草树木的彩船，在云海中鼓浪扬帆。

福建沿海，磊磊相叠的石头山到处都有，但像姬岩这样，在山石之上有如此丰厚的植被，却较为罕见。当年，黄文焕攀登姬岩时，就曾在《与僧善缘书》一文中赞曰："山体以石为本质，以林木为靓妆。林之滋生于石上者，艰辛殊甚。虽或一卉，皆可爱玩，如得珠玑。其略大者便若数丈珊瑚，烂然国宝，且其生长皆经数百年，神灵呵护，方有今日。"如今，被他称颂为珠玑、珊瑚等"烂然国宝"的树木依然健在，且老当益壮。举目四顾，我发现，凡能挺立于岩缝之中的，大都是南方绿色家族中的巨人，如栲树、楮树、柯树及红豆杉之类，粗大的树干，拔地而起，浓密的树冠，遮天蔽日。其间，最叫人啧啧称奇的是，在悬空的枝丫间，还垂挂有许多寄生兰，其绿叶葳蕤之丰姿，绝非城内花鸟市场上那些娇滴滴的盆栽兰花可比。

众所周知，在群芳谱中，兰花是位真正的隐士，唯有深山老林，最适合它修身养性。正巧，同行的永泰籍诗人郭永仙就是一位养殖兰花的高手。此刻，他站在悬崖边上一棵古树底下，那树，把老气横秋的主干斜斜地往山谷方向伸去，在万丈深渊的上方骄傲地展开一面绿色的旗帜。据说，前些年，他就曾凭借一根木棍，一条吊绳，像猴子一样攀上此树，采回一大篷上品的兰花呢！怪不得他人同其名，翩翩然而有仙气焉！怪不得他那些抒写兰花的散文诗，特别受到我省文坛泰斗郭风的青睐。看来，只有知兰、爱兰者才能写好兰花，因为写作者心中，早就有一株花开多枝的素心兰了。

从姬岩返回桃源山庄，好客的白云乡主人已备好颇具乡野风味的午餐。

席上，最受欢迎的是当地特产小白芋，其香糯可口的内囊上，裹有一层半透明的胶汁，黏糊糊、滑溜溜的，入口即化，妙不可言。遥忆当年，大妹夫就曾把它带回莆田，让我大快朵颐呢！由此，我又陷入对故人的思念之中。不料，刚提起他的姓名“陈友敏”，主人立刻肃然起敬道：“他就是我的小学语文老师啊！当年，他一再鼓励我们读课外书，爱读什么就读什么；一再鼓励我们写作文，爱怎么写就怎么写。他从外地来白云任教二三十年，老一辈乡亲全都忘不了他……”

一席话，让我大感宽慰。人生短暂，犹如一缕轻烟，一朵白云。但若能与姬岩的深山老林、幽谷馨兰相依相伴，也就得以永恒了。

2011 年夏改定

燕城赋

据说，永安是海峡西岸“十大空中最美家园”之一。可惜，采风团没有直升机，无法载我到云端亲眼俯视。好在永安市地质博物馆内，有一张卫星遥感地图，能让我从更高的空中鸟瞰永安全貌。

绿色，填满全地图的绿色，深深浅浅、浓浓淡淡的绿色，那就是遍布永安全境、覆盖千山万岭的树海与林涛吧？万绿丛中，蜿蜒着三条淡蓝色的细线，并在地图的中心位置交汇。交汇处，一片银光闪烁，显然，那就是绿海中的明珠——永安城区了。

如今，我空降到城区这三水交汇处的一座小山上。山上有座粉墙黑柱的仿古建筑，名叫劲草琴堂，松风竹韵中，似有悠悠古琴之声遥遥传来。伫立堂前，凭栏眺望，这才看清地图上的三条流水，就是流贯城区的“两溪一江”。两溪，指的是九龙溪与巴溪，因相交形如燕尾，所以合流之后的江流就有了一个充满动感与美感的名字——燕江。城因江名，于是，永安城也就有了一个充满诗情画意的别称——燕城。

燕城，绿色之城。

永安全市森林覆盖率高达百分之八十以上，为全国所罕见。其中，光是竹林，全市农民人均就拥有6.5亩，若以每亩种竹一百根计算，则每人坐拥竹子多达650根，高居全国之冠。因此，永安全市被评为“中国笋竹之乡”“中国竹子之乡”，2007年，经国家建设部现场审核验收，永安市又赢得“国家园林城市”的殊荣。

本次采风，笔者有幸驱车前往九龙竹海公园，尽管只是在满山遍野的竹林外围匆匆一瞥，那无边无际的绿意，就灌满了五脏六腑，我恨不得立地生根，也挺拔成其中的一根大毛竹呢！

苏东坡曾言："居不可无竹。"为此，前些年我在福州搬进新居时，特地在露台一角种下两根罗汉竹，以响应坡仙之提倡。如今，萧萧翠竹已发展成六根，我常在竹下邀客品茗，并以此洋洋自得。如今到了永安，到了燕城，方知自己实在太浅薄了。试看万山丛中，永安的每一家农舍，几乎都傍着一大片竹林，而住在燕城三水六岸的市民，不论推开哪一扇窗户，也几乎都可以看见绿色的山影和婆娑的竹影，真是羡煞人也！

在我心目中，绿意盎然的燕城，最适合人类诗意栖居的园林之城，称之为"南国绿都"亦似不为过。

燕城，旅游之城。

不仅仅因为绿海深处，处处都可享受森林浴，处处都可呼吸最富含氧离子的清新空气，品尝最鲜美的竹笋、香菇、金线莲与菜蔬瓜果，更因为永安境内，山峦重叠，溪谷纵横，"集五亿年地质史于一身，融丹霞、岩溶地貌于一体"，是全省地层出露最多、地貌品类最齐全的洞天福地。

联名并列"国家重点风景名胜区"的桃园洞和鳞隐石林，前者，因"一线天""大而逼，远而整"，连见多识广的徐霞客也叹为观止；后者，若与彩云之南的路南石林相比，论规模之宏阔，虽稍逊风骚，论植被之丰美，则更胜一筹。国宝级重点文物安贞堡，因建筑之精巧，堪称"土楼之父"；国家级自然保护区天宝岩，因同时拥有长苞铁杉林、猴头杜鹃林及黄腹角雉、大鲵等珍稀动植物，是南国罕见的物种基因库。徜徉在理学名镇贡川，千年的儒雅之风扑面而来；漫步东南抗战文化中心吉山，处处可呼吸到民族的浩然正气……

美丽，神奇，富有。正因为永安有如此丰沛的自然与人文景观，再加上作为精神文明城市的优质服务，2001 年，他荣登"中国优秀旅游城市"龙虎榜，2006 年，又被中央电视台评为"中国魅力城市"。

燕城，文化之城。

犹如溪涧泉瀑汇集成江河湖海，永安的地域民俗文化、历史传统文化，战争年代的红色文化、抗战文化以及改革开放以来的先进文化，既各具特色，又交相辉映，既源远流长，又与时俱进，精彩纷呈，美不胜收。

且不说那大腔戏，宛如“一朵带泥巴的古莲花”；且不说那安贞旌鼓，能在“红与黑的厚重中透露出和谐之美”。“南国琴都”，自有悠悠古韵；夜幕下的激情广场，既有“红歌”的高亢与嘹亮，又有群舞的热烈与时尚……

当然，对于笔者来说，出于职业的爱好，每次来永安，都要到吉山去，重温文艺界的老前辈们，不顾天上的敌机狂轰滥炸，在竹篱茅舍、豆棚瓜架之间，用诗笺，用画笔，用五线谱和课堂讲义，用土纸印刷的新出版之报刊，用对祖国的赤胆忠心，发出抗日救亡的最强音……

永安文化之活跃，甚至渗透到日常生活之中，就连吃笋也要吃出一个“笋竹文化”来。他们不但每年举办笋竹文化旅游节，还在开办70多年的老店燕江楼推出被中国烹饪协会认定为“中国名宴”的笋竹宴，其中“竹林七贤”等菜肴，不但能给你色香味形的感性享受、滋补与营养的智性认识，更能让你在陶然欲醉中达到诗与哲学的某种境界。难怪一位当地女作家在《悦读永安》一书中语出惊人：“永安，是一座可以用口去阅读的城市。”

燕城，工业之城。

地灵人杰、物华天宝的永安，不仅是“全国粮食生产先进市（县）”、“全国绿色小康市（县）”、“全国绿化模范市（县）”，更是我省新兴的工业城市。这里，有全省最大的水泥厂、最大的化纤化工企业、最大的水电厂和全省第一座大型火电厂……作为闽西北的交通枢纽和物资中转、集散地，作为重要的能源与建材工业基地，这里的煤炭、电力、建材、林产、化纤、纺织、汽车等产业，都在全省举足轻重。

试以汽车工业为例。我省自行设计制造的第一辆汽车、第一辆重型卡车都在这里诞生。拥有40多年汽车制造历史的永安，在历经沧桑沉浮之后，终于，又在今天重铸辉煌，再造奇迹：一座占地四千亩、以制造重载货车和专用车为主的崭新汽车城，正在郊区埔岭崛起。自然，它也成为本次采风线路上最大的亮点。

正因为永安的工业一马当先，并带动农业、林业等各行各业万马奔腾，在全省综合经济实力“十强县（市）”中，永安连续16年榜上有名，为全省山区县（市）树立了榜样，也为整个海峡西岸经济区的建设锦上添花。

燕城，还是一座移民之城。

永安人的祖先，多为中原移民。抗战时期，作为临时省会和东南文化中心，外来人口骤增。新中国成立后，作为鹰厦铁路的神经中枢，大批铁路员工及其家属在此落地生根。其后，随着工业新城的崛起，又有大批产业工人及技术人员从四面八方云集永安。据2004年普查，永安人口中的姓氏多达353个，占《百家姓》一书所收录的全国姓氏十分之七，不但在三明市首屈一指，在全省乃至全国也相当罕见。

生活在最富包容性的移民城市，永安人胸怀宽广，热情好客，毫不排外。尽管他们南腔北调，拥有众多方言，但在公众场合，大家都自觉用普通话交流，让外来者毫无阻隔，倍感亲切。就连街上的大菜馆小食摊，也是南甜北咸、东酸西辣，兼收并蓄，应有尽有，让各有所好的顾客们各取所需。

当然，作为交通便捷、信息灵通、经济文化交流活跃的移民城市，永安人最大的优势还在于：思想解放，勇于创新，敢为天下先。本次采风，市里赠有《永安之最》一书，翻开一看，各行各业的省级、国家级品牌、荣誉称号比比皆是。其中，最让人津津乐道，引为自豪的，是“全国林改第一村”——洪田镇洪田村。在该村的林权改革陈列馆参观，一座人物群雕——村民们在灯下商议林权改革的群雕，那一双双坚定的目光，一个个刚毅的表情，以及一句句掷地有声的画外音，都给我留下难忘的印象。

我想，这种敢为天下先的精神，正是永安人最可宝贵的精神。有了这种精神并加以发扬光大，那么，市委、市政府所提出的十二五规划发展目标：打造海西现代工业城市、打造海西现代农业示范市、建设怡居宜业现代区域中心城市，就必定能实现。

本次采风，笔者有幸与团友们下榻于城内巴溪之畔的五洲宾馆。馆内，有两幢绿荫中的白楼，一名含笑，一名香樟，最是引人注目。询问主人，方知含笑是永安的市花，香樟为永安之市树。于是，我顿有所悟：

含笑。一座以含笑为表情的城市，定然是一座可爱而又可亲的城市。

香樟。一座以香樟为风骨的城市，定然是一座可钦而又可敬的城市。

燕城。一座以燕子为名、群燕腾飞的城市，必将永远属于春天。

2011 年秋

一条溪对一座城的倾诉

我，本是东狮山上的一团团雨云，一朵朵雪花，一枝枝冰挂，一滴滴流泉，一帘帘飞瀑，一条条山涧……在重峦叠嶂的怀抱中，我终于汇集成一个碧波荡漾的人工湖，人们为我取名：龙溪水库。

作为东狮山的掌上明珠，作为山下数万居民饮用水的唯一来源，我得到了最细心的呵护。在这里，听不到鸡鸣狗吠、牛哞羊咩，更听不到炸石开矿、挖沙取土的声响；看不见炊烟袅袅的农舍、撒网捕鱼的渔舟，甚至，连垂钓者、戏水者也难觅踪影。在这里，只有重重叠叠的青山拥抱着我，团团簇簇的马尾松、湿地松围护着我；只有阳光、月光、星光静静地亲吻着我，鸟声、雨声、林涛声轻轻地陪伴着我。每天，朝雾为我披上薄薄的浴袍，晚霞为我编织艳艳的礼服。我，就像一位养在深闺的处女，明眸皓齿，容光焕发，冰清玉洁，纤尘不染。

湖，是溪的童年。当我长大成人时，便从高高的大坝上飞奔而下，从深深的峡谷中穿越而出，欢欢喜喜嫁给了你——东狮山下一座名叫“柘荣”的县城。听说，我早先的名字叫“荣溪”，后来，人们在建水库时，把荣溪改称龙溪，于是，我也就成为今天的龙溪了。

柘荣，我亲爱的夫君！不管是从前的荣溪还是现今的龙溪，我始终是你最忠实的伴侣。我日日夜夜穿城而过，就像血脉源源不绝注入你的五脏六腑，你朝朝暮暮拥抱着我，让我贴近你的胸膛，聆听你的呼吸，你的心跳，让我的全身心都溶入你的精神，你的灵魂。

还记得吗？早在相亲的日子里，你就告诉我：你的家乡曾是一个长满柘树的山间小平洋，名叫柘洋，后来，你诞生时，人们就为你取名为柘荣。

柘树——柘洋——柘荣，我喜欢你这名字，因为这是整个福建省唯一以树为名，与树共荣的县城名字。

还记得吗？就在我出嫁的路上，在城郊的龙兴寺下，你就命一丛丛柘树列队欢迎我。我第一次认识这种丛生的桑科灌木，柔韧的枝条上长有硬刺，卵形的叶片被风吹动，被阳光照亮，仿佛一双双小手在为我鼓掌，为我欢呼呢！后来，我听你说，它抗寒耐旱，全身是宝：叶可饲蚕，果可酿酒，根可入药，枝可作弓，当它长大后，就由灌木变成乔木，到了50岁，又晋升为国家一级保护的珍贵乔木，因为它材质坚韧，纹理细腻，是雕刻制作高档家具的上乘材料。于是，我开始明白，作为柘树的传人，你身上具有最可宝贵的遗传基因：朴实、坚韧、沉稳，厚积薄发，大器晚成……

因此，当我流经城关的第一座桥——龙兴桥时，我的心情特别愉悦，特别舒畅，我以桥下的礁石为古琴，琤琤琮琮，弹奏起我心中的第一支恋曲。而你，则以上城和下城两座古城为双臂，把我紧紧拥入怀里。与此同时，你还用夹岸的柳树，用古城墙上的松树，用县府大院里的枫树、樟树、木笔和塔杉，用市街两旁的梧桐树、银杏树和女贞树，为我编织起五颜六色的衣裙，再用一座桥、两座桥、三座桥……哇，一共是九座桥，九座彩虹般的桥，为我缠上九条闪闪发光的腰带，让我的腰肢更加柔软，让我的步态更加婀娜，让我的天生丽质更加光彩照人……

柘荣，我亲爱的夫君！从第二桥上城桥、第三桥柳东桥，再到第四桥溪坪桥，我流经你古老而又时新的双城城区，充分感受你满腹经纶的文化底蕴，同时，也深深体验到你对我无微不至的关爱。在这段较为平直的水路上，你为我砌起坚牢的护岸、美丽的石栏杆，认人们可以在两岸的依依垂柳之下，凭栏观赏你在我怀中所放养的无数鲤鱼：红鲤鱼、黑鲤鱼、灰白色的鲤鱼、金黄色的鲤鱼、五彩锦鳞的鲤鱼，它们痛痛快快地呼吸，自由自在地游动，简直成为水中的彩云，水中的鲜花，成为我佩挂在胸前珠光宝气的璎珞！我知道，在中国，有水的城市很多，但并非所有的水流都能有如此良好的生态条件，也并非所有的人类都能有如此自觉的环保意识，能在车水马龙的闹市中谱写出人鱼同乐、人与大自然和谐交响的动人乐章！

前面，就是第四桥溪坪桥了。桥的一端，是保存完好、古风尚存的溪坪老街，是古人从福州通往温州的必经之路。又窄又弯的街道两厢，依然是鳞次栉比的木屋，依然是一家家小吃店、杂货铺、中药堂、传统的理发店和各种手工作坊，在喧闹的市声之中，还能听见“刀剪之乡”叮叮当当的声响，闻到牛肉丸、泥鳅面、鼠鞠糍和麦芽糖飘来的各种滋味：热腾腾、火辣辣、甜滋滋、香喷喷……

这独具柘荣地方风味的名点小食，深深吸引了我，陶醉了我，为此，我情不自禁地手舞足蹈起来，旋出了两圈最优雅的舞步。于是，在溪坪桥的下游，我那细细的腰身就呈现出最动人的的S形，因为很像阿拉伯数字中的5字，于是，人们就称这一段溪流为“五斗潭”了。更有趣的是，就在我转身之间，一座林木葱茏的小山，又像屏风一般遮住了老街的楼屋，隔断了喧闹的市声，使潭边的居民区立即变得清幽起来，很有一种闹中取静、坐看山光水色的诗情画意。我猜想，这一带，肯定是市民们购建高档楼舍的风水宝地。果然，听你说，宋代的探花府——当年“全国高考第三名”获得者陈桷的故居就着落于此。这时，恰有一行白鹭从我怀中翩然起飞，更增添我寻古怀旧的悠悠思绪。

突然，眼前升起一道弯弯的彩虹。我赶紧从青山画屏间钻出一看，原来是第五桥——地属仙屿公园的步行景观桥到了。这，既是九桥中最长的一座桥，也是最新、最时尚的一座桥。弧形的桥顶钢拱与弯弓形的桥身，如同一高一低的两道彩虹，横架在蓝天白云之中，青山碧水之间，与岸上的中心广场、露天舞台、音乐喷泉、林荫大道、景观走廊，以及防洪堤外沿的亲水台阶遥相呼应。作为山区小县的城关，你能拥有如此规模的一座综合性公园，让老年人来此打打太极拳，让新郎新娘来此拍摄婚纱照，让父母亲们推着婴儿车来此悠闲散步，让青少年们来校外体育中心虎腾虎跃，让全城市民来此观赏大型文艺演出，举办“中国民间文化艺术之乡”的种种民俗活动，这，可真是“生态园林休闲避暑城”创建中的一大神来之笔！

那么，你又为何称它为仙屿公园呢？当我还来不及启口动问时，我发现，有一个硕大无朋的绿色圆球体，正从我的下游浮出水面，并沿岸边滚动而来。于是，我加紧步伐，迫不及待地趋前仔细打量，这才看清它原本是一座圆圆的小山，山体上那浓得化不开的绿色，是由无数古树名木的树冠团团簇簇、层层叠叠堆积出来的。

我忽发奇想：它，不就是柘荣人最崇拜的女神马仙，从高高的东狮山上抛给城区的一个大绣球吗！难怪，你要把它称之为仙屿，并把它慷慨地赐赠予我，成为我怀中一颗最珍贵的夜明珠！是的，夜明珠，每当华灯初上的夜晚，尤其在烟花怒放的节假日之夜，倾城出动的市民都来这里狂歌劲舞，燃烧的激情犹如空中的礼花、地上的喷泉，而在欢乐的海洋中冉冉升起的仙屿，不就是天上人间一颗最光亮最璀璨的夜明珠吗！

为了表达我对仙屿的情有独钟，我在它身旁慢慢地绕了半个大圆圈，整整 180 度！这才恋恋不舍地穿过第六桥前山大桥，再往前方流去。这时，我又发现，前山大桥可算是九桥中最典雅、最华丽的一座大桥了，花岗岩的桥栏板上，精雕细刻着柘荣人最喜爱的许多吉祥物，有龙，有凤，也有狮子，有花，有果，也有太子参，让人想起你正是全国有名的太子参之乡啊！

过了前山大桥，就是前山了，绿色的山林间，闪现出一片金碧辉煌的翘脊飞檐。听你说，那是修葺一新的千年古刹广福寺。顾名思义，广福，就是广种福田、普度众生的意思。寺内，有一棵六百多岁的罗汉松，虽历经电闪、雷击、火焚等种种浩劫，却老而弥坚，依然枝繁叶茂，生生不息。对此，我不能不想起你的另一美称：长寿之乡。不仅因为你建城的历史与这棵罗汉松的年龄一样绵长，更因为你全县百姓的平均年龄高居全省之冠，如山之长青，水之长流，松之长寿。

我满怀对老寿星的崇仰与感恩之情，拜倒在广福寺的膝下。我看见寺门口有一个拦水坝，坝顶，一列像琴键般的石墩，既可让人轻轻松松地踏步过溪，又可让溢出的水流唧唧当当穿行而下。于是，我高唱献给你的祝寿歌，穿过前方的第七桥福山大桥，再穿过更前方的第八桥霞山大桥，奔向 104 国道上的第九桥下村大桥……

下村，虽仍以古代的村落为名，但现在，它早已融入城区，成为城区风景线中最新的亮点，成为全县经济建设中最具生命活力和发展潜力的前沿，因为这里，有一座新城正在崛起，它原先取名“闽东药城”，如今扩展为“海西药城”，而在“十二五”期间，它还将因产值百亿而升格为“海西百亿药城”呢！在这里，一幢幢崭新的厂房、一条条先进的流水线、一件件填补空白的新药、一项项科技创新的专利、一枚枚全市、全省乃至全国的驰名商标，连同一家家上市公司，如同百花盛开，百川争流，更把你这“小县城”的“大作为，大贡献”演绎得淋漓尽致！

啊，柘荣，我亲爱的夫君！如果说，古色古香的溪坪老街是你过去的记忆，生机勃勃的仙屿公园是你当今的容颜，那么，这充满希望的药城，正代表你辉煌的未来！从过去到现在，再到未来，你迈出的每一个脚步都与时俱进，你心脏的每一声跳动都牵引着全县的脉搏与神经。你越来越健壮，越来越有作为，而我，也在分享你的一切中越来越年轻，越来越亮丽！

公元2011年初冬的一天，有一批与众不同的客人来到了下村的药城。他们中间，有人忙于选景拍照，有人边走边记笔记，有人眯起双眼陷入沉思，还有人伸展双臂，昂首发出“啊啊”的声音……听你说，他们是来自全省各地的诗人、作家和记者，他们在“走进柘荣”的采风活动中，对这里的一切产生了浓厚的兴趣。他们准备写一本书，书名就叫《走进柘荣：海西药城　长寿之乡》。

于是，我心中又萌生起一项新的期待，我很想看看他们是如何用笔来描绘你和我——你眼中的我，我心中的你。我预祝他们妙笔生花，文思泉涌！

2011年冬

三探鲤鱼溪

我相信，人与人之间有缘分，人与山水之间也有缘分。

比如，高高在上的周宁县鲤鱼溪，宛若云中的童话世界。而我此生，已有三次拜识它的机会。

一

第一次与鲤鱼溪结缘，是 1983 年春。那时，我是《福建文学》的一位年轻编辑，因到周宁组稿，这才听说城郊有座浦源村，村中有条鲤鱼溪，溪里流淌着人鱼相亲的种种美丽传说。于是，我不顾旅途劳顿且感冒低烧，当天下午就赶往浦源村一探究竟。一路上，但见城郊的山间盆地一马平川，春水汪汪的水田，如明镜一般闪闪发亮，不时有三五成群的白鹭腾空而起，翩翩然没入远山，更觉此间风景不俗，有一种清奇而又飘逸的神韵。

刚进入屋瓦毗连、人烟稠密的浦源村，就听见潺潺的流水声，就看见一条小溪流，弯弯曲曲穿村而过。溪上，横着许多小桥——有平架于水上的独木桥、石板桥，也有弓起腰身的石拱桥。伫立桥头或沿溪边的鹅卵石路漫步，随处可见大大小小的鲤鱼，丹红色的、金黄色的、荷绿色的、灰黑色的，以及杂色斑斓的鲤鱼，它们成群结队，熙熙攘攘，或游动于水波之间，载浮载沉；或出没于菖蒲丛中，时隐时现。它们不但不怕人，反而“闻人声而来，见人影而聚”，一旦听见有客人的脚步声，便争先恐后鼓腮奋鳍，冲浪而至，如迎宾队伍在水中展开彩旗，挥动花束，手舞足蹈，欢呼跳跃。最有趣的是，当我掰一块光饼贴近水面时，鱼儿们一拥而上，幸运者抢走饼块，吞咽之声唼喋可闻，后来者似乎心有不甘，还跳上来触碰、吮吸我的空手指。我仿佛变成欧洲中世纪的贵妇人，正有许多骑士在向我跪拜、行吻手礼呢！那淡红色的鱼唇，滑滑的，黏黏的，冰凉冰凉的，简直妙不可言。细看指尖下的鱼儿，小的一二斤，大的四五斤。听说，还有条重达二十多斤的黑鲤鱼，被人称为“鱼王”。可惜我恭候许久，深居简出的王者，却始终不肯赏脸接见一下我这远方的不速之客。

尽管鱼王有点架子，但浦源村的村民却古风淳朴，热情好客。那些在屋檐下晒太阳、烤火笼的长者，那些在溪边挎着竹篮子洗洗刷刷的妇女，那些在桥上桥下追逐嬉闹的幼童，纷纷围拢过来。一位中年汉子不无自豪地告诉我们：这就是我们的鲤鱼溪了，别看它流经村中长不过五百多米，宽也不过丈余，但却聚集着成千上万条鲤鱼呢！自古到今，我们的村民严守老祖宗立下的规矩，对鲤鱼绝不捕食，绝不伤害，鱼死了，还要隆重举行鱼葬仪式。而鲤鱼们也通人性，洪水一来，纷纷钻进溪岸的洞穴，或用小嘴紧紧咬住绿菖蒲的根部，绝不随波逐流，离村远去。偶有被洪水冲走的，一旦听不见人声，无论如何，也要拼全力逆水洄游，连蹦带跳，回归我们这浦源村老家呢！

一席话，听得我目瞪口呆。在我们的国土上，有许多森林保护区、鸟类保护区，但像这样由群众自发创立的鲤鱼保护区，我平生还是第一次亲眼所见。回到县里查阅资料，方知该村村民多为郑姓，在溪中放养鲤鱼的习俗，始于南宋末期，其首创之功，当归郑氏八世祖晋十公，是他召集村民订立乡规民约，禁止垂钓捕捞，违者严加惩处。越数日，他还故意唆使孙子下溪捕捞一尾鲤鱼，随即宣布其违约，鞭笞示众，以儆效尤。从此之后，护鱼之风，代代相传，距今已有八百多年了。

八百年风风雨雨，其间又有多少天灾人祸！而可敬可钦的浦源村村民却一以贯之，人与鱼相亲相谐，这是何等绚丽的一种文化景观！于是，我不揣浅陋，在福建日报上发表《鲤鱼溪小记》一文，以此广而告之。1989年，周宁县旅游局编选《鲤鱼溪诗文选》由福建人民出版社出版，在书中所收录的当代作家诗文中，我这篇拙作可能是最肤浅的一篇，但也是发表时间最早的一篇。因此，我在汗颜之中，也多少有点聊以自慰。

二

时隔23年之后，2006年春，我再次来到周宁山城。听说旧游之地鲤鱼溪已开发成游客云集的鲤鱼溪公园，有关人鱼相亲的故事，早已上了中央电视台的屏幕，写进北京市小学的语文课本，正走遍中国，成为人与自然和谐共处的绝妙教材呢！

对此，我不免喜忧参半。喜的是，古老而又寂寞的鲤鱼溪，终于走出周宁，走出闽东，得到全国范围的认可与喜爱；忧的是，它会不会由此横遭无节制的开发、建设性的破坏，而丧失原先的纯朴与宁静？于是，作为退休老人的我，怀着忐忑不安的心情，走进我年轻时的旧游之地。

幸好，古色古香的浦源村旧貌依然。小桥流水依然在，锦鳞鱼儿依然在，鲤鱼溪两岸，那些明清时期留存下来的古民宅依然在，屋檐底下，捂着火笼晒太阳的老人们也依然健在，只是我不知道他们是否就是我23年前所见到的那一群？23年前，我血气方刚，风华正茂，如今，也过了花甲之年，到了该到屋檐下和他们一起晒晒太阳的时候了。时光，犹如桥下的流水，总在悄无声息地流淌着，流逝着。

幸好，到了鲤鱼溪的下游，展现在我面前的鲤鱼溪公园，占地只有五亩，船形的郑氏宗祠依然在，高耸的柳杉依然在，柳杉下的鱼冢依然在，只不过在它们之间，增添了一泓碧波，一架拱桥，一尊鲤鱼仙姑的雕塑，以及在新栽的花木丛中，点缀有若干亭台楼榭。为方便游客停车，另有一条新修的便道悄悄绕到公园围墙的背后。其总体布局还算得体，还算错落有致，并未破坏延续八百多年的原始风貌。

看得出来，整个鲤鱼溪风景区得到了科学的规划、良好的保护，并没有用钢筋、水泥、玻璃、瓷砖和铝合金、不锈钢之类的时尚建材，来改变村容村貌的质朴和古雅，更没有用工业化的废气、污水和垃圾把人们所钟爱的溪流和鱼儿染黑、熏臭、赶跑……

那天，游客不多，而村民中的青壮年也很少看到。村子里静悄悄的，几声鸡啼，几声鸟鸣，更显得有点冷寂。我正为此纳闷，当地导游却一语道破其中的玄机。原来，随着开放改革的春风吹进周宁山区的崇山峻岭，村民们再也坐不住了，再也不满足于日出而作、日落而息、只在自己的家园躬耕垅亩的传统农业生活了。近些年，光浦源这一行政村，就有两千多位年轻人，离乡背井，走出山门，义无反顾地闯天下去了。他们北上温州、上海、南下广州、深圳，或经商，或务工，或办起大大小小的民营企业，一个个都成为商品经济大潮中的弄潮儿。只有到了每年临近春节时，他们才开着小轿车，从各地衣锦还乡、满载而归……

显然，浦源村的新一代人，再也不像鲤鱼溪里的鱼儿，每逢发大水时，总要紧紧咬住溪边菖蒲的根部，舍不得离开自己的家园。他们，倒像是源源不绝的溪水，老是哗啦啦地往外流……

我忽然想起一个问题：假如我是一幢老宅，是伸展双臂，把儿孙们紧紧揽在怀里，让他们留在家乡，几代同堂地厮守着田园和鱼儿呢，还是挥一挥手，放他们远走高飞，到山外面去发展，哪怕从此定居在外，成为城里人，甚至漂洋过海，成为异域他邦的新一代华侨呢？

这个问题，正是当下许多农村，尤其是东南沿海农村老人们所共同困扰的难题，但却没有统一的答案，更没有十全十美的答案。

溪边，那座古老的建构形制有如船形的郑氏宗祠，还依然像一条大船，静静停泊在夕阳的斜晖之中，门口那一株高大的柳杉，也依然像一根桅杆，高高地升入天光云影。人们常把人生比作风波浩荡的水上航程，而把家乡当成平静、安宁而又温馨的港湾。但港湾再好，也无法阻挡船儿再次拔锚启航。也许，这就是浦源村的先民们，为帮助子孙们破解难题，所留下来的一种暗示，一种隐喻？

我想，不管儿孙们浪迹天涯海角，远走异域他邦，只要家乡还有老宅，老宅前还有一条小溪，溪里还有鲤鱼，溪边还有一位或一群老人，正心平气和，悠然自得地晒着太阳，这就够了。因为他们走得再远，也走不出亲人们的视线，走不出对家园的温馨记忆。“直挂云帆济沧海”的船队，总有一天，还要驶回始发港，在亲情的沐浴中重新获取前进的动力。古人云“上善若水”，诚然，信然。

于是，我以《扯不断的鲤鱼溪》为题，在《福建文学》上发表我对鲤鱼溪新的观感，并对远走四方的郑氏子孙们表达最美好的祝愿。

三

又过五年，2011 年 12 月 9 日，我第三次来鲤鱼溪时，已是年近七十的古稀老人了。我拄着拐杖，由同伴搀扶着，慢慢走进古村老街。时令正是寒冬，天气预报今天雨夹雪，村中晒太阳的老人不见了，鲤鱼们也大多钻洞取暖去了，但它们仍然派出一队勇敢的代表，像坚持冬泳的运动员一般，到桥下载歌载舞欢迎我们，那五颜六色的泳装依然光彩夺目，让人从心里感到温暖。

为了避免跌倒，我走走、停停、看看，向这些久别重逢的老朋友不断行注目礼。不知不觉间，已落在采风团的最后头。这时，前方传来了鞭炮声和鼓乐声，有人过来招呼：今天正好有鱼葬，你们快去看啊！于是，我加快步伐，赶上前去，好不容易见到那两棵挺拔的千年古柳杉，但树下的“鱼冢”早已被人群围得水泄不通。这时，鞭炮声和锣鼓声停了下来，喧闹的人声也随之消失了，只有许多手臂高举着各式照相机在人群头顶上晃动。我好不容易登上鱼冢的石阶，从人缝中挤进一看，原来是一位身穿长袍马褂的白胡子老人，正神情凝重地把置放已故鱼体的木盘，缓缓地放在鱼冢之上，再点上三炷香，洒上三杯酒，三拜九叩之后，开始吟诵起《祭鱼文》来。我虽然难以听懂这用方言所诵读的文言文，但全场听众屏声静息，还是让我感受到一种难以言喻的敬畏之心，悲憾之情。诵毕，重新燃放鞭炮，敲响锣鼓，木盘上的亡鱼终于被放入鹅卵石垒砌的鱼冢中，告别人世，入土为安。整个仪式持续约 20 分钟，其场景之隆重，氛围之庄严肃穆，丝毫不亚于为亲人下葬。

事后，我讨来一份《祭鱼文》，细加品读。我不禁想起平生所读过的许许多多古之祭文、今之挽悼散文，但所祭者，所挽悼者多为圣人、贤人、先人、亲人，而专为某一种动物所写的祭文，却还是第一次读到。此《祭鱼文》文长虽不足三百字，但却写得声情并茂，文采斐然，令人爱不释手。请允许我全文抄录如下，并添加标点，与读者共赏之。

祭鱼文

时维

公元某年某月某日，鲤鱼溪人谨

以三炷馨香、三卮清酒致祭于

鲤鱼之亡灵而祷告之曰　溯吾

先祖为澄清溪水而放养汝类，螽期繁衍，遂以涧里鳞潜而蜚声遐迩，迄兹八百春秋。人谙鱼性，鱼领人情，患难与共，欢乐斯同。洋洋乎吹萍唼藻，悠悠哉喷沫扬鳍，聚水族之精英，钟山村之秀丽。纵来吕尚，不敢垂纶；倘莅冯獾，无由弹铗。罔教竭泽，若个敢烹！伫看云海飞腾，奋三千之气势；正待龙门变化，开九万之前程。奈何天不永年，遽尔云亡，人非草木，孰能忘情，衔悲忍痛，瘗汝魄还招尔魂兮，以表吾侪博爱，惟祈汝裔蕃昌　伏惟

尚飨

浦源鲤鱼溪人同挽

此文不知出自何年何代何人之手，但代代相传，朗朗上口，文简而意赅，语短而情长。其状写鲤鱼之可爱："洋洋乎吹萍唼藻，悠悠哉喷沫扬鳍，聚水族之精英，钟山村之秀丽"，堪称可圈可点之生花妙笔。更可贵的是，字里行间，我们还可以读出先人的许多智慧，许多在当今世界也算是超前的先进意识。

诸如：环境保护意识。先人在八百年前就放养鲤鱼，目的很明确，"是为澄清溪水"，是为保护饮用水之水源，不受污染。此其一。其二，生态文明意识。人鱼之间，人与地球、生物圈之间，完全可以和谐共处，达到"患难与共，欢乐斯同"的境界。其三，平等意识。鲤鱼溪的鲤鱼严禁捕食。不管你地位多高，名气多大，哪怕是中国历史上最喜欢钓鱼的姜尚（民间俗称姜太公），也不许你来此垂钓；最爱吃鱼的冯獾（又作冯谖，战国时齐人，为孟尝君手下食客），也不许你在此因吃不到鱼而弹铗（剑）唱

歌发牢骚。保护鲤鱼，人人有责，谁也不能例外。其四，可持续发展意识。鱼祭的目的，是“惟祈汝裔蕃昌”，鲤鱼如此，浦源村的子孙后代又何尝不如此！

当然，此祭文毕竟滥觞于古代，“鲤鱼跳龙门”的儒家思想难免贯串其中。“奋三千之气势”，“开九万之前程”，表面上说的是鱼，实际上，也是先人对子孙后代科举仕途所寄寓的厚望。儒家文化的精髓是“孝”。曾子曰：“慎终追远，民德归厚矣”。对此，朱子解读说：“慎终者，丧尽其礼；追远者，祭尽其诚。”这一观念在民间深有影响。人在墓地，脚踩阴阳两界，必然会思考灵与肉、生与死的终极命题。人生在世，有生必有死。死亡是生命的一部分。凡热爱生命者，也都不必惧怕死亡。只有超越死生，才能领悟生命的意义。季羡林说：“如果人生真有意义与价值的话，其意义与价值就在于对人类发展的承上启下，承前启后的责任感。”如此说来，生者为死者举办某种送别仪式，是完全必要的，它既是对已故生命的尊重，也是对未来生命的希望，不论对鱼对人，一概如此。

屈指算来，我从 41 岁到 69 岁的 28 年间，先后三次来到鲤鱼溪，每次都有不同的感受，并先后写出三篇不同的文章。然而，在我的心目中，源远流长的鲤鱼溪是读不尽，也是写不完的。如今，我已垂垂老矣，且诸病缠身，步履蹒跚。鲤鱼溪，我还能有第四次拜访你的机会吗？我不知道。也许，只有溪里的鱼儿们才知道。

2011 年冬

2012 年

（70 岁作品）

仰望壶公山

一

面对家乡的壶公山，我始终保持一种仰望的姿势。

论海拔，壶公山并不高，只有 710.5 米，但它孤峰独起，卓立于莽莽苍苍的兴化平原之上，面对烟波浩渺的兴化湾、平海湾和湄洲湾，因此，显得特别高大，特别雄伟。

他所立足的兴化平原，又称莆田平原、南北洋平原，是福建省仅次于漳州平原和福州平原的第三大平原。发源于闽中戴云山的木兰溪，被当代莆籍著名作家郭风称为“蓝色的木兰溪”，以她的千般柔情、万种风姿在壶公山下蜿蜒穿行，哺育着两岸织锦般的田园和果园，串珠般的城镇与乡村，使这一方热土成为全市水系最发达、耕地最集中、人口最密集、经济最繁荣、文化积淀最深厚的中心地带。正因为壶公山与木兰溪刚柔相济、阴阳互补，造就了物华天宝、地灵人杰的兴化平原，自古以来，人们就把两者的完美结合并称为“壶山兰水”；把古兴化府的府郡、今莆田市的市区称为“壶兰雄邑”。清顺治年间，邑人林尧英始定“莆阳二十四景”时，自然也就把“壶山致雨”和“木兰春涨”，作为当时莆田县境内最具代表性的山景与水景了。

如果说，木兰溪是莆田人公认的母亲河，那么，毫无疑问，壶公山高高耸立的形象，就代表着父亲的威严与仁慈，我们对他的仰望，就必然带有一种与生俱来的敬畏与感戴。

二

壶公山不仅高大、雄伟，且山有八面，每一面都能在世人面前展现不同的风姿和神采。在唐代诗人黄滔的笔下，壶公山“八面峰峦秀，孤高可偶然”。而他的十七世孙、明代《八闽通志》和《兴化府志》的作者黄仲昭则进一步阐释道：“山有八面，高耸千余仞，郡治正对之山。形方锐如圭首，峙立如展屏，秀特端重，盖郡之镇山也。”

当然，在壶公山多姿多彩的八面形态中，最具代表性的，还是在大晴天从荔城城区遥望他时所见到的模样：一个呈等边三角形的圆锥体，如同淡蓝色的剪影，紧贴在平原伸向大海的天幕上，像埃及的金字塔，更像日本的富士山。

是的，富士山。他与日本的富士山堪有一比：同样是处在休眠期的古火山，同样在山巅处削去一小角，同样拔海而起，雄镇于平原之上。由于山势突兀，地形复杂，对海洋上的暖湿气流或迎或拒，时收时放，晴雨不定的两山山头，常出现笠状云的奇观，成为当地天然的气象预报台。在日本民间，有句广为流传的气象谚语，说是富士山“笠云环山巅，天晴；笠云像横线，下雨；笠云沿山下，刮风。”无独有偶，在莆田也有句妇孺皆知的民间谚语：“壶公山戴笠，西北雨噼哩啪啦!”据说，南北洋平原上的农民，每当夏收季节，只要发现壶公山上有状如斗笠的乌云压顶，便知大雨欲来，于是，所有的晒谷场立即热闹起来，人们一呼百应，扫的扫，耙的耙，赶紧把谷子扒进麻袋，装进箩筐，前脚刚搬进屋，后脚，西北雨就劈劈啪啪砸下来。因此，壶公山也就有了“壶公致雨”这一奇观。在莆田人的心目中，高高耸立的壶公山，耕云播雨的壶公山，仿佛就是一根顶天立地的晴雨计。

当然，壶公山与富士山也不尽相同。首先，从外表的主色调来看，富士山终年积雪，整个山体以白色与蓝灰色为主，给人以一种冷艳、孤傲、高处不胜寒的感觉。而壶公山就温润多了，亲切多了，他四季长春，满山皆绿。尤其是春日从山根处的平畴上步步登高，先是阡陌田园上一望无际的淡绿、粉绿与嫩绿，再是大溪小渠之畔、低丘浅山之间，荔枝林、龙眼林和枇杷林那层层叠叠的鲜绿、翠绿与浓绿。穿越果林驰车上山，一路上峰回路转，扑进车窗的，又有榕树、杉树、桉树、杜楦树和相思树那团团簇簇的苍绿。到了山肩处的凌云殿，更有一棵千年古樟，在云雾中升起一面绿色的旗帜，那古意苍然的绿色，只能用“墨绿”来形容。此后，再往上直至山巅的电视台，银色的巉岩峭壁间，也还间杂有星星点点的灌木丛和柔美和顺的高山草甸，有一次，我甚至看见有一丛百合花在草丛中悄然开放。听电视台的人说，他们经常在云雾中听见鹧鸪的啼鸣，看见七彩雉鸡从高山名泉蟹眼泉旁忽刺刺飞起，整座壶公山始终充满生机和活力。

不仅仅如此。壶公山与富士山还有一点最本质差别，即在于他始终稳如泰山，镇守在滨海的一方。而富士山却多少显得有点躁动不安。早在1992年，笔者随中国文联代表团访问东瀛时，就听说日本是个火山、地震和海啸等地质灾害频发的国家，就连富士山也不例外。当地科学家经过精细的科学观测，发现富士山每年都发生10次左右微小的“火山性地震”，估计其震源深度仅达10公里。为此，我曾在《飞临富士山》一文中忧心忡忡地写道：“你，还会失去理智再度疯狂地喷发吗？还会以浓烟、烈火、炽热的岩浆流、惊天动地的火山雷和遮天蔽日的火山灰吞没大地，遗祸人类吗？我说不准，我有点担心……”

相反，面对壶公山，我始终感到他是那样安详与沉稳，淡定与从容。我查阅许多资料，全未发现有关他疯狂爆发的具体记载。自从先民把长满蒲（莆）草的滨海湿地改造成良田沃野，从而在地图上创造出“莆田”这一专有名词以来，他始终护境安民，厚物载德，以“壶山致雨”泽被大地，以“壶公山下千钟粟”“荔城无处不荔枝”施恩于山下的子民，永保一方之富庶与平安。

孔夫子有句名言：“仁者乐山”。

我以为，壶公山本身，就是仁者的化身。他的崇高与伟岸，他的坚毅与沉稳，他的厚重与宽容，他的深邃与富有，他对人类的无私奉献，他的自尊、自强、自爱与自律……这，难道不就是历朝历代莆田人道德的楷模吗！

毫无疑义，壶公山的高度，就是莆田人精神与理想的高度。

我们对他，只能仰之弥高，敬之弥深。

三

孔夫子在说“仁者乐山”的同时，还说过：“智者乐水”。

对此，我家乡的父老乡亲却有些不同的看法。其最典型的表述，就是一句我从小耳熟能详的民间谚语：“看见壶公山，聪明花就开了。”

据说，此言最早始于明代。山下有位书生柯潜，小时生性迟钝，久学不开窍，塾师甚至视其为“孺子不可教也”。后来，他上壶公山祭拜山神，顿时聪明花盛开，从此，读书过目成诵，下笔有如神助，学富五车、满腹经纶的他，终于金榜题名，高中状元。有趣的是，这一传说如今还与时俱进，演绎出一种最新的现代版。笔者此番采风途经山下的青垞村时，就亲耳听说该村孩子最会读书，连续九年，年年都有人考上北大、清华，其原因，就在于村中家家户户门窗正对壶公山，年年岁岁，聪明花盛开不败。

把登山与益智作为因果关系直接联系起来，这真是莆田人有别于孔夫子教导的一大发明创造。仔细想想，还真有道理。因为山与水相依相伴，密不可分，山得水而活，水得山而媚，乐山的仁者必同时乐水，乐水的智者难道就不喜欢登山吗！山和水一样，都应该是智慧的源泉。

众所周知，莆田号称“海滨邹鲁”“文献名邦”，自古以来，英才辈出，俊彩星驰。光是宋代，壶山兰水就走出了蔡襄、刘克庄、郑樵等一大批享誉全国的贤臣名宦、鸿儒硕士、诗文大家。与此同时，在民间传说中，还有公而忘私、治水有功的巾帼英雄钱四娘，护佑海上渔民安全航行的女神妈祖……他们的精神与操守，才华与智慧，人品与文品，不就是山与水的交相辉映，仁与智的完美结合吗！怪不得当年，就连孔夫子最有出息的弟子、理学大师朱熹途经莆田，望见壶公山时，也不得不赞叹曰：“莆人物之盛，皆兹山之秀所钟也。”

那么，壶公山又是如何钟灵毓秀，让古往今来的莆田人聪明花盛开不败呢？

遥忆27年前，1985年初秋，我随郭风先生第一次攀登壶公山时，就曾与他并肩伫立在山巅电视台的露台之上。是时，天高云淡，海天一色，俯瞰兴化平原，木兰溪有如蓝色的飘带，翩然远去；远眺大海，三湾诸岛的岛影，有如艨艟巨舰，拔锚启航……这时，郭风先生深有感触地说："一个人，眼界开阔，心胸也就开阔；心胸开阔，文思自然也就开阔了。"

如今，郭风先生虽已作古，但他这句话却依然言犹在耳。我想，莆田之所以出人才，出大批优秀人才，就因为高高的壶公山，为他们提供了一个观察世界、思考未来的制高点。因此，他们视野开阔，胸襟坦荡，思想开放。他们任凭多元文化在壶公山下、木兰溪畔风云际会，任凭来自中原的中华传统文化、植根本土的莆仙地域文化、由三湾潮水席卷而来的海洋文化，与当代中国大陆的各种先进文化，在兴化平原这块极具包容性的大地上相互碰撞，相互交流，相互吸收，相互融合，从而，造就了莆仙文化犹如连绵不绝的群山，奇峰林立；犹如广纳百川的大海，波澜壮阔……

因此，在所有莆田人的心中，都有一种浓得化不开的壶公山情结。高高耸立的壶公山，你，既是仁者，又是智者；既是道德的楷模，也是智慧的源泉。作为你三百万子民中的一员，我不能不满怀敬畏之心、感恩之情，以最谦卑的姿态，抬头向你仰望……

2012年春

金湖是我师

金湖原名金溪，是闽江上游的一条支流。

它穿行在泰宁县境内的千峰万谷之间，滩多流急，人称“金溪十八滩，滩滩鬼门关”。因有先人在其河床里淘洗金沙，故而得名。

20世纪八十年代初，池潭水电站的拦溪大坝横空出世。一夜之间，溪水变成了湖水。湖水一寸寸上涨，并向四面八方漫泛，就像一轮光芒四射的太阳，用无数根金色的手指敲开一扇扇紧闭的山门。于是，一大片以“水上丹霞”为地貌特征的人间奇景出现了。它，就是周长60余公里、总面积3600多公顷、福建省最大的人工湖；它，就是拥有72峰、36岩、18洞及五泉双瀑，当今的国家级五A景区、跻身世界地质公园和世界自然遗产“中国丹霞”双榜的“百里大金湖”。

美国作家亨利·梭罗在其绿色经典《瓦尔登湖》中有个绝妙的比喻：“湖是风景中最美的，最有表情的姿容。它是大地的眼睛；望着它的人可以测出自己天性的深浅……”

毫无疑义，金湖就是泰宁的眼睛。它，波光闪闪，含情脉脉；它，纯净、明亮而又宁静，在壮阔与幽深中，充满灵性，贮满智慧。30年来，我曾多次与它对视，每一次，总能从中得到启迪，获取教益，增添对自然与人生的感悟。

猫儿山面面观

在环湖72峰中，猫儿山被公认为“金湖第一峰”。

不仅仅因为它高大、雄伟，在群峰中独树一帜；不仅仅因为它全身披满丰厚的植被，自成一片森林公园而让攀登者流连忘返；更因为它像一位功力很深的川剧演员，一转身，就“变脸”，能为观众在峰回路转、移步换形中提供多种多样的审美体验。

金湖湖面最开阔处，当数“十里平湖”。搭乘游轮驶入其间，但见水天一色，波平如镜，只有几行白鹭从天外飞来，几只鱼儿从水面跃出，才偶尔打破画面的平静。清风徐来，神清气爽，不亦快哉！这时，从前方的群山背后，悄然升起一座孤峰峭拔的山影，其天际轮廓线酷似一只小猫，正昂首曲背蹲伏在山巅。游轮继续前行，小猫渐渐变成了大猫，变成了巨猫，随着能见度越来越高，长在它身上的乔木、灌木和草本植物，为它竖起了耳朵，插上了胡须，让它的全身毛茸茸的，更是惟妙惟俏，活灵活现。它，是在聆听山籁与潮音，还是在窥视湖中的鱼虾？

然而，当游轮渐行渐近，头顶上的猫儿却又悄然隐去了。只见山峰越升越高，越挺越直，越缩越瘦，更有趣的是，一座山峰居然分成两座山峰，两座山峰又叠印成三座山峰，三峰皆如利剑出鞘，凛凛剑锋真插云霄。导游说，这就是三剑峰，是猫儿山的另一面。没想到，温顺驯良的猫儿，一转身，就变成了寒光闪闪的兵器。

但猫儿山的精彩表演并未到此结束。听说，只要坐小船继续沿山绕行，水动，船动，山也动。三把利剑又会渐渐把锋芒收敛起来，其棱角分明的线条又会渐渐变得柔美、圆润起来，且凹凸有致，玲珑剔透，就像三位窈窕的仙姑临流照影，人称“仙女梳妆”。

从一只灵猫到三把利剑，再到三位仙女，猫儿山可真是一个训练有素的性格演员，一位炉火纯青的表演大师。

其实，不光是猫儿山，天下美景，都应作如是观。正如苏东坡笔下的庐山与西湖，前者是“横看成岭侧成峰，远近高低各不同。”后者是“水光潋滟晴方好，山色空蒙雨亦奇。”观赏山水，不能只在静态中盯住它的某一面。只有在不同的季节、不同的时辰、不同的气候条件下，多次来游，在人与景的互动中，对其进行多视角、多侧面、多层次、全方位的观察，从远到近，由表及里，才能看清它的全貌，才能明白她与众不同的种种细微与精妙。

观景如此，识人又何尝不如此！任何一个人，总是把最美好的一面朝向公众。他到底是忠良还是奸佞，是天使还是恶魔，是倾城倾国的美女还是在石榴裙底下藏有一条狐狸的尾巴？都不妨转到他背后，认真看一看。假如一时看不懂，那就慢慢看他一辈子吧！

大赤壁：无字的丰碑

金湖的湖岸及湖心，有72峰，还有36岩。

岩者，从山从石。顾名思义，为巨石组成的山崖。

金湖以水上丹崖著称。其最具代表性的景点，当数赤壁：一道宽约五百米、高约一百米，横亘在湖波之上的悬崖峭壁。前些年，它和猫儿山代表金湖双双进入特种邮票，成为国家的两张名片。

从游轮上远远望去，赤壁果真是赤裸裸的，就像一位赤身裸体的壮士，哗啦啦从水底站了起来，以其壮阔的胸膛和结实的胸肌，尽力显示其“壁立千仞，无欲则刚”的豪迈气势。

船行渐近，方知他的岩体是一大块纯粹的火成岩，其色赤如丹，在艳阳下熠熠生辉，就像一面巨大的古铜镜，映照着蓝天白云、绿树青山以及百里金湖的浩浩烟波。

停舟其下，昂首细察，又见它的右上角和右边的侧峰上，斑驳的青苔与红色的岩体造成凹凸有致的天然纹理，状如漫漶的字迹，从中可隐约辨认出简体的“仙”字和繁体的“寿”字。也许，是取其吉祥之意吧，人们也把它称之为“仙寿岩”。

但我更看重的，还是赤壁的主体部分：坦坦荡荡，寸草不生；光光亮亮，纤尘不染；堂堂正正，一字不留。那才是它赤诚的本色，光明磊落的本色，好比一方无字的丰碑，横亘在天幕与湖波之间。

是的，空无一字。但它的好处、妙处、奇绝处，恰恰也在这里：大美不言，无字亦佳。正如司空图在《诗品·含蓄》中所言：“不着一字，尽得风流”。

听说，曾有好事者建议在此崖刻上苏东坡的《赤壁赋》。好在聪明的泰宁人并未采纳。且不说此赤壁非彼赤壁，远在长江的赤壁本身，到底是武赤壁还是文赤壁，是周郎赤壁还是东坡赤壁，就连号称“九头鸟”的湖北人至今还在争论不休；且不说宋代皇帝赐名的泰宁县，本是一方和平的乐土，无须熊熊战火来焚毁此间的安泰与宁静；且不说，金湖地属世界地质公园，其丹崖贵为世界自然遗产，不允许任何人为的添加与减损、污染与破坏；单从审美的角度看，自然远胜人工，填满不如留白，正因为金湖的赤壁不着一字，每个游客到此，都可在自己心中写出一篇赤壁赋，一万个游客到此，就有一万篇不同的赤壁赋。况且，每一篇赤壁赋都常写常新，永不定稿，这才让人百读、千读、万读而不厌。

天地间的最佳景点，总能给游客带来无限想象与创造的空间。

甘露寺：洞穴中的芭蕾

穿上红菱鞋，踮起脚跟，用单脚的脚尖在舞台上不断旋转、跳跃，这是欧洲芭蕾舞之所以风靡世界、盛演不衰的一大绝技。

我第一次看见金湖的甘露岩寺，眼前就仿佛飘来苏联芭蕾舞大师乌兰诺娃的翩翩舞姿。只不过，演出的舞台，已变成金湖畔的一口洞穴。其舞者，居然是一座独木支撑的寺庙！

据说，该岩洞高 80 多米，顶部宽 30 多米，但底部宽只有 10 多米，呈倒三角形。在如此逼仄而又险峻的洞穴中营建一座完整的寺庙，谈何容易！但距今 850 多年前，即宋绍兴年间的能工巧匠们，却把这地理上劣势变为建筑上的优势，采取“一柱插地，不假片瓦”的独特结构建筑，只用一根粗大的柱子落地，便撑托起全寺四幢重楼叠阁，造就我国木构建筑史上的一大杰作，堪与北岳恒山的悬空寺相媲美。寺庙建成之后，声名远播海外，就连东瀛的名僧重源法师，也曾三度慕名前来考察，并学习其大量使用的“T”形头拱的建筑工艺，在日本重建了举世闻名的奈良东大寺的大佛殿。

我想，甘露岩寺在建筑上的成功，既取决于科学上的精确计算，更得益于艺术上的大胆想象和创造。俗话说：寸有所长，尺有所短。任何艺术样式本身，都有它的局限性。但真正有才华、有作为的艺术家，却总是迎难而上，匠心独运，在局限中寻求突破，化劣势为优势，变有限为无限。正如芭蕾舞演员用单脚的脚尖旋出最优美的舞姿，作曲家用七个音阶谱写出最动听的音乐，篆刻家在方寸之间展现大千世界，杂技艺人用一个又一个有惊无险的高难度动作博得一阵又一阵掌声，眼前的甘露寺，不就在这小小的洞穴中出奇制胜、独步古今、享誉中外吗！

人生际遇，亦如同艺术创造。有时，危机正是转机：置之死地而后生；沧海横流，方显英雄本色！

水上一线天：酒香不怕巷子深

世间万物，有利必有弊。比如眼前这游轮，又宽又大，又安全又舒适又美观，但因为它的船体太大了，居然进不了水上一线天。而来金湖者，水上一线天是不能不游的，因为它代表金湖美景中很重要的一面：曲径通幽，深藏不露，含蓄而内秀。

据说，全泰宁现有大小峡谷三百多条，按其宽度即发育程度，可分为线谷、巷谷、峡谷三大类。水上一线天宽约两米，当属巷谷一类。其入口处毫不张扬，毫不显目，仅容一只小舟从双峰夹峙的缝隙中蛇行而入。其两厢石壁最窄处，双手平伸可同时扪及。那石壁又冷又硬，又湿又滑，其色黑如墨，但其间却星星点点嵌有许多石英石，晃动的波光，倒映壁上，整条水巷，有如天上的银河。这时，头顶上的一线天光，又撒下一串串晶莹的珍珠，昂首细察，原来是崖顶的一股清泉，顺着葳蕤的草叶尖儿，悄无声息地从天而降。张口接之，如甘草冰淇淋沁人心脾。

临近巷谷的最深处，忽听前方水声潺潺，峰回水转，但见一条瀑布如白练从左崖临空而下，船首略微往右一偏，又有另一条瀑布从右崖飞流直下。双瀑之间，五峰环立，整个地貌如同一口深井，而井底是一汪深潭，潭上水气氤氲，凉飕飕的，令人如入冰窟之中，停舟潭中，全身的劳尘与俗念一洗殆尽，当地老乡称此潭为五马潭。

如此幽深奇绝的水上一线天，堪称金湖皇冠上的一颗明珠！

但他却如此深藏不露。就像一位谦恭有礼的学者，虽满腹经纶却从不在人前夸夸其谈；就像一位胸藏百万雄兵的大将军，大敌当前却照样弹琴下棋、谈笑风生；就像藏在古城旧街、小巷深处的一家百年老店，酒香不怕巷子深，自有识货者络绎不绝，纷至沓来……

这样的酒，肯定是好酒；这样的人，即使学不来，也一定要诚心诚意，拜他为师。

金湖水怪，见怪不怪

世间名湖，常有水怪出没的传说。如英国的尼斯湖、中国新疆的喀纳斯湖、中国与朝鲜交界处的长白山天池……

湖龄不算长的金湖，因其水下藏有原金溪十八滩，更埋有峰林地貌的千洞万壑，潜流深不可测，生态复杂多变，前些年，竟也沸沸扬扬闹出了水怪的传闻。

说是渔民们所投放的两百多万条鲢鱼全都被他吃光了；说是渔船被他拉走了一百多米，连最牢固的渔网也被他撕开了一米见方的大洞；说是他在水下奔跑的黑影，快得就像鱼雷；说是他偶尔露出水面，尖利的嘴巴像鹰喙，三角形的脸孔像狐狸……

一传十，十传百，越传越离奇，越传越恐怖，一时间，大人小孩都不敢下湖游泳。为了破解这一谜团，大金湖渔业公司从浙江千岛湖请来了专业捕捞队，在金湖布下了天罗地网，终于让这水怪的真面目大白于天下。

原来，它学名鳡鱼，俗称“水老虎”。它生性凶猛，以吞吃其他鱼类为生，是典型的掠食性鱼类。它头部长有尖锐的骨质尖颚，桶状的身躯和巨大的尾鳍，活像一枚长满鳞片的鱼雷。它繁殖能力强，生长迅速，食量惊人，可吞下自己体长三分之一的鱼，每天的食物总量相当于自己体重的四分之一。据估算，金湖全湖约有 5 万多公斤鳡鱼，本次捕捞出来的大鳡鱼共有一百多条，其中最大的一条，也就是人称“水怪”者，身长 1.7 米，体重 123 斤，起网时，四五个人扑上去，用身体压住它，但它力气比牛还大，尾巴一甩就把这几条大汉甩开了。

据县里渔业专家说，这种鱼是长江中下游地区一种常见的鱼类，20 世纪50年代初，泰宁曾从长江引进一些鱼种，鳡鱼跻身其中，随后，便在饵料丰富的大金湖里迅速繁殖起来，并逐渐独霸水下世界，成为鲢鱼及鳙鱼等的自然天敌。而众所周知，鲢鱼和鳙鱼等，是吞食水藻、净化水质的功臣，因而，鳡鱼数量的失控，也就成为全湖生态的一大公害了。但若把它捕尽杀绝，也不行，也会造成新的生态不平衡，毕竟，人与生物圈体系中的每一个环节，都必须环环相扣，不能松弛，更不能断裂。因此，人们在捕捞金湖水怪的过程中，抓大放小，即同时把许多小鳡鱼放生。偌大的金湖，既不能有太多的鳡鱼，又不能没有鳡鱼，因为鳡鱼本身，也是一上等的经济性鱼类，其肉味鲜美，且具多种药用价值……如何让鳡鱼的数量，掌控在一个适度的范围之内？这，自然是一个相当复杂而又十分有趣的科学命题了。

百里金湖，好一部卷帙浩瀚的百科全书！

就连一度被误传为“水怪”的鳡鱼身上，也有一门多学科交叉的高深学问。怪不得我每次来金湖，总觉得自己变成幼儿园的小朋友，心中，有“十万个为什么”要打听，要询问，要求教……

2012年夏

古桑一树开元寺

泉州，“古称佛国”，开元寺就是佛国的梵宫圣殿；

泉州，“世界宗教博物馆”，开元寺就是镇馆之宝；

泉州，“海上丝绸之路的起点”，高高耸立的东西塔，就是一双永不熄灭的灯塔……

刺桐·榕树·桑树·菩提树

大凡丛林古刹，必有古树名木。绿海中的开元寺，也不例外。

沿古老的西街向他走近，首先拜识的，是刺桐。刺桐，别名象牙红，原产热带，为蝶形花科刺桐属之落叶乔木，树干如梧桐，花瓣似象牙，盛开时有如烈焰腾空。听一位花鸟画家说，他画刺桐花时，要先后上色七道，才能表现它在阳光下熊熊燃烧的非凡之艳丽。泉州港古称刺桐港，泉州城古称刺桐城。早在中世纪，许多到过泉州的外国旅行家，如马可·波罗、伊本·白图泰以及《光明城》的作者雅各等，都曾在笔下描写过刺桐花开刺桐城的盛况。如今，作为泉州的市树，它仍然满怀激情地站立在开元寺外，恭迎来自五洲四海的宾客……

从山门步入宽如广场的大石亭——拜亭，但见端坐两旁的，是八棵大榕树，八位绿色的老寿星。据说，他们的树龄都在二百岁至八百岁之间。昂首仰视，其盘根错节的树干，浓阴蔽日的树冠，有如胡须一般在空中随轻风摇曳的气根，以及他们雍容华贵的神态、从容淡定的气度，都不能不让人肃然起敬。榕树，堪称南国第一乔木，福州、台北和桂林三座城市皆以榕城为别称。泉州虽不在此列，但若论古榕、名榕之多，相比之下，却也毫不逊色。记得我年轻时，就曾见泉州一位老画家，绘有《温陵百榕图》，其中，自然少不了这八棵在开元寺听经护法的古榕。每当晨昏时辰，有一群白鸽从墨绿色的树冠上腾空而起，更让人浮想联翩。

当然，比榕树更老的，是开元寺；比开元寺更老的，还有一棵1300多岁的古桑树呢！开元寺的大雄宝殿，之所以雅称“桑莲法界”，即发端于此。据史书记载，开元寺始建于唐垂拱二年（686年），寺址原为州民黄守恭之桑园。传说他曾白日做梦，梦见一僧向他乞地建寺。一向乐善好施的他，因为太爱惜自己的桑园了，一时难以割爱，便推托说“如树开白莲乃可”。不料，二日后，果然应验，满园桑树盛开白莲花。黄氏受此天启，毅然献地建寺，初名莲花寺。到了唐开元二十六年（738年），唐玄宗下诏天下诸州各建一寺以纪年，莲花寺遂改名为开元寺。如今，1300多年过去了，寺内尚存有当年的一棵古桑树，端坐在大殿后侧的西边，其黑黪黪的树干，犹如青铜浇铸。树墩下有“桑莲古迹”刻石，另有一石碑记载：1925年一次雷雨中，老桑树被雷电一劈为三，其中一枝坠地，被僧人用石柱托起，并镌联曰：“此树生莲垂拱二年，支令勿坏以全其天。”又据介绍：20世纪末，托石上的树干被大风吹落，落地生根，照样抽枝拔叶，一年四季，郁郁苍苍。我在树下盘桓良久，心想：西天佛国素称莲花世界，所谓桑莲之传说，显然寓指桑园建寺，无须细究，但这1300多岁的古桑树，却历劫不磨，老而弥坚，见证古寺的千年沧桑，不能不令人心生敬畏。于是，我整衣敛容，朝圣树深深一拜。

当然，在开元寺，比老桑树更为神圣的，还有分立在甘露戒坛门外两侧的一双菩提树。菩提树，梵语原名“毕钵罗树”，因佛教创始人释迦牟尼在树下悟道，因而改名为“菩提”。在梵语中，菩提，象征“觉悟”与“智慧”，具有大梦初醒、豁然开朗、顿悟真理，超凡脱俗等多层含意。如今，在世界各地，它已成为佛家之圣树。而在中国泉州开元寺，眼前这两棵菩提树，还有一个有趣的故事，笔者年轻时，曾在《古城女导游》一文中作过如下记载——

1983年，一个天高云淡、风和日丽的秋日，中华人民共和国主席李先念在视察泉州时，游览了开元寺。担任导游的是一位30多岁的女青年，她身材颀长，步履轻盈，白皙的脸上，由于激动和紧张，泛出淡淡的红晕，而清秀的眉眼间，却又透出一种机敏。转到大殿后，主席对一双与众不同的常绿乔木发生了兴趣：卵圆形的叶片，青碧如洗，一尘不染，在秋阳的柔光映照下，显得那么鲜亮，那么清丽。她趋前介绍："这就是菩提树，佛家圣树，象征着干净、纯洁，传说释迦牟尼就是在树下悟道成佛的。"

李主席昂首细察：树上不见蜘蛛结网，也不见些许灰尘沾染。他高兴地说：果然很干净。接着，他问道：你读过《红楼梦》吗？里头引用过一首古诗："菩提本非树，明镜亦非台——"李主席沉吟不语，若有所思。她随口接上："'本来无一物，何处惹尘埃。'这首诗反映了佛学的虚无主义思想，无我，无你，无物。"

"你解释得对"，李主席转过身来，注视着她："你知道这首诗是谁写的？""唐代禅宗高僧慧能法师。"李主席赞许地点点头，关切地问："你在宗教研究所工作？哪个院校毕业？""不，我只是个普通的接待人员，高中毕业。""哦，你这是自学成才喽！"听到主席的表扬，她局促不安起来："自学，但还不成才。"

"成才成才，很好！"李主席朗声大笑，用他那日理万机、掌管国家政权的大手，紧紧握住了她那双因激动而微微颤动的小手。

这位自学成才的女导游，名叫曾秀川，后来，她成为泉州市对外接待部门的一位领导。如今，29 年过去，想必她也退休了吧？

一般说来，凡有名刹，必出高僧。如开元寺，从唐代的开山祖匡护大师、五代的唯识大师到"念佛不忘救国、救国不忘念佛"的现代律宗弘一法师等等，皆为中国佛教史上赫赫有名的高僧大德。但像曾秀川这样一个高中毕业的小导游，居然也能得到国家主席的表扬，这在全国寺庙中，恐怕就是唯一的特例了。

由此可见，博大精深的开元寺，堪比一座佛学院。

菩提树，不愧为智慧之树！

百柱殿·五方佛·二十四只妙音鸟

作为全国首批重点文物保护单位的开元寺，我对它的总体印象是：泱泱然盛唐之气象，翩翩然宋元之遗风。所谓盛唐气象，指的是它建制上的恢宏与壮阔；所谓宋元遗风，指的是它对外开放的胸襟与气度。

就说眼前这座大雄宝殿吧，传说建殿时有紫云盖地，故称紫云大殿。大殿始建于唐朝垂拱二年（公元686年），后经历代多次受灾并重建，现存建筑物虽为明代崇祯十年（公元1637年）遗物，但大殿通高20米，面宽九间，进深六间，面积达1387.75平方米，仍完好地保存着始建时宏模巨制、巍峨壮观的建筑风格，体现泱泱然的盛唐气象。

紫云大殿又称百柱殿。据说它内外共有86根大立柱，其数量之多，不仅在全国独一无二，就连在国外，也声名赫赫。比如，以佛教立国的柬埔寨，其国王诺罗敦·西哈努克，从小便对此耳熟能详。20世纪七十年代，他暂居中国时，就曾向周恩来总理询问：听说贵国有座百柱殿，它到底在何方？对此，周总理如何回答呢？民间传说有两种版本：一说周总理当即回答："在福建，在泉州。"另一说是这问题提得太突然了，连见多识广、博闻强记的周总理一时也回答不了，后来，问了郭沫若，才得到确切的答案。郭沫若是诗人，也是历史学家，1962年他来泉州时，就曾诗赞开元寺和东西塔："刺桐花谢刺桐城，法界桑莲接大瀛。石塔双擎天浩浩，香炉独剩铁铮铮……"

以上两种传说，孰真孰伪，笔者难以考证，但1983年和2010年，西哈努克国王携莫尼克王后，两度来泉州开元寺参拜，却是国内外媒体争相报道的盛事，至今，仍为泉州人所津津乐道。当然，最让西哈努克景仰的，还不是殿内外的近百根柱子，而是供奉在大殿正中的五方佛。众所周知：一般寺庙，皆供有一尊如来佛，较大的寺庙，才供有三尊大佛，即三世佛，他们各代表过去、现在与未来。唯有开元寺这紫云大殿，却一字儿摆开五尊大佛，代表东、西、南、北、中五个空间方位。难怪，大殿面阔九开间，为全国寺庙之最。据说，在这五尊大佛中，位居中心的，是御赐佛像毗卢遮那佛，汉译大日如来，为佛教密宗的最高神祇。列在两旁的，依次为东方香积世界阿閦佛、南方欢喜世界是宝生佛、西方极乐世界阿弥陀佛、北方莲花世界成就佛，合称五方佛，也叫五智如来。这五尊大佛金光闪烁，衣纹清晰，神容慈祥，法相庄严，并以其连排群体之气势，令人为之震撼，为之倾倒，为之顶礼而膜拜。

百柱殿另一奇绝之处，在于梁柱的斗拱间，有24尊精雕细刻的飞天乐伎。她们面如满月，唇似樱桃，项挂璎珞，臂带金钏，体态婀娜多姿，似在乐声中翩翩起舞。飞天乐伎，梵文“频加”，即妙音鸟。据佛经说，她们发声微妙，仙音优雅，连歌神紧那罗都比不上。她们栖身于花丛，飞翔于天宫，其任务是在佛前散发香气，献花、供宝并奏乐起舞。看见她们，人们自然会想起敦煌莫高窟壁画里的飞天，姑且称其为“北飞天”吧，她们用身上飘舞的彩带来表现飞翔的姿势。而这里的“南飞天”不同，她们身上没有飘带，却像西方早期基督教的安琪儿那样，直接在背上生出了翅膀。24尊飞天象征一年有24个节气，其中12尊较大的飞天，长有鲲鹏的翅膀，象征白天，她们手捧文房四宝；12尊较小的飞天，长有蝙蝠的翅膀，象征黑夜，她们手持南音乐器：琵琶、洞箫……分明带有浓郁的泉州地方特色。在这里，只要你闭目倾听，便有丝竹管弦之声，宛如美妙动听的仙乐，从空而降，令人为之心醉神迷，这在全国无数大雄宝殿中，都是独一无二的艺术享受！

波罗门教石柱·狮身人面浮雕

在百柱殿内外，还有许多精美的宗教艺术石刻——并非属于佛教的宗教艺术石刻，给人们留下诸多难解之谜。

且看那86根巨石雕制的大立柱吧！其样式多种多样，各不相同，既有中国各地常见的圆柱、方柱、蟠龙柱、楞棱柱和海棠花式柱，也有充满异国情调、让人难以归类的异形石柱。其中，最著名的，当数一对16角形的石柱，用辉绿岩雕刻的石柱，就矗立在大殿后门外的廊道上，不断引起中外游客的浓烈兴趣和专家学者的热烈讨论。

1982年9月，著名作家、英籍华人韩素音女士经泉州来福州访问时，应邀到省文联座谈，笔者有幸叨陪末座，亲耳聆听她介绍在开元寺的奇遇。她说，她和她的先生都是研究印度古代宗教的，她本人就著有《印度教》一书。印度教的前身是婆罗门教，它传播较早，衰落也早。因此，对婆罗门教是否传入中国，以往中国出版的著作，多持否定态度。这次她在开元寺参观，意外发现那对16角形的辉绿岩石柱，就是婆罗门教遗物，因为柱上所雕刻的图案中，有一位藏在树上的男孩，正是婆罗门教所信奉的神之一，他名叫科里西拿，脸容俊朗，生性聪颖，很受女孩子们的喜爱。由此可见，婆罗门教确曾传入中国。这是她泉州之行最大的收获，真是叫人喜出望外啊！说到这里，她开怀大笑，笑声感染了在座的所有听众……

无独有偶，在百柱殿前的月台上，还另有一处异国情调的稀世珍宝，这就是狮身人面青石浮雕。它总共有72块，一一镶嵌在月台的束腰部位，其人面，五官清晰而端正；其狮身，鬣毛旺盛而蓬松。在人面与狮身之间的胸部，还挂有一串璎珞呢！这在全国寺庙中又是绝无仅有的奇观。众所周知，世界上最大的狮身人面兽，蹲守在古埃及的金字塔前。而在古希腊的神话传说中，又有著名的司芬克斯之谜，说是这位由女妖变成的带翅膀的狮身人面怪兽，常叫过路人猜谜语，凡猜不出者皆被杀死。后来，大英雄俄狄浦斯一语道破谜底，她这才羞愧自尽。

所谓司芬克斯之谜，其谜面为：什么动物，早晨四条腿，中午两条腿，晚上三条腿？其谜底为：人。如今，拄拐行走五年多的笔者本人，也成为三条腿的动物了，录此聊供读者一笑。

那么，开元寺这72块青石浮雕，是否就来源自古埃及或古希腊？近年来，据多数专家考证：非也，它和前述婆罗门教石柱一样，都来之于古印度。原来，不但古埃及、古希腊有狮身人面像，同为文明古国的古印度，也有自己的狮身人面像。在古印度神话中，天神、阿修罗都是创世主梵天的子孙。后来，阿修罗骄傲自大，专横残暴，无所顾忌地残害世间生灵，连天神也奈何不得。正当众生几乎绝望的时候，毗湿奴以狮身人面的形象出现了，他用利爪把恶魔撕成碎片。从此，印度教就以毗湿奴为保护神。开元寺这72块青石浮雕，正是毗湿奴的化身。开元寺是佛教寺庙，当然不以毗湿奴为保护神，但是佛教对于百兽之王的狮子怀有特别的敬意，常以“狮吼”象征佛说法的威力，而狮身人面恰恰综合了人的智慧与狮子的威力，因此，佛教徒对此并不排斥。据《泉州文史》等记载：泉州早在唐朝时就已成为“市井十洲人”的国际商港，商人为泉州带来世界各地宗教，其中，就包含有印度教。后来，该教渐趋衰微，在泉州的印度教寺庙也多倾圮毁坏，因此，开元寺在动建、重建或修葺时，很可能就地取材，从某座业已废弃的印度教寺庙那里，移来这些石雕构件，成为中印文化交流源远流长之一大见证。可见，开元寺虽为佛教寺庙，却以其海纳百川的博大胸怀，拥抱来自世界各地的其他宗教。泉州之所以能成为世界宗教博物馆，开元寺立下头功，功不可没！

长胡须的观音·不拿金箍棒的孙行者

其实，开元寺的大量宗教石刻，还保存在高高耸立的东西塔身上。东塔名镇国塔，高 48.24 米，建成于南宋淳祐十年（1250 年）；西塔名仁寿塔，高 44.06 米，建成于南宋嘉熙元年（1237 年）。两塔皆为八角五层仿木结构楼阁式，耸立在拜庭两侧广场中，相距约 200 米，并称紫云双塔，为中国现存最高石塔。它既是中世纪泉州海外交通鼎盛时期社会空前繁荣的象征，也是泉州历史文化名城特有的标志。尽管今日泉州高楼林立、华厦连云，但对于广大海外侨胞和台湾同胞来说，祖籍地泉州最令人魂牵梦绕的，依然是古老的双塔塔影，泉州人的子子孙孙，全都记住老祖宗传下的名言：做人，站着要像东西塔，躺着要像洛阳桥……

据统计，双塔石壁上共分布有人物浮雕 160 尊，檐间守望神将 80 尊，须弥座上的佛传图 37 方，龙凤狮鸟花卉 48 图，负塔侏儒 16 尊。这些巧夺天工、精美绝伦的石雕，充分体现宋代泉州人民的大智慧与大创造，是我国古代石构建筑之瑰宝。其中，最为人津津乐道的，是位于西塔之上的两尊人物雕像，一是有胡子的观音，二是不拿金箍棒的猴行者。

观音，梵文音译为“阿缚卢枳低湿伐罗”，意译为“观世音”“观自在”等，唐人为避太宗李世民讳，略去“世”字，简称“观音”。《华严经》称他是“岩谷林中”的“勇猛丈夫”，《悲华经》说他是无量寿佛之长子，可见他在印度，本为男性，传入中国后，才逐渐汉化为女性，一来，便于中国广大女性信徒陈诉苦难，祈求保佑，二来，这也有佛经上的依据，《法华经》说他为超度众生，可因时因地因人相应“示现”不同的身相，或男身或女体或童子，其相状多达33种，其中，又以脸颊圆润、身材丰满、眉目慈祥、神态端庄的少妇形象居多。据笔者所知，在福建，女性观音比比皆是，但男性观音只有此处及永泰名山室、仙游塔斗山才能见到，而这三处，皆已成为国家级重点文物保护单位，可见，长胡须的观音是何等珍贵！

当然，比起男性观音，西塔第四层上的“猴行者”，就因绝无仅有而更显得珍贵了。其发现过程，也颇具传奇色彩——1983年夏，泉州的考古人员在此无意中发现一尊人物雕像与众不同，仔细一看，居然是猴子的形象，旁边还有漫漶不清的三个字，用水一浇，才显出“猴行者”三个字，令人一下子就联想到《西游记》里的孙悟空。但西塔建成比《西游记》成书早了三百年，此间的猴子是拿刀的，刀光闪闪，发出曲线的光芒，并不像孙悟空那样手持金箍棒，这到底是怎么回事？此消息一传十，十传百，迅速传向海内外，不久，便惊动了日本北海道大学一位名叫中野美代子的女教授。为此，她专程赶来一探究竟，当她登上西塔第四层，一眼见到猴行者时，居然热泪盈眶，深情地喊出一声：“老孙，你好，我找得你好苦啊！”原来，她一向潜心研究中国古典名著《西游记》，千方百计考证孙悟空的原型。1980年，她出版了《孙悟空的诞生》，荣获日本艺术选奖文部大臣新人奖。此书从中国古代笔记小说、神话故事、民间传说、佛经变文、说唱话本等各个方面，求证孙悟空诞生的渊源及其出生地点，最后的结论是：孙悟空诞生在福建泉州。但在实物上，还缺乏直接的证据。此番，她终于见到苦苦寻觅的“老孙”，岂能不喜极而泣！于是，她把此石雕当场拍照下来，回日本后迅速发表论文，引发一场“孙悟空起源说”的学术研究热潮。

如果说，江苏淮安的吴承恩写作《西游记》时，其笔下的孙悟空，来源于300年前的福建泉州，那么，泉州的猴行者又从何而来？据中野美代子推测，他很可能脱胎于古印度一只名叫哈努曼的神猴，其传奇故事详见古印度史诗《罗摩衍那》，他能一跃过海，犹如孙悟空一个筋斗翻出十万八千里……有趣的是，她这一推断，居然跟中国学者胡适、陈寅恪早年的推断相吻合。当然，这是一个十分有趣而又万分复杂的学术课题，胡适也好，陈寅恪也好，中野美代子也好，都只能算是一家之言。

泱泱开元寺，巍巍东西塔。你还有多少谜团尚未破解？还有多少宝藏尚待开掘？阿弥陀佛！

2012 年夏

寿宁巾帼群英谱

开篇：从《禁溺女告示》说起

三百多年前，长髯飘拂的冯梦龙老先生，不顾年过花甲，路途遥远，从“春风又绿江南岸”的江苏丹徒启程，经过一路颠簸，长途跋涉，终于来到“地僻人难到，山多云易生”的闽东寿宁。

当时，寿宁是个闭塞、贫困和落后的山区小县，重男轻女之陋习随处可见，许多贫困家庭往往把刚生下来的女婴或溺毙于马桶之中，或抛弃于荒郊野外。对此，刚刚上任的新县令冯梦龙看在眼里，痛在心里。悲愤交加的他，再也坐不住了。这位曾在他所编纂的白话小说集《喻世明言》《警世通言》和《醒世恒言》）中，同情被侮辱与被损害的妇女命运，讴歌她们与恶势力斗智斗勇、进行抗争的文学家，决心利用这一生中难得的执政机会，一展胸中抱负，在寿宁移风易俗，力倡男女平等。于是，他对淹杀、抛弃女婴者及其知情不报的邻居，制定了严厉的惩罚措施，对抱养女婴者赏钱加以奖励，并亲自执笔，撰写了《禁溺女告示》：“……十月怀胎，吃尽辛苦，不论男女，总是骨肉，何忍淹弃！为父者你自想：若不收女，你妻从何而来？为母者你自想：若不收女，你身从何而活？……畜生还怕杀害，况且活活一条生命，置之死地，你心何安？……”

此文朗朗上口，明白流畅，可谓动之以情，晓之以理，充分发挥他作为一位通俗文学家和戏曲家的文笔优势。据说，文中的某些句子，还直接套用了寿宁当地民歌《月光光》，至今读来，尤让天下父母为之动容！笔者以为，此文在晚明文学史上堪称是一篇难得的奇文，它不仅开创了用民歌体撰写政府公文的一个先例，而且充分表达了封建时代一位作家相对进步的妇女观，是前贤留在寿宁的一篇兼有喻世、警世和明世意义的传世之作。难怪寿宁的父老乡亲对此感恩戴德，一进县城，就见波光潋滟的梦龙湖畔，立有他老人家的塑像：长髯飘拂，衣带当风，瘦骨嶙峋，白云两袖……

如今，三百多年过去，时移世易，封建社会里的悲惨一幕想必再也看不到了。在男女平等的当代社会里，与男孩子们一起享受公民义务教育的女孩子们，当她们长大成人之后，其生存状态、社会地位如何，她们在寿宁的两个文明建设中有何作为？这，自然也是我们在采风途中不能不特别加以关注和考察的一大课题。

两天中的四次奇遇

有幸的是，在集体采风的头两天，接连四次意想不到的奇遇，就让这个问题有了一个鼓舞人心的答案。

奇遇之一：没想到县委书记是位女同志。

当采风团刚刚进入寿宁县境，专程前来迎接我们的县委书记卓晓銮，就让大家的眼睛为之一亮。原来，她是一位身材颀长、眉目清秀、举止端庄、英姿勃勃的女同志。老实说，我们在全省走了近30个县，女县长已见过好几位，但作为全县第一把手的女县委书记，她还是第一位。当天下午，当她为采风团介绍县情时，会场上鸦雀无声，就连平时最浪漫、最容易走神开小差的几位诗人，也老老实实正襟危坐，洗耳恭听。当然，不仅仅因为她普通话讲得好，声音悦耳动听，更因为她统揽全局，成竹在胸，一席话虽然简短，却纲举目张，条分缕析，把寿宁生态立县、工业富县、农业兴县、交通活县和科教强县的定位要求，说得明白透彻，其举重若轻的平稳语调，眉宇间所蕴含的刚毅之气，都不能不令人信服。于是，我们对当代的寿宁女性就有了美好的第一印象。

奇遇之二：没想到救火队里也有女战士。

翌日一早，我们参观“全国先进基层党组织”南洋义务消防队。在这支战功赫赫、充满阳刚之气的钢铁队伍中，没想到也有几位女战士。原来，她们都是救火队的家属，每次救火胜利归来，总要帮助筋疲力尽的亲人清洗车辆设备，久而久之，她们也对救火产生兴趣，主动请缨上火场。队领导说，若要成为合格队员，就要背着器材从四层楼上往下跳。结果，谁说女子不如男！她们中的好几位，居然过关了。于是，光荣榜上，也有了她们英姿飒爽的玉照。

奇遇之三：没想到 68 岁的老太太还能大劈叉。

当晚，采风团应邀观赏寿宁县北路戏剧团的折子戏专场演出。作为国家级非物质文化遗产的传承者，该团老中青三代演员，人才济济。当保留剧目《张高谦》中的一幕《高山牧羊》上演时，舞台上出现了一位女扮男妆的少年英雄，只见她扮相姣好，唱腔清亮，虽然身材稍有点发胖，但举手投足间却依然轻松自如，更令人叫绝的是，她一转身就来了一个大劈叉，顿时赢得了满堂喝彩。原来，她就是老演员阮静玉，今年已经 68 岁了。由此可见，寿宁的女子不但美丽，还特别健康，即便年近古稀，也依然容光焕发，声情并茂。

奇遇之四：没想到三位全国道德模范，也全是女同胞。

第三天上午，采风团召开选题会。县里力荐采写“全国道德模范”群体。据说，该项评选是由中央宣传部、中央文明办、解放军总政治部、全国总工会、共青团中央、全国妇联共同主办的，从 1997 年到 2011 年，已连续举办三届，每届分为“助人为乐”“见义勇为”“诚实守信”“敬业奉献”“孝老爱亲”5 种类型，三届共评出 162 名全国道德模范和 776 名提名奖获得者。

众所周知，全国县级行政单位将近三千个。一个县，能评上一个全国模范就不容易了，而寿宁，居然一而再，再而三，连续三届都榜上有名。再一问，更绝了，这三位全国道德模范，清一色，也全都是女同胞！山城寿宁，真是个出巾帼群英的风水宝地啊！于是，我们当即主动请缨，联合采写这一最具寿宁特色的好题目。

范英娇：不是亲人，胜似亲人

寿宁，不但“山多云易生”，而且是“溪云到处自相聚，山雨忽来人不知”。那雨，说来就来，说走就走。来时，风起云涌，天昏地暗，层峦叠嶂，如大泼墨写意画，一片混沌。去时，云开雾散，青山如洗，清溪两岸，竟跨出一弯彩虹。我们，就在这晴雨不定中驱车前往南阳镇，拐进含头村，再盘上村尾自然村。车窗外，骤雨初歇的层层梯田上，已结穗的单季稻，每一穗都噙着晶亮的雨珠。

我们终于在一幢双层木楼的农舍里，见到了62岁的范英娇。她是全国第二届“孝老爱亲”道德模范提名奖获得者，也是省、市、县三级“孝老爱亲”道德模范，其主要事迹是40年如一日，赡养五位没有血缘关系的老人。跟我们想象中的一样，她是个十分朴实的农家妇女，热情好客却不善言辞，只是把自产的茶啊，花生啊，青枣啊，一股脑儿递到我们手里。她所说的方言难以听懂，幸好有她大儿子张向斌在翻译，我们这才明白她的悲苦身世，并慢慢理清那五位老人与他们一家颇为复杂的关系。

原来，她原籍浙江泰顺，12岁时逃荒来到寿宁，不料，父亲病死，母亲改嫁，剩下她孤身一人，被好心的村民张氏收养，养父逝世之后，她就和养父之子张芝和一起在养父二弟张大连家长大。长大后，青梅竹马，两小无猜的他俩结为夫妻，从此，共同赡养起张大连一家的五位老人：

张大连，范英娇养父之二弟、丈夫张芝和之二叔。86岁逝世。

叶雪花，张大连之妻，70岁时下肢瘫痪，双目失明。98岁逝世。

吕养春，叶雪花前夫之子，随母改嫁到张家长住。痴呆者。

张细扭，范英娇养父之三弟，原翠竹寺和尚。晚年生活不能自理。

张大庆，范英娇养父之四弟，农民，单身，晚年生活不能自理。

就是以上这五位老人，与范英娇没有血缘关系的五位老人，其中包括瘫痪者、盲者、痴呆者，以及因晚年生活不能自理，被接到家里赡养者，在范英娇及其丈夫张芝和的长期悉心照料下，全都活到了80岁以上，其中，又盲又瘫的叶雪花甚至活到了98岁，这，难道不是人间的奇迹！

对此，范英娇的大儿子张向斌回忆说：小时，家里老人多，我都不知道该怎么称呼。家里有好吃的，总要先端给老人们吃，开头，我们很委屈，久而久之，也都习惯了。有一次，家里几个老人全病了，这个喊肚子痛，那个叫口渴要喝水，我妈妈在各个房间轮流跑，可累坏了，但我痴呆舅舅吕养春不懂事，在换衣服时还动手打我妈妈呢！偏偏祸不单行，我四阿公张大庆又在山上摔伤，抬进了医院。我只好帮妈妈前去照料，端水端药，端屎端尿好几天，这才明白我妈平时有多难，这才想起要给我妈买手套……如今，我家五位老人都已高龄去世，但我妈也没闲着，她还在帮助村里的五保户张加年、张元年及空巢老人叶金眉啊！有这样的妈妈，我感到骄傲！

毛泽东同志有句名言：“一个人做点好事并不难，难的是一辈子做好事……”眼前的范英娇，就是一辈子做好事的人。但她对自己，却只有很朴实的一句话：“我小时候是吃百家饭长大的，知道要感恩。我最不忍心看别人受苦。”

本次采访，遗憾的是她家的男主人张芝和外出，未能见到。听说他曾是村里的党支部书记，范英娇夸他会制茶，会养长毛兔，还有一手当厨师的绝活，看来，是全村致富的带头人。他和妻子一起，不但给五位老人养老送终，还盖起了这幢房，并把三个儿子培养成才。范英娇身上的光荣，有他一半的功劳啊！

胡玉荣：大爱无言，善行无疆

胡玉荣是全县最受欢迎的民间慈善家，但采访她的过程，却一波三折。一来，她实在太忙了，二来，她做善事不求回报，自然也不喜欢张扬。

听说，她本是县丝绸厂的下岗女工，后来，在蟾溪之畔的县农贸市场，办起了山城第一家用机器生产的面制品加工厂，制作并销售包括扁肉皮、饺子皮在内的近十种面制品，深受顾客欢迎。她靠自己双手实现再就业之后，没有忘记比她更困难的人，尤其是那些考上了大中专学校、却因家贫难以上学的孩子。她急人所急，把自己辛辛苦苦挣来的血汗钱，三百元、五百元，一千元……“当肥料一样洒出去”，为的是让这些孩子像小树苗一样长成参天大树。十多年来，先后受她固定资助的莘莘学子近20人。此外，每年六一节和重阳节，她还给一些孤儿和贫困老人送去钱粮表示慰问。高考时，她还开车送开水到各个考场。前些年，她又把各级政府颁发给她的各项奖金，把自家省吃俭用的全部积蓄，总计9万元，设立了“爱心助学基金会”……为此，她成为全国三八红旗手，全国巾帼建功标兵、全国第二届“助人为乐”道德模范提名奖获得者，2008年，她还获得“感动福建十大人物”的光荣称号。

从黄昏到初夜，我们两次到农贸市场，找到她家的面厂兼面店，想登门拜访。不料，却全都吃了闭门羹。一打听，原来她们是每天凌晨两点钟开工生产并对外营业的，一直忙到中午，这才关门打烊歇息。于是，翌日清晨，笔者之一汪兰便起了个大早，第三次前往。这次，总算在灯火通明的面厂兼面店里看到了胡玉荣忙碌的身影。只见她头戴白帽，身穿白色工作服，下着迷彩警裤，正紧张地把刚刚出炉的面制品，按订单分类包装，她的十指，就像弹钢琴，其动作之灵巧，之快速，之精准，令人眼花缭乱。一听说来访者是福州的退休女教师，她就很信任地朝我一笑，十分爽快地接受我的采访。她说：我正忙着要去送货呢，你先留下手机号码，我再和你联系。她一边说，一边照样手脚不停，把一包包面制品飞快地搬上停在门外的车子，然后，打开车门，一跃跳上驾驶室，喇叭一响，扬长而去。

听店员们说：每天一早，她都自己开车，把大宗成品送往车站，再由她丈夫开摩托，把小宗成品分送到其他售货点。她心好，对谁都好，对我们也像亲姐妹一样，工资从不拖欠，病了，也照发工资。她还专门印制爱心卡，发给贫困老人，让他们来店里免费领取面品呢！

两三小时之后，我们终于如约在宾馆见面。忙碌过后的她，依然容光焕发，只不过换了身短的白色运动衣裤，像是一位长跑归来的田径女将。她说，她小时候的理想就是想当一名女运动员，如今虽然当不成，打扮成运动员也很过瘾，再说，劳动起来也方便。看得出，她是个风风火火，说一不二，性情豪爽的人。

本次采访，对她所做的各种善事，她不多说，我们也不多问。话题，集中在我们最感兴趣的两个问题上。

问题之一：听说人称你为“穷人慈善家”，请问，你家里穷吗？

胡玉荣毫不隐瞒：不算穷，但也不富。我丈夫身体不大好，我们省吃俭用惯了。你看我，一年四季，就几套运动服。说着，她抬脚让我们看看她脚上的运动鞋，很便宜，才40多元钱，鞋帮已脱胶了，但修补一下还能穿。家里陈设也不讲究，沙发是旧的，衣柜是布艺的，一台电视机还是结婚时置办的，最近坏了，忙得还来不及去修。自家生活简单点不要紧，能帮助别人，才是我最大的快乐！……

在这如话家常的叙谈中，我们终于明白：一个富人，能慷慨解囊，从事慈善事业，固然可钦可佩，但一个并不富有者，却能罄其所有，帮助比自己困难的人，那就不仅可钦可佩，而且是可亲可爱的了。而胡玉荣，就是后面这种人。前些年，当桑美台风刮来时，她一下子就为受灾者捐款一万二千元，而这笔款，就是当时她家的全部存款。

问题之二：你资助了那么多大学生，他们毕业后如何回报？

胡玉荣笑答：看到他们毕业了，走上工作岗位，是我最开心的事。他们都回来看我，都想把第一个月的工资交给我。但我说：我做善事，是不求回报的。他们说，那就请你把我们的工资转交给需要帮助的学弟学妹吧！我说，我也不能转交。这钱，还是由你们自己，交给你们周围需要帮助的人，这才是你们自己对社会的回报……

一席话，又使我们明白：爱，像种子，是可以广为播撒开来的。大爱无言，善行无疆！

徐丽珍：诚信者，最美丽

她，好一位阳光女孩！一头披肩发，两个小酒窝，笑起来，仿佛晨曦中的梦龙湖，每一圈涟漪都闪闪发亮。听说，她被单位选派到福州读大学深造，本想回福州后再采访她，没想到，她利用暑假回来工作，昨天下乡，今天一早就闻讯来宾馆找我们了。这是三位被采访对象中最年轻的一位，今年，芳龄25岁。

她，就是徐丽珍，寿宁县凤阳乡基德村东山自然村的一位农家姑娘。2006年，她在浙江温州打工期间，被评为“感动温州十大人物”；同年，她回到家乡后，又被评为“宁德市十大杰出青年”。2007年，全国首届道德模范评选，她又幸运地成为12位“诚实守信”道德模范中最年轻的一位……

一位小姑娘，为何能有如此之多的光荣称号?

对此，宁德作家邱树添曾在一篇文章中有如下精彩描写，现节录如下：温州，大南门，名欧咖啡店。2005年4月6日。下午四五点钟光景，刚到店里打工才半年的徐丽珍正手脚麻利地收拾桌台，突然，她一眼瞧见桌旁的59号窗台上，放着一个咖啡色的漂亮皮包（本文笔者注：当时，她还不知道那就是风靡世界的路易·威登包）。她拾起来，掂一掂，很沉，心想：不知又是哪位粗心的客人忘记拿走了！于是，她立即按店里规定把包上交办公室。大堂经理胡先生打开一看，所有在场的人全都惊呆了，包内，有一本护照、一张身份证、120欧元现金、16万多元的现汇现取汇票，此外还有一本存折，天啊！存款余额赫然写着1200万元……

此后，经派出所民警帮忙寻找，失主王先生——法国法华工商联合会副会长，终于十分激动地领回毫发无损的贵重财物。当他见到徐丽珍，从包里拿出一匝万元现金表示酬谢时，没想到，徐丽珍却红着脸回绝了。她说：“我没做什么，只不过捡了一个包，这是很平常的事，我不能要！”

文章写到这里，作者情不自禁来了段夹叙夹议：“一万元，那也是一笔不小的数目啊，徐丽珍那时的月工资不过800多元，这一万元相当于她一年的收入呢！但在她看来，捡到一个包，把它交还失主，这是天经地义的事，根本无须酬谢。”

此后，徐丽珍成了温州家喻户晓的新闻人物，每天前来咖啡馆慕名求见的人络绎不绝，正当生意红火的老板准备为她加薪时，喜欢过安静日子的她却不辞而别，突然从温州消失了。与此同时，她的家乡寿宁也张开臂膀，把载誉归来的女儿紧紧揽在了自己的怀里。

徐丽珍拾巨金而不昧的感人事迹，看似偶然，但偶然中又寄寓着必然。早在她五六岁时，她就在村口的小店前拾到了十元钱，回家交给老实巴交当农民的父母。父母拉着她的小手，走出家门，守在村口，等啊等啊，一直到等到了失主。“小妹（徐的昵称）啊，我们虽然穷了点，但做人要诚实……”父母的言传身教，让她终生难忘。她初中毕业时，才16岁，就外出打工，先泉州，后温州。期间，她自己也有两次丢失钱包（其中有一次内含身份证）的惨痛经历，一个在异地打工的小女孩，身无分文，举目无亲，那种焦虑与后悔，孤独与无助的滋味，她也只能独自默默吞下。因此，她说：“以后只要听说有人丢包，我就会和失主一样急。”从丢包找不回来的痛苦，到捡包送还失主的快乐，纯真，真诚，诚信，也许，这就是徐丽珍的成长轨迹，而普天之下，只有诚信的女孩，最美丽，最可爱！

如今，徐丽珍已被县里破格录用为一名事业单位的工作人员，她的就业单位是杨梅洲生态旅游风景区，一个尚待开发的省级风景区。她目前所上的大学是福州外语外贸学院，所学的专业是旅游管理专业，其课目有政策法规、市场营销、旅游英语、导游服务等等，都是今后工作中所急需的。

从她身上，我们看到了寿宁的未来。这未来，不仅仅在于青山绿水古廊桥，为旅游业的发展提供了丰沛的资源，更在于旅游业的从业人员中，有像徐丽珍一样，把诚信这一优良传统发扬光大的一代新人！

尾声：假如冯梦龙骑鹤归来

著名作家冰心有句名言：“世界上少了女人，就少了百分之五十的真，百分之六十的善，百分之七十的美。”

笔者以为，本文重点所写的三位道德模范，就是真善美的化身。其中，徐丽珍以真取胜，胡玉荣以善感人，而在范英娇身上，最令人敬佩的，则是敬老孝亲、扶危济困的传统美德。她们三位，既是普通劳动者，又是英雄。在她们身上，既有中华民族最可宝贵的传统美德，又闪耀着新时代精神文明最亮丽的理想之光、希望之光。她们，是寿宁的半边天，是寿宁的半壁江山，也是寿宁全县男子心中的骄傲。

辞别寿宁时，在梦龙湖畔又见到了冯梦龙的塑像：长髯飘拂，衣带当风，瘦骨嶙峋，白云两袖……

我们忽发奇想：假若他老先生泉下有知，驾鹤重回寿宁，当他看到：

当年溺女伤心地，如今是巾帼英雄遍城乡，那么，他老人家当做何感想？他会不会含着盈眶热泪，挥动如椽巨笔，为《寿宁新志》补写一篇当代巾帼群英谱……

（本文与汪兰合作采写）

2012 年秋

浦城采风散记

一

“采风”一词，在中国古代的本意是采集民歌。风者，民歌也。《诗经·国风》中的绝大部分作品，就是周初到春秋中期的民歌。每到农闲时节，由政府专职部门派人到各地采集民歌，即为采风。其目的，一是借以了解民情，二是整理配乐后，供祭祀或节庆饮宴时歌舞所用。到了“五四”新文化运动，一些学者从国外引进民俗学，“采风”二字的含义就扩大了，它泛指一切民风民俗及民间创作的采集。新中国成立后，尤其是改革开放以来，各级党委宣传部门、各文艺团体、各报刊编辑部，常常组织专业工作者到基层参观访问、调查研究，借此感应时代脉搏，吸取精神营养，搜集创作素材，激发创作灵感，这种有组织的短期深入生活方式，也统称之为采风。

由福建省炎黄文化研究会和福建省作家协会联合组织的“走进海西”采风活动，是福建省有史以来持续时间最久、参加人数最多的采风活动。从2007年春“走进安溪”开始，至2012年秋“走进浦城”，在历时五年多的时间里，参加采风的作家、记者总数近一千人次，已先后走进全省九个设区市的30个县（市、区），所采写的各类纪实文学作品，总字数约700万字，汇编成《“走进海西”纪实文学丛书》，迄今已出版专集31部。其中，除《海西新跨越》一书内容涵盖全省重点工程建设项目外，其余30部专集，皆以地域划分，每一部专集集中反映某一县（市、区）的县域经济发展与地方文化特色，兼及山川风物。由于这套丛书贴近实际、贴近生活、贴近群众，越来越受到读者的欢迎，目前，总印数已突破20万册。

2012年10月9日，为期四天的“走进浦城”采风活动，正式拉开帷幕。这是采风团在全省所走进的第30个县（市、区），堪称第三个里程碑，颇具纪念意义。有感于此，笔者主动请缨，权当随团记者，为这次令人难忘的旅程，留下一些现场速写与素描。

二

地处闽浙赣三省交界处的浦城，素称福建之北大门。过去，因山高路险常被人视为畏途。如今，高速公路穿山越岭，从福州来此仅四小时车程，采风团乘坐中巴，朝发而午至。正值金秋季节，车窗外山明水秀、稻谷飘香，一派丰收景象。下榻城东丹桂山庄，但见九龙塔高高耸立于南浦溪畔，山城新貌，令人刮目相看。

按采风团惯例，午后即召开县情通报会。久闻浦城人热情好客，果然百闻不如一见。当大家走进会议室时，发现每人桌上已摆放精心编印的《县情汇报》和《参观点简介》。对于远道而来的作家们来说，这自然是最好的见面礼了，好比一杯桂花茶，又香又甜又解渴。看得出，主人为这次采风作了精细的准备。县委宣传部女部长吴晓琴介绍：光是推荐选题，他们就开了三次会，大家都把采风团将要编写的《走进浦城——丹桂飘香的地方》一书，作为我县今年一项重要的文化工程。果然，今天到会的主人，就有县委书记陈国发、县长黄书荣以及县里各有关部门的负责人。更令人感动的是，连南平市政协主席张建光、市委宣传部长兰斯文也都来了。这一切，都给人以秋风送爽、宾至如归之感。

而兵多将广的省采风团，也在浦城摆开了颇为壮观的阵容。团长一如既往，由省委原副书记、省炎黄文化研究会会长何少川担任，他不但亲自带团，还要亲自写稿，亲自负责全书的终审。他的左膀右臂，是研究会的两位副会长，一位是省文联原主席许怀中，虽已83岁高龄，却依然宝刀不老，披挂上阵。作为丛书的编委会主任，他还向大家通报了丛书的编写宗旨与选稿标准。另一位是原《福建日报》老总黄种生，他一向是写社论的高手。说到这里，负责介绍全团团友的省作协副主席、诗人朱谷忠，还特地用他的满口莆田腔，自称是“并不普通的普通话”，调侃道：“黄总当年写的社论，我们常常都要认真学习领会呢!”此话一出，笑声四起，全场的气氛立即轻松活泼起来。接着，他又介绍起来自省文联方面的团友，十分凑巧的是，这次采风，省文联的四任党组书记——许怀中、陈济谋、范碧云和张作兴，省作协的两任主席——陈章武和杨少衡，两任秘书长——朱谷忠和张冬青，还有组联处处长黄河清，全都来了，可见浦城有多么大的吸引力，可见省文联对这次采风有多么重视！采风团中，还有多位省直机关的厅级老领导，如农业厅原厅长吴建华、体育局原局长蔡天初、广电厅原副厅长张锦才（楚欣）、宁德地委原副书记唐颐等，对此，朱谷忠特别强调：别以为他们只是官员，他们本身也是多产作家，是中国作家协会或省作家协会的正式会员。当然，团友中更多是来自全省各地的知名作家，如莆田市文联副主席、报告文学作家郑国贤；南平市委宣传部副部长、小说家陈毅达；福州市作协副主席、评论家傅翔；厦门市原作协主席、人大侨台外事委员会原主任陈慧瑛。说到她，朱谷忠忍不住又幽了一默，形容她“远看是华侨，近看也是华侨”，此语一出，立即引来哄堂大笑。其实，朱谷忠说的是真话，当年，陈慧瑛就是以“归侨女作家”的身份在全国散文界崭露头角的。团友中，还有一批是各报刊的主编或资深编辑、各学校的校长或高级讲师，如《宣传半月刊》原主编王晓岳，《生活·创造》主编哈雷，《政协天地》原常务副主编戎章榕，《闽南儿女》主编庄永章，《福建画报》副编审陈月生以及省旅游学校原校长李治莹、省技工学校办公室主任少木森等。最后，朱谷忠还隆重推出在座的浦城籍作家，他们是：范碧云、张冬青、陈旭、初学敏和汪兰。说到汪兰时，他还把笔者本人带上：汪兰的先生陈章武，作为浦城人的女婿，也算是半个浦城人了。

本次县情通报会的主讲人自然是县委书记陈国发，他丢开讲稿，即兴发挥，侃侃而谈。举凡基本县情中的地名、人名和数字，他全都如数家珍，脱口而出，且要言不烦，点到即止。论及全县经济文化发展的主要特点，则有理有据，实事求是，令人信服。展望“十二五”发展的定位目标及相关举措，更是纲举目张，成竹在胸，充满信心。尤其让人印象深刻的是，

2011年12月，他代表全县43万人民光荣晋京，在人民大会堂上台领取“全国粮食生产先进县”的奖牌，受到温家宝总理和回良玉副总理的亲切接见。事后打听，方知他毕业于农业院校，长期从事“三农”工作，自然对农民、耕地和粮食饱含深情。他还是省作协会员，第一本散文集就是由在座的农业厅老厅长吴建华为之作序。难怪初次见面，就让人倍感亲切。

三

县情通报会只开了个把小时，可谓短而精。会后，全体与会者立马驱车往城区参观。作为中央苏区县，主人安排的第一个参观点就是位于仙楼山的方志敏广场。在黄昏的斜阳下，最早解放浦城的红十军军旗，犹如一片熊熊燃烧的火焰。接着，大家又到修旧如故的三山会馆，一边品尝桂花茶，一边聆听古戏台上的闽派古琴演奏，悠悠古韵，声声入耳，可谓声情并茂。入夜，又走进华灯初上的五一三大街，在剪纸坊观看剪花嫂们灵巧的剪纸手艺。浦城既是中央苏区县，又是“中国丹桂之乡”、“中国民间剪纸之乡”，三山会馆和闽派古琴，分别是省级文物保护单位和省级非物质文化遗产。来浦首日，从黄昏到初夜，这一系列有张有弛、有声有色的参观活动，就让大家对浦城的历史文化有了直观和美好的第一印象。

当晚，南平市委书记裴金佳专程赶来看望大家，他简要介绍了南平全市的市情，为大家提供了一个如何从福建看闽北、从南平看浦城的大视野，作为听众，笔者颇受启迪，顿生如坐春风之感。

四

翌日，又是天高云淡、秋高气爽的好日子。集体采风一整天，共走访各乡镇及城郊的16个参观点，令人想起古诗“一日看遍长安花”。虽是走马看花，却让大家对浦城有了更全面的总体印象，其中，不少亮点都成为作家们的兴奋点，一路上，拍照的，记笔记的，向当地主人索要材料，或交换名片以便今后联系的，个个忙得不亦乐乎。

浦城是全省第一粮仓，新农村建设自然是重中之重。今天参观的三个村庄，分别是临江镇的水东村、仙阳镇的翔安新村和盘亭乡的柳墩村。水东村是全县造福工程和中心村建设的试点；翔安新村是灾后重建家园的安置点，由厦门市翔安区对口帮扶援建；而柳墩村则是“国家级生态村”和“省级生态示范村”。站在古樟树下、柳溪大桥上，俯瞰清澈透明、潺潺流动的柳溪、溪畔花红柳绿的农民公园，顿觉身轻如燕，翩然欲飞。而溪对岸高高矗立的山影，就是徐霞客入闽第一游的浮盖山，笔者慕名久矣，今日有幸初见，不能不为之遥遥一拜。

俗话说无农不稳，无工不富，作为农业大县的浦城，也在极力发展以生物制药、轻纺轻工和食品加工为三大主导产业的工业。与此同时，借助农业资源优势，所培育的丹桂、薏米和灵芝三大产业，也已成为浦城的“新三宝”。今天参观的两家工厂，一是闽城光学眼镜有限公司，其所生产的老花镜数量，目前已居全球第一。笔者戴了25年老花镜，今日到此方知此事，惭愧！二是仙芝楼科技投资（福建）股份有限公司，生产灵芝、薏苡仁等中药材口服饮片，其管理十分严格，作家们入内参观，需头戴蓝色隔离帽，身穿白色隔离服，双脚还要套上蓝色的鞋套，相互对视，熟悉的脸孔与陌生的打扮造成极大的反差，全都忍俊不禁。如今，该厂产品已闻名遐迩，畅销海内外。

浦城是闽越文化的发祥地之一，自古文风鼎盛，英才辈出。我们今天瞻仰了以元末明初政治家刘伯温为首的“匡山四贤”城雕，以南宋理学家命名的真德秀广场及其塑像，还到南峰寺拜谒宋代宰相章得象家族的章氏功德院，到仙阳镇拜谒真德秀（西山先生）的“西山故居”。故居的大厅内，展示有他编著《大学衍义》等生平事迹，天井两厢的廊屋间，还陈列有近年来轰动全国的两大考古发现遗址模型，即猫儿山商代窑群遗址和管九村周代土墩墓群遗址，让人们对浦城悠远绵长的历史顿生敬畏之感。当然，对于文人们来说，位于仙霞古道入闽第一站的渔梁驿，最是令人浮想联翩，因为众多前贤曾在此吟诗作赋，如陆游、蔡襄、刘克庄、黄公度、徐霞客、林则徐……当大家在旧牌坊前拍照时，我想：若在这里矗诗碑，建诗廊，镌刻古人的诗文名句，那就更令游客流连忘返了。

浦城不愧为中国丹桂之乡，城乡处处，都能见到丹桂树的森然树影，尽管盛开期已过，但残存于枝叶间的二遍花，依然送来一阵阵幽香。其中，面积最大的种植园，取名中华桂花博览园，园内拥有各类桂花1500亩；树龄最大者，则有1100多岁的唐桂——九龙桂，因其一树九干，形似九龙，故而得名。《山海经》曰：万物皆有灵。如此古树名木，自然就是浦城人老祖宗的神灵再现了，于是，采风团全体，与东道主一起在树下照了一张喜气洋洋的“全家福”。

五

当晚，为让采风团进一步感受浦城的地域文化特色，主人特邀全省唯一的县赣剧团举行歌舞表演。开场锣鼓一响，只见头戴面具的几条大汉，以粗犷有力的舞步跳上台来，吼出雷鸣般的呐喊：“五谷丰登，六畜兴旺，国泰民安!”原来，这是浦城人自古流传下来的“傩舞”，表达先民对农业丰收、国家安定、社会和谐的美好愿望。接下来的节目，也全都富有地方特色，如赣剧《拜月》、舞蹈《剪花女》《南浦春韵》、童谣《月光光》、歌曲《丹桂女孩》《亲亲一杯木樨茶》等。据说，赣剧中的弋阳腔与昆曲一样都是京剧曲调的源头，今日一听，果然不同凡响，其音清亮有如高山流泉，难怪浦城境内，一水流三江，为闽江、瓯江和信江之源头!

随着全场气氛越来越热烈，演唱会又变成了联欢会，宾主双方互请上台即兴表演。团友哈雷、张冬青上台朗诵诗歌，陈云晖上台高唱闽南语歌曲《爱拼才会赢》。省文联原党组书记范碧云，还邀请县委书记陈国发上台，共同演唱新疆维吾尔族歌舞《达坂城的姑娘》，他俩载歌载舞，配合默契，且移颈、耸肩、翻腕、跺脚等高难度动作也模仿得惟妙惟肖，顿时，满堂喝彩，把晚会推向高潮。“来来来，来来来，丹桂女孩，我的心爱……浓浓的歌声耳边徘徊，甜滋滋的祝福永驻我心怀!”席终人散之后，这一曲《丹桂女孩》还余音缭绕，回荡在大家的梦乡。

六

第三天上午，按采风团的另一惯例，宾主双方联合召开选题会。

所谓选题会，是先请县里根据县情提出各种选题建议，然后，由作家们据此挑选最感兴趣的题目，或另报新的题目，最后，由团长宣布全书的编写大纲，对建议选题和自报选题进行必要的增减整合，并最终确认每个选题的执笔者。也许，有人会问：每县采风，包括往返只有四天三夜，时间如此紧迫，为何还要专门抽出半天来讨论选题呢？笔者以为，其理由有三：一是认真听取县里的建议，使全书内容符合当地实际，真实可信，而真实性乃纪实文学生命之所在。二是尊重作家的创作自由，有利于发挥各自的艺术个性，以保证全书的文学品位。三是通过民主讨论，集思广益，尽快形成全书的编写大纲，明确分工，为后续的采编工作奠定基础。

主持今天选题会的，是省炎黄文化研究会秘书长林思翔，他是每次采风活动的总联络人。他先请县委宣传部长吴晓琴向大家推荐县里的选题。围绕“十二五”浦城发展的新定位，吴部长从县里的实际出发，向大家推荐 34 个选题，并对每个选题的闪光点，作了画龙点睛般的生动介绍。

接着，团长何少川根据丛书的统一体例和纪实文学的写作特点，在县里推荐选题的基础上，作了必要的整合，提请作家们自由选择。在此之前，他先补充两篇重要的选题，即县委书记和县长的新闻访谈录，建议由戎章榕和庄永章执笔。戎章榕是撰写时政评论的高手，庄永章又是人物专访的识途老马，团长亲自点将，可谓知人善任，两人当即应声从命。接着，何团长又笑言道：本次采风，有两位当地主人也是作家，理应参加本书写作，一位是县委书记陈国发，另一位就是我身边的张建光，大家看，他已经坐到我们采风团的位置上来了，客随主便，让他俩先选题，谁也不许和他们争了。难得团长如此善解人意，全场笑声四起，掌声一片。令人惊喜的是，张、陈二位也有备而来，当即报题，张建光拟写《江淹之笔》，陈国发拟写《浦城寻梦》。两题一出，众皆齐声叫好，预祝他俩能借江淹之笔，梦笔生花；在浦城寻梦，亦能梦想成真。

此后，会议进入最紧张、最热闹、最富有戏剧性的自报选题阶段。大家争先恐后，纷纷诉说对浦城的发现与思考，提出自己最感兴趣、也最有把握写好的选题。别看团友中年龄有大小，职位有高低，但此时此际，全都是同一条跑道上你追我赶的对手，同一个战场上冲锋陷阵的战友，灵感与灵感在碰撞，文思与文思在交锋。有人甚至暂时不敢上洗手间，生怕大意失荆州，转瞬间，心仪的好题目就被别人抢走。尽管竞争相当剧烈，但作家们毕竟都是知书达礼的谦谦君子，会场上，更令人折服的，是勇挑重担的果敢，迎难而上的风范，顾全大局的放弃，成人之美的谦让，以及另辟蹊径的巧思妙想……

比如，作为农业大县，粮食生产是一篇大文章，年轻时当过县委书记的蔡天初，自告奋勇，拟写《天下粮仓》，大家纷纷向他投以赞赏的目光。浦城的工业，业已形成生物制药、食品加工与轻纺轻工三大支柱产业，而每个产业，都有诸多工厂，采访任务相当繁重，好在擅长报告文学的二员大将——李治莹、郑国贤和王晓岳，全都不怕吃苦，各自扛走了一大支柱产业。又比如，浦城的丹桂，人见人爱，好几位作家都想写，但陈慧瑛的一席话，犹如散文诗，充分表达她对丹桂如何一见钟情，一往情深，于是，大家都认为此花非她莫属，包括她的师兄黄种生在内，都表示要拱手相让。好在何团长另有高见：作为县花的丹桂，可一花两写，一写其种植历史与文化习俗，二写其如何发展成一大产业。于是，陈、黄二人各写一文，因“双赢”而皆大欢喜。至于浦城的历史文化名人真德秀与杨亿，自然被学识渊博的楚欣与少木森收入囊中。重走仙霞古道，理所当然由游记专家林思翔一马当先。当然，也有若干选题，因采访量大，须多费时日，外地作家难以承担，于是，浦城本土作家便大显身手，如陈旭执笔《气壮如虹浦城商》，初学敏《跟随徐霞客游浦城》。有趣的是，会上还闯出一匹黑马，即诗人哈雷，他在报题前说了一个故事，说是浦城的母亲河南浦溪上，有一座古老的浮桥，多年前，他在桥上遇见一位貌若天仙的女子，不料，走到桥的另一头时，她却突然消失了……也许，这个似真似幻的故事太美丽太浪漫了，大家都盼望他尽快写出南浦溪的“浮桥遗梦”，以便奇文共赏。

最后，指挥若定的何团长，以其统揽全局的眼光，博采众长的胸怀，深谋远虑的运筹，排兵布阵，调兵遣将，宣布全书的编写大纲，并为精心挑选的32个题目确定32位执笔者，历时两个多小时的选题会画上圆满句号。

七

此后的一天一夜，大家根据各自的选题分头深入采风。如何在最短的时间内获取最大的信息量，捕捉到包括人物、事件、场景和细节在内的种种写作素材？这就需要采访者要有政治家的眼光、学者的思辨、记者的敏锐、诗人的激情，有的，甚至还需要长跑运动员的体能和战士般的冲锋陷阵……

“八仙过海，各显神通”，笔者无法分身一一跟随，只能陪同老伴汪兰《回娘家，逛新城》，了解浦城城关如何由“人字街”变成“五纵五横”的大都会……当然，在三餐餐桌上，我也能从行色匆匆的团友们那里，多少打听到一些他们深入采风的甘苦。我发现，小说家杨少衡这回算是摊上了一件苦差事。因为写小说时，故事可以虚构，而写纪实文学，却非到现场不可。他所写的两大考古发现，发掘遗址全在高山上，有些地方无路可走，他只能手抓竹竿树枝，一步一步攀爬而上……浦城菜风味独特，美味可口，但多辣，来自莆田海边的郑国贤吃不惯，胃溃疡发作，好在他带了药，一边吃药一边坚持工作，他连续走访了三家工厂企业，回到宾馆时，我发现他脸色都发青了。“文章千古事，得失寸心知”，团友们的故事，肯定还有许多，但限于篇幅，我就不一一列举了。好在一个月后交稿，半年后出书，大家自可在书中细加品味。

告别浦城的日子终于到了，恰好传来莫言荣获诺贝尔文学奖的喜讯，大家对中国当代文学的前景更是充满信心。生活是创作的源泉。正如莫言扎根于他的高密东北乡，海峡西岸经济区的建设，也给我们福建作家提供了广阔的舞台。我们的“走进海西”采风团，刚刚在全省走了三分之一，前面的路还很长，还有更多的好风景，我们将与时俱进，一如既往地奔向前方。

2012年秋

餐桌前的陈嘉庚

今年，是集美学村诞生一百周年，“校主”陈嘉庚先生魂归故里也已经半个多世纪了。但再次来到他的故居——那幢带有罗马式廊柱的小楼时，我仿佛看见二楼的西窗里，那束温暖的烛光还在摇曳；木板楼梯上，那根拐杖落地的笃笃声还依然回荡在岁月深处。

也许，在学村无数红砖白石琉璃瓦的华楼美厦中，它算是最朴实无华的一幢小楼了，但因为它存有主人的许许多多遗物、许许多多有趣的生活细节，至今，仍为无数中外宾客所津津乐道。

在一般人的想象中，作为南洋“橡胶大王”的他，其饮食起居，可以极尽奢华；作为全国人大常委会副委员长的他，其日常生活，也理应享受最好的待遇。然而，对国家、对社会最慷慨的他，对自己的一日三餐又是如何安排的呢？

二楼西端，与工作室、卧室相连的，是他经常接待乡亲与贵宾的餐厅。这里，没有羊毛地毯，没有水晶吊灯，没有名人字画、古董摆设，也没有精雕细刻的红木餐桌，更没有金光闪闪或银辉熠熠的西餐具。主人不喝酒，自然也没有光可鉴人的玻璃酒柜。空荡荡的餐厅里，只有一张圆桌，十只圆凳，全系普通木料所制。墙角上一张小木柜，上置一套茶具、一套餐具，也全都是常见的瓷器。还有一个他自己使用的搪瓷牙杯，插着一双象牙筷子，算是这里唯一的奢侈品了。

据介绍，他一日三餐，坚持以番薯稀饭为主食。这本是闽南缺粮地区贫苦农民用以果腹充饥的家常饭，他却甘之如饴，每餐可呼哧呼哧连吃三四碗。建国初期，他任职于中央人民政府，月薪300元，但他只留下15元作为自己的伙食费，其余全数捐给集美校委会。而这15元伙食费，分摊到每一餐，不过区区五角钱而已。每逢请客吃饭，不论是国内的达官显要，还是海外的富豪巨商，他也一律以家乡的番薯稀饭招待，另添四碟小菜：五香花生、青葱豆腐、油煎海蛎、咸腌芥菜——仍然是闽南地区地地道道的农家风味。

这就是陈嘉庚，创办集美学村和厦门大学的陈嘉庚，一个对他人最无私最慷慨，同时又是对自己最苛刻最吝啬的陈嘉庚。细微之处见精神。正是这位陈嘉庚，坐在餐桌前呼哧呼哧连吃三四碗番薯稀饭的他，以其活灵活现的独特个性和难以抗拒的人格魅力，成为集美学村莘莘学子最景仰的“校主”，成为广大老百姓心目中最亲近的闽南老乡，成为革命领袖最推崇的“华侨旗帜，民族光辉”。

如果说，我们可以从餐桌上认识一个真实的陈嘉庚，那么，陈嘉庚他本人，似乎也特别喜欢坐在餐桌前，去观察、评判与他一起进餐的人。1940 年 3 月，正当国难当头，抗日烽火燃遍全国时，他率领南侨慰问团飞抵浓雾笼罩下的“陪都”重庆。为了讨好这位“大财神爷”，蒋介石拨出八万巨款，准备举办大大小小宴会予以招待。不料，第一场盛宴就闹得不欢而散。一向省俭的陈嘉庚，面对满桌珍馐佳肴，仿佛在白米饭中发现一只蒸熟的苍蝇，为之义愤填膺。当夜，他就秉笔直书，对这种“前方吃紧，后方紧吃”的现象痛加挞伐，并在重庆各报发表严正声明：“在此抗战中艰难困苦时期，尤当极力节省无谓之应酬。”此后，他自办伙食，坚拒一切宴请，首先在餐桌上与挥金如土、花天酒地、脑满肠肥的国民党衮衮诸公划清了界线。

随后，他率团访问延安，并在窑洞门口，接受了毛泽东一场别开生面的宴请。当他看到几位战士用砖头垒起四柱，上面搭一张破旧的圆桌面时，当他看到一阵山风刮来，把铺在上面的权当桌布的白报纸刮跑时，当他看到比他年轻的毛泽东一手举着馒头，一手捏着大红辣椒，左一口，右一口，吃得津津有味时，他笑了，放心地笑了。尽管主人招待他的只是青菜萝卜，只是在当地被称为“山药蛋”的马铃薯，外加一盘炒鸡蛋，一钵清炖鸡（据说还是当地老百姓家养，送给毛泽东补补身子的），但他从中看到了中国共产党人的本质，看到了中国未来的光明与希望。从此，他认定，只有共产党才能救中国，从此，他成为中国共产党最真诚最可靠的朋友。

如今，70多年过去了，中国共产党早已走出延安的山峁与窑洞，成为带领全国人民建设小康社会的执政党。而执政党的党风问题，已关系到党和国家的生死存亡。其中，公款吃喝，就是广大老百姓所深恶痛绝的一大公害，一大“舌尖上的腐败”。如何发扬延安精神，坚持艰苦朴素的优良传统，让陈嘉庚在天之灵放心，让全国人民放心？这正是我们今天无法回避的一大严峻课题。尽管陈嘉庚先生不是共产党人，但他在餐桌上的表现，却为我们提供了一个重要的参照系。当今，党中央领导也正从餐桌入手，大力整顿不正之风。我想，要是嘉庚先生驾鹤归来，也会欣欣然撚须而微笑吧！

2012年冬

飞翔者一路平安

翔安大道：全省最宽的城市快速通道

从福州沿沈海高速公路驱车南下，刚过小盈岭，进入厦门市东部的翔安区地界，便折入全长 13.5 公里的翔安大道。

作为翔安区的交通大动脉，经翔安隧道直通厦门本岛的它，坦坦荡荡，双向八车道，加上左右两边的双辅道，再加上中间的绿化隔离带和两侧正在拓宽的带状公园，其路幅总宽度已达 180 米，是目前全福建省最宽的城市快速通道，堪称海峡西岸第一康庄大道。

与此同时，作为厦门经济特区东大门的一条迎宾大道，它又兼具景观功能、休闲功能与生态防护功能。这次采风，虽是隆冬季节，但大道中间的隔离带上，依然碧草如茵，厦门的市树凤凰木虽已过了每年两度开花季节，但厦门的市花三角梅，却依然如熊熊燃烧的烈火，给人带来南国的热情与温暖。

大道两侧，各宽 30 米的带状公园里，我看见工人们正在种植各种乔木，其中，既有情牵海峡两岸的台湾相思柳，榕树家族中的大叶榕、印度橡皮榕，也有原产南美洲的美人树——“美丽异木棉”，其树干呈酒瓶状，树冠如绿色巨伞，冬季盛花期满树姹紫嫣红，秀色照人，是名闻世界的高级行道树。据说，树丛中，还将设有行人步道、自行车专用道、景观小品及公厕等各种设施，让人们在车水马龙的大道旁边也能享受慢节奏生活的放松与舒适。至于公交优先、方便乘客的候车亭就更不用说了，沿路每隔一段，就有它小巧玲珑的身影，可立，可坐，可遮阳，可避雨，亦可远眺近观锦绣大道内外的如画美景……

众所周知，厦门是特区，是创造经济奇迹的地方，但它同时，也是著名的花园城市，是孕育诗人、画家和音乐家的艺术之城。初入翔安大道，它那高起点、大手笔的交通建设及其所支撑的经济实力，它那充满诗情画意、波澜壮阔的节奏感与韵律感，就给我留下美好的第一印象。

翔安隧道：中国大陆第一条海底隧道

翔安大道的尽头，是中国大陆第一条海底隧道——直通厦门本岛湖里区的翔安隧道。

它，全长 8.69 公里，其海底隧道长 5.95 公里，隧道最深处位于海平面下方约 70 米，是中国大陆自行设计、自行施工的第一条海底隧道，据说，当年从隧道中挖出来的土石方，可堆起古埃及的一座金字塔；所用的钢筋，可建成法国巴黎的七座埃菲尔铁塔。其间，所攻克的各种世界性工程技术难题，所获得的各种荣誉，更非本文所能一一尽述。自 2010 年通车以来，它大大缩短了大陆与海岛的距离，原先，从翔安坐车到岛内，需绕行集美长达一个多小时，如今穿越海底隧道，只需短短九分钟，到高崎机场或火车站等交通枢纽，也都在半小时之内。一条隧道，改变的不仅仅是交通，更重要的是，它改变了人们的思维定式，改变了城市的发展格局，使厦门由海岛型城市跃向海湾型大城市，翔安隧道，堪称是特区岛内外一体化建设中的一大神来之笔。

距隧道口不远处，矗立着一座取名为《华夏苍穹》的城市雕塑，其顶部的铜铸体，状如一把巨大的勺子，在斜阳下金光闪闪。它的造型，取材于“司南”，我国古代四大发明之一指南针的雏形。其腰部，内圆外方，状如“琮”——我国古代祭祀用的一种大礼器，代表先人对天与地的最早理解，即“天圆地方”。这尊城雕的设计者为厦门青年雕塑家吴曦煌，据他自己介绍：“司南”所指的方向正是台湾海峡，寓意“海西腾飞，两岸共赢”；“琮”则代表文明与昌盛，象征厦门岛内外一体化大发展的建设蓝图。碑座的正反两面，还分别刻有“业翔民安”、“业以翔致高，民以安为本”等字样，是翔安城市精神最集中最凝练的概括。

三纵三横一环，编织城市交通网

当然，翔安的路网建设，绝不仅仅只有翔安大道及隧道这一亮点。据区交通局钟局长介绍，目前，翔安区不但拥有穿境而过的福厦铁路与沈海高速公路，而且，还在区内构筑起“三纵三横一环”的城市主干道及其交通网络。

“三纵”是：翔安大道、翔安东路和内大线。其中，双向六车道的翔安东路，跨越大嶝大桥直奔大嶝岛；内大线，则从内厝穿越大嶝岛直奔翔安机场，是未来的机场高速通道。

“三横”是：国道324线、海翔大道和翔安南路。其中，国道324线即福厦公路，它在区内总长12.9公里。海翔大道，是从海沧区经集美区到翔安区的城市区际快速路。翔安南路，又称水刘线，从南安水头连接到翔安的刘五店港区，未来将与拟建的翔安大桥相对接，并很可能与城市轨道线并行。

“一环”是滨海东大道，也是一条最具特色的旅游观光大道，它西接同安，东达大嶝，途经马巷、新店，几乎把区内最负盛名的滨海渔村串成一线，不但能让游客尽情观赏蓝天碧海、鸥鹭翔飞的海湾美景，领略绿树掩映中红砖厝和小洋楼的闽南侨乡风情，还能让大家饱尝翔安的独特风味“三宝九品”。三宝者，龙眼、牡蛎与紫菜；九品者，安薯、萝卜、花生、大蒜、豆干、白菊花、翔安邨、八宝粥、腌渍品等等。如此美景再加如此美食，听到这里，笔者岂能不为之为心驰神往！

目前，翔安全区公路通车里程已达755.38公里，其中，既有高速、国道、省道、县道，也有乡道、村道以及通往任何一个自然村的自然村道。钟局长说，十年前刚设区时，有许多山村还不通公路，只有简易的沙土路，人们用闽南话称：“雨天印尼（泥），晴天英（阴）国”，意思是，下雨天上路，印上一身泥；大晴天走路，路上黄尘滚滚，就像大雾笼罩下的英国伦敦。有一次，他下乡路遇娶亲的队伍，就亲眼看见盛装的新娘子变成浑身尘土的“灰姑娘”。如今，这一现象早已成为回忆中的笑谈了，全区光是自然村道就多达238公里。

与此同时，在城区大力发展公共交通，也是钟局长他们工作的一大重点。近十年来，全区的公交线路由原有的3条发展到29条；在线运营的车辆由原先的21部发展到249部；日客运量也从原先的几千人次增加到12.5万人次。车厢长达12米的大金龙公交车，宽敞明亮、美观大方，其车况更是今非昔比。与之相配套的场站建设及候车亭等也已逐步完善。今后，公交事业发展要更上一层楼，那就是利用轨道交通的有效衔接，来实现厦门、漳州、泉州的三城一体化了。

看来，翔安区这“三纵三横一环”的路网建设，全都着眼于厦门市的未来发展以及闽南金三角的同城一体化。我对钟局长说，你们不愧是各项建设的“先行官”。对此，钟局长却谦逊地笑了笑，说：其实，我们却常常自比成“鸭子”。他见我一时不解其意，就满含诗意地补充了一句：“春江水暖鸭先知”嘛！于是，我们相视哈哈大笑。

刘五店：千年古港，千年一遇

翔安三面环海，海域面积133.84公里，海岸线长达75公里，其南端的大嶝岛与大金门岛隔海相望，直线相距1800米，是大陆距离金门岛最近的地方。作为厦门市构筑海湾型城市的重要组成部分，翔安的交通建设，自然离不开得天独厚的水路建设。

目前，翔安境内的码头主要分布在刘五店港区、莲河港区和大嶝港区，主要航道则有刘五店航道和莲河航道两条。为了让我对港区建设有直观的了解，钟局长特地驱车陪我到刘五店一看究竟。

大名鼎鼎的刘五店港区，笔者慕名久矣。它，位于翔安区南部的刘五店村，地处厦门岛北侧水道的东北岸，港区海岸线长9.1公里，水域面积182万平方米，港阔水深，自古就是天然良港。相传宋代时，刘五店即为渔村，元代设有驿站通厦门五通港。明朝中后期，随着外贸的兴起，刘五店成了繁荣的小集镇。据传，最早在这个港口渔村开设店铺的人姓刘，有五家店铺，因他经商诚信，船家每次经过都会找他交易。久而久之，本无名称的小集镇就有了代号——刘五店。一般说来，一个村庄大都只有一两个为主的姓氏，而刘五店的姓氏多达 30 种，即此一端，也可想见刘五店悠久的海洋商贸历史。

清代初期，政府在刘五店设立钱粮口岸，稽查过境船只货物，乾隆四十年（1775 年），刘五店被定为对台湾、澎湖的军需专运码头。新中国成立后，刘五店是福厦泉公路的主要终点站，由驻军建成斜坡式石砌突堤码头。1980 年，厦门经济特区成立，刘五店这一千年古港迎来了千载难逢的发展机遇。1981 年，福建省政府批准刘五店港为外贸港澳航线的起运码头。从此，港区建设与时俱进，各类码头相继兴建，泊位越来越多，可靠泊的油轮、货轮、滚装客轮的总吨位也越来越大，使之成为翔安区的港口物流枢纽。

目前，正在全力推进的刘五店南部港区位于著名渔村澳头，该工程已建成三个十万吨级的集装箱码头泊位，三个五万吨至七万吨级的散杂货码头泊位，通往金门海域的航道也正在加紧疏通之中，标志着刘五店朝现代化港区又迈进了关键的一步。钟局长说，刘五店南部港区的扩建，将为翔安区的招商引资，尤其是大型央企的入驻创造有利条件。

站在港区的引桥上，隔海遥望对岸，厦门本岛湖里区的五通港港口，一座圆柱状的红顶灯塔高高伫立，其雄伟的身躯特别引人注目。无独有偶，在翔安这边的海岸线，即在海底隧道翔安端的方位上，也新矗起一大高塔，塔身上涂抹有黑白两色，但看不分明。钟局长说，那是海底隧道的通气孔，人们把它巧妙地设计成灯塔，塔身上那涂抹成白色的，是一片白帆的图案，从对岸看过来，正好是："潮平两岸阔，风正一帆悬"。厦门人真聪明，就连这实用性很强的透气孔，居然也能成为一座灯塔，一件大地艺术品，不能不令人心生敬佩。

翔安机场：海峡两岸的空中桥梁

翔安的交通建设，正以飞翔的速度，与时俱进。它，既飞翔在陆地上，飞翔在海湾上，当然，也要往更高更宽广的天空飞翔。拟建中的厦门第二机场——翔安机场，就预示着翔安的交通将真正实现海陆空一体化的大格局。

翔安机场选址在大嶝岛与小嶝岛之间，目前，正利用周边海域淤泥，进行大规模吹填造地和围堰容泥造地，可新增土地面积 20 平方公里，为机场建设早日正式动工奠定坚实的基础。据介绍，翔安机场总的功能区将涵盖翔安 46 平方公里、泉州水头 20 多平方公里的地域，分为机场飞行区、航空服务区和空港新城。其中，机场部分规划面积约 17.5 平方公里，全部建成后将有 4 条 3600 到 4000 米的跑道，可同时供包括 A380 空客在内的 177 架客机和 28 架货机停放，航站楼面积将达 55 万多平方米，高峰期间旅客人数为 1.8 万人，设计年旅客吞吐量近期为 4000 万人次，远期可达 7500 万人次，相当于现有高崎机场的三倍，成为覆盖厦门、漳州、泉州、龙岩、金门，辐射粤东、赣南的区域性枢纽机场，成为海峡两岸的空中桥梁……

与此同时，它还可带动航空物流、仓储物流园区的成熟和发展，大大促进翔安的产业和新城建设，周边的商务、办公、旅游观光和研发设施等也都将逐一开建。未来的大嶝岛将成为一座“航空城”，未来的翔安区交通，也将真正实现“海陆空”一体化。

在翔安采风，虽只有短短三天，但我对“翔安”二字似乎有了新的理解。自设区近十年以来，翔安的各项建设，尤其是海陆空立体交通建设，其速度与力度，广度与深度，只能用“翔”字及“飞翔”“翱翔”“翔舞”等词来加以形容。

翔安，翔者安，祝福飞翔者一路平安！

2012 年冬

《道山亭记》赏读

众所周知，福州城内有乌山、于山、屏山三山鼎立。其中，乌山风景最佳，别称也最多。在汉代，传说何氏九仙曾在此登高射乌（即射日，古人以为太阳中有乌鸦，故引弓射之），因“落乌于此”，故名乌山，又称乌石山、射乌山。唐代天宝年间，皇上李隆基风闻乌山风景堪称“全闽第一山”，于是，灵机一动，大笔一挥，便敕封它为闽山。到了北宋，有人在山上建了个亭子，叫道山亭，又有人为亭子写了篇美文，叫《道山亭记》，于是，山以亭名，亭以文传，它又改称为道山了。至今，山顶上仍有修旧如故的道山亭巍然屹立，亭下的石崖上，更有近年来新刻的《道山亭记》，让游人重温其流传近千载的悠悠古韵。

顾名思义，这《道山亭记》，是先有其亭，才后有其记的，而这一亭一记，涉及北宋时期最出名的两位福州太守，其文章道德，堪称双峰并秀。

其中，第一位太守，就是兴建道山亭的程师孟。程师孟（1005—1092年），字公辟，苏州吴县人，宋景祐元年（1034年）进士。他既是一位政治家、外交家、又是一位水利专家、旅行家和诗人。从熙宁元年（1068年）起，他在福州任太守三年多时间，为老百姓办了不少好事，《宋史·程师孟传》称他“筑子城，建学校，治行最东南”，即他的政绩考评，名列东南各州之冠。任职期间，一向喜欢游山玩水的他，对乌山情有独钟，认为乌山兀立于江海之上，可与道家所说的海上三仙山——蓬莱、方丈、瀛洲相媲美，于是，他把乌山改名为道山，在山顶上建起一座道山亭，并题写三个篆书镌刻于岩壁之上，这就是道山及其道山亭得名之由来。

与此有关的第二位福州太守，自然就是他的后任、《道山亭记》的作者、大名鼎鼎的“唐宋八大家”之一曾巩了。曾巩（1019－1083），字子固，江西南丰人，世称“南丰先生”。他是宋嘉祐二年（1057年）进士，是欧阳修古文运动的支持者和参与者，是著作等身的大散文家、大编辑家。《宋史·曾巩传》评介他“为文章，上下驰骋，愈出而愈工”。他来福州走马上任的时间，是熙宁十年（1077年），比程师孟迟了十年，任职时间也更短，只有一年零一个月。但他同样也为老百姓办了不少好事，诸如：招安暴动饥民，抓捕海盗惯偷，惩治贪官污吏，废除苛捐杂税，稽查整顿佛寺，保证国家税收，减轻乡民负担等等，这一系列以民为本的措施，自然深得百姓好评，后人在乌山西麓建有南丰祠，主祀的就是他这位“曾文定公巩”。与此同时，他在任职期间，还笔耕不辍，写了50多篇诗文，其中，流传最广、影响最大的代表作，就是应前任程师孟来函之约请，为道山亭所补写的这篇美文《道山亭记》了。

在“唐宋八大家”中，曾巩的文章素来以立论端正、章法严谨、文辞规范著称。不久前，有学者在电视讲坛上说他是“典雅有余，精彩不足；庄重有余，活泼不足；思想有余，趣味不足”。对此，笔者不敢苟同。即以此《道山亭记》为例，其状写闽地水陆道路艰险之笔墨，就不是一般的精彩，而是精彩纷呈；不是一般的活泼，而是波澜壮阔；不是趣味不足，而是生趣、情趣、理趣三者兼备。例如，他写山路，“或逆坂如缘絙（粗绳），或垂崖如一发，或侧径钩出于不测之溪上，皆石芒峭发，择然后可投步。负戴者虽其土人，犹侧足然后能进。非其土人，罕不踬（绊倒）也”。他写水路，则“水皆自高泻下，石错出其间，如林立，如士骑满野，千里下上，不见首尾。水行其隙间，或衡缩蟉糅（纵横交错，曲折奔流），或逆走旁射，其状若蚓结，若虫镂，其旋若轮，其激若矢。舟溯沿者，投便利，失毫分，辄破溺。虽其土长川居之人，非生而习水事者，不敢以舟楫自任也”。以上两段对山路与水路的分类摹写，其观察之精微，描写之精细，比喻之精妙，可谓字字珠玑，掷地有声。难怪清代林纾会赞扬这段文字“穷形尽相，毫发不谬”。由此可见，一向以说理取胜、而很少写景的曾巩，一旦写起景来，也照样不失大家之风范。其实，在文学史上，能称“大家”的，必然具备多付笔墨，曾巩此文，在他自己的文章中，可能是个特例，但其文采风流，却由此可见一斑。

有趣的是，《道山亭记》全文总共602字，但写闽地水陆两路艰险的篇幅，却占了将近一半。也许，有读者会问，这些看似与道山及道山亭毫不搭界的描写岂不离题千里？笔者以为，对于一向以章法严谨的曾巩来说，这恰恰是他在谋篇布局上匠心独运、打破常规的高明之处。他写闽地水陆两路的艰险，其目的，一是反衬侯官（今福州）介于江海之间，土地平坦与广阔："福州治侯官，于闽为土中，所谓闽中也。其地于闽为最平以广，四出之山皆远，而长江（闽江）其南，大海在其东，其城之内外皆涂，旁有沟，沟通潮汐，舟载者昼夜属于门庭。"二是表扬他的前任程师孟能不避闽地之"险且远"，来福州任职，且不断发现福州的"善"处与"乐"处，忠于职守，多作奉献，"其志壮哉！"看来，大家毕竟是大家，其文章能放能收，能开能合，前半篇貌似离题千里的描写，到了后半篇画龙点睛时，全成为一州一山、一亭一人最好的背景与铺垫。

俗话说：江山也要才人捧。福州有江有海又有山，好风景处处皆是，但正因为古代福州"险且远"，难得有全国一流的诗文大家前来光顾。好在有曾巩，他是"唐宋八大家"中唯一来福州任职并留下美文的作家，一篇《道山亭记》，已传颂近千年之久，是福州历史文化名城的一大文学瑰宝，一大精神财富。如今，《道山亭记》已被选入全国高中语文课本（粤教版），作为古代闽都诗文的代表作之一，它还被福州市教育局向全市中小学生隆重推荐，相信能有更多的读者能从中获取教益，更加知我福州，爱我福州。

2013年春

附：曾巩《道山亭记》

闽，故隶周者也。至秦，开其地，列于中国，始并为闽中郡。自粤之太末，与吴之豫章，为其通路。其路在闽者，陆出则阸（注一）于两山之间，山相属无间断，累数驿乃一得平地，小为县，大为州，然其四顾亦山也。其途或逆坂如缘絙（注二），或垂崖如一发，或侧径钩出于不测之溪上：皆石芒峭发，择然后可投步。负戴者虽其土人，犹侧足然后能进。非其土人，罕不踬（注三）也。其溪行，则水皆自高泻下，石错出其间，如林立，如士骑满野，千里下上，不见首尾。水行其隙间，或衡缩蟉糅（注四），或逆走旁射，其状若蚓结，若虫镂，其旋若轮，其激若矢。舟溯沿者，投便利，失毫分，辄破溺（注五）。虽其土长川居之人，非生而习水事者，不敢以舟楫自任也。其水陆之险如此。汉尝处其众江淮之间而虚其地，盖以其陿多阻，岂虚也哉？

福州治侯官，于闽为土中，所谓闽中也。其地于闽为最平以广，四出之山皆远，而长江（注六）其南，大海在其东，其城之内外皆涂，旁有沟，沟通潮汐，舟载者昼夜属于门庭。麓多桀木，而匠多良能，人以屋室巨丽相矜，虽下贫必丰其居，而佛、老子之徒，其宫又特盛。城之中三山，西曰闽山，东曰九仙山，北曰粤王山，三山者鼎趾立。其附山，盖佛、老子之宫以数十百，其瑰诡殊绝之状，盖已尽人力。

光禄卿、直昭文馆程公（注七）为是州，得闽山嶔崟（注八）之际，为亭于其处，其山川之胜，城邑之大，宫室之荣，不下簟席而尽于四瞩。程公以谓在江海之上，为登览之观，可比于道家所谓蓬莱、方丈、瀛州之山，故名之曰“道山之亭”。闽以险且远，故仕者常惮往，程公能因其地之善，以寓其耳目之乐，非独忘其远且险，又将抗其思于埃壒（注九）之外，其志壮哉！

程公于是州以治行闻，既新其城，又新其学，而其余功又及于此。盖其岁满就更广州，拜谏议大夫，又拜给事中、集贤殿修撰，今为越州，字公辟，名师孟云。

注释：

（注一）阸（ài）：阻隔。

（注二）絙（gēng）：粗绳。

（注三）踬（zhì）：被东西绊倒。

（注四）衡缩轇（liù）糅：水势曲折奔流。

（注五）破溺：船破溺水。

（注六）长江：此处指闽江。

（注七）程公，即程师孟。

（注八）嵚崟（qīn yīn）：山势高耸的样子。

（注九）埃壒（ài）：尘埃、尘世。

2013年
(71岁作品)

烟花三月，在九湖，在百花村
桂园万水千山
临水夫人
“福清哥”走遍天下
采风拾趣（三题）

烟花三月，在九湖，在百花村

漳州——龙海——九湖；

花都——花城——花乡。

三个同心圆。共同的圆心，就是大名鼎鼎的百花村了。

一

百花村原名塘北村，又名长福村。明朝永乐二年（1404 年），朱熹第九代孙朱茂林迁居于此，以种花卖花为业。从此，世代相传。从此，漳州和石码的大街小巷，就有了长达六百多年的卖花声。年年岁岁，二十四番花信风，只要听见这悠悠长长的吆喝声，老辈人便说：卖花塘北的人来了！

1964 年 1 月 31 日，全国人民所敬仰的“朱总司令”、时任全国人大常委会委员长的朱德亲临长福村视察。村中有个集体经营的百花场，各种苗木欣欣然向阳生长，各色鲜花喜盈盈绽开笑脸，浓浓淡淡的花香中，有蜜蜂进出采蜜，彩蝶起舞蹁跹……朱老总深深吸了口气，高兴地说：你们这里，真是一个百花村啊！一向喜欢兰花的他，还把随身携带的《兰花谱》送给了村民。从此，“百花村”名扬四方。

不料，两年多以后，一场史无前例的“文革”风暴席卷神州大地，连一向与人为善、赠人以美、赐人以福的鲜花，也被蒙上各种莫须有的罪名。一夜之间，场内场外，百花凋零，万木成灰，就连花盆也被迫堵上底部的透气孔，改插稻苗，以示“以粮为纲”。其时其地，其情其景，就像明代小说家冯梦龙在《醒世恒言·灌园叟晚逢仙女》中所写的那样，一场浩劫之后，“花若能言，岂不嗟叹”；“花若能言，岂不悲泣”！

好在这一场天怒人怨的闹剧终于收场。1976年粉碎“四人帮”之后，百花村的百花场，连同整个九湖镇以水仙花为主的传统花卉产业，又如同浴火的凤凰，再振双翼，重吐风华。

年轻时，我在漳州教书，百花村曾是心仪的郊游之地。有感于它命运的盛而衰、衰而复兴，1978年春，我以《春到百花村》为题，在《福建文艺》上发表一篇散文，既庆贺它平反昭雪，也庆幸全国文艺界获得新生。文中，还特地引用了陈毅元帅的诗句：“莫道浮云终蔽日，严冬过尽绽春蕾”。

如今，35年过去，我已从一位血气方刚的文学青年变成步履踉跄的古稀老人。然而，“人生易老天难老”，得天独厚的百花村，花不老，且越开越鲜艳；树不老，且越长越精神。

今日百花村，再也不是当年集体经营的小小百花场，也不是后来一家一户在后花园里零敲碎打的“庭院经济”。它早已华丽转身，迈向种植规模化、生产标准化、品种系列化、经营专业化、销售市场化、信息网络化的产业化进程，成为香飘万里的花卉专业村，名闻海内外的花卉专业市场，成为“东南花都”的一张烫金名片。1999年，它被国家农业部认定为“全国花卉定点市场”；2000年，它晋升为“第二届海峡两岸（福建·漳州）花卉博览会”的分会场；2006年，它又被国家商业部确定为国家级“双百市场”中唯一的花卉产业市场和村级市场；2012年，作为“漳州市现代农业十大竞赛”的一大项目，它又展开了大规模的整治改造提升工程，成为“人在画中，画在园中”的“花木大市场，生态大景区”……

二

烟花三月，我走进漳州，走进龙海，走进九湖镇的百花村。

这，既是一次美的探寻，更是一场心灵的净化与洗礼。

在百花村花市，首先扑进眼帘的，是广场中心的一组雕塑：好几根仙人柱，墨绿色的仙人柱，有棱有刺、又瘦又硬的仙人柱，把顶端盛开的红白黄各色鲜花，高高地托举起来，升向蓝天白云。在我的记忆中，这种柱状的仙人掌科植物，原产于南、北美洲，它突然出现在这以“凌波仙子”水仙花著称的“东南花都”，让人感到陌生与新奇，眼前的花市，便增添了一种强烈的国际化色彩。

有趣的是，这组堪称百花村“村雕”的广场雕塑，其创作原型，是一种从美国引种的名叫金琥的仙人掌科植物。其创作者与制作者，并非专业的雕塑艺术家，而是村里几位道道地地的花农。原来，开放改革以来，百花村因地制宜，大力保持发扬其传统花卉的特色优势，如水仙花、虎皮兰、榕树盆景等，其产量均居全国第一。与此同时，它又不断根据市场需求，结合本地气候地理特点，从台湾和外国引进各种名优品种，如台湾的蝴蝶兰、富贵竹，荷兰的郁金香，比利时的杜鹃，印度的花叶榕等等。其中，从北美洲和拉丁美洲引种的仙人球多肉植物类，已在九湖镇的八个村落地生根，茁壮生长，其种植面积达3千多亩，已跻身为百花村花市销售的六大系列产品之一，目前，在全国仙人球的销售中，它已占市场份额的四分之三。即此一端，也足以想见九湖镇与百花村的这一方热土，具有何等开放性与包容性，设立在百花村的花市，又具有何等魅力、实力和潜力！当然，如今的百花村花市，已不仅仅属于九湖，它早已晋升为龙海市乃至整个漳州市的花卉交易中心，其2013年的交易额，可望突破20亿元大关。

徜徉在花市广场内外，观赏一家家招牌醒目、内容各具特色的花店，但见店门口一式两米宽的走廊，已把它们紧紧地连接起来。细细一看，与其说是走廊，不如说是一道充满花香鸟语和诗情画意的艺术长廊。整修一新的店面，往前微伸的廊檐，木格镂空的透窗，砌柱铺地的红砖，高悬低垂的大红灯笼，嵌入其间的名人字画，与店内外姹紫嫣红的鲜花、千姿百态的盆景交相辉映，既有闽南骑楼的传统特色，又有古典园林的高雅格调，更有人与大自然相谐相亲的无穷魅力，真是一花一世界，一叶一菩提，一窗一画框，一店一仙境，岂能不叫人目迷神醉，步步流连，乐而忘归！

据介绍，在2012年大规模的整治改造提升工程中，他们采取“政府搭台，花农唱戏”的办法，对市场内外的所有花店，“统一规划设计，统一施工建设，统一标准规格，统一装饰风格”，其目的，就是要把原先单纯的花卉市场，提升为花卉市场功能、旅游场所功能和公园休闲功能三者兼具的新型市场。显然，这是具有战略眼光的大手笔，难怪，眼前处处，都是精心设计、精工制作、精巧布局、精湛绝伦的艺术精品！

众所周知，九湖地处九龙江南岸，是漳州的“南大门”。改革开放以来，随着城区不断向南拓展，原先一马平川的百花村已渐处高楼大厦包围圈中。继续发展花卉产业，地在何处，路在何方？好在21世纪之初，聪明的百花村人，就开始走出九湖镇，甚至走出龙海和漳州，在闽南各地，乃至华东各省以及广东省、海南岛，租地另辟花卉生产基地，有些花卉专业大户，甚至一租就是一千亩以上！而它们老家的土地，作为不断扩充增容的花市用地，其年租金已高达每亩20万元，因此，在如此寸金寸土之上，兴建高档次的花店花市，早就是花农、花商们心中久久的期盼，于是，政府一声令下，他们的主动性、积极性与创造性也就充分发挥出来，一切，全都水到渠成、瓜熟蒂落。天时，地利，人和。百花村之所以能与时俱进，不断提升，都有赖于这三者之总和。

听说，有关百花村花市的提升工程，还有一大项目，即在广场中心、仙人柱村雕的背后，一幢高达16层、总投资近亿元的水仙花大厦已呼之欲出。它建成之后，到底是什么样子呢？是像荷兰阿斯梅尔那样举世闻名的花卉交易中心，还是像中国“天下第一村”——江苏华西村那样的星级酒店？不能不让笔者心存悬念而浮想联翩。

三

百花村是九湖镇的缩影。它的前世今生，也就是九湖全镇花卉产业发展的历史进程。如今，以花卉产业为支柱产业的九湖镇，村村都是百花村。作为首批“中国花木之乡”和“中国水仙花之乡”，闻名遐迩的“十里花廊”，便是它一道最为靓丽的风景线。

所谓“十里花廊”，又称“十里花卉长廊”，是指国道324线的九湖段，以百花村的花市为起点，以古迹木棉庵为终点，全长12.5公里，沿线涉及9个村，共有5百多家花木场及花木种植户，在道路两旁设立花卉苗木种植基地，并就地进行洽谈销售。它与其间的九龙岭郊野公园、木棉庵郊野公园相连，其占地范围之广，延伸路线之长，花木场之集中，花木品种之多、之优、之名贵，以及“风景这边独好”，早已在国内外游客中有口皆碑。当然，所谓“十里”，只是个顺口好叫的约数，它早已不止“十里”，作为漳州市市区通往海峡两岸花博会主会场的必经之路，它已从九湖的木棉庵继续往漳浦方向延伸，按漳州市和龙海市的总体规划，不久的将来，它还将延伸为闽南的“百里花卉长廊”呢!

据介绍，九湖全镇拥有花卉植物品种约三千种，其主要品种可分为七大类：一是以水仙花为主的球根类；二是以榕树雕刻为主的盆景类；三是以棕榈科为主的绿化苗木类；四是以仙人球为主的多肉植物类；五是兰花类；六是鲜切花类；七是草坪地被植物类。七大类花卉协调发展，其种植基地遍布全镇各专业村。与此同时，他们还与大专院校及省内外科研机构联合攻关，不断研发花卉新品种及新的栽培技术。目前，九湖镇专职或兼职营销大军，活跃在长城内外，大江南北，在全国各大城市都建有基地和营销网点，至于水仙花就更不用说了，作为“水仙故里”春的使者，年年岁岁，入驻中南海，摆进人民大会堂，向全国人民报告春天到来的喜讯。

在春雨绵绵中驱车“十里花廊”，是我这次采风最美的享受。

举目向大道两侧张望，但见毗连不断的家家花木场，都在其路口的绿茵上矗起了引人注目的广告牌，矗起了最能显示其经营特色的大型绿色苗木，并在四周恰到好处地点缀着鲜花、盆景、景观石、景观亭以及灯光夜景所必备的华灯灯柱。在徐徐吹拂的春风中，在绵绵不绝的雨丝中，长髯飘拂的大榕树，郁郁苍苍的香樟树，亭亭玉立的棕榈树，繁花如瀑的三角梅，连同造型千姿百态的罗汉松、老榆树、珍柏和榕树盆景，连同春季里万紫千红的各类鲜花，与九龙岭荔枝海的滚滚绿浪，与木棉庵木棉树的灼灼火炬交相辉映，让人仿佛一路都在林涛中穿行，一路都在花海中踏浪，好一个“花木大市场，生态大景区”!

四

这回重返百花村，我还听到一个有趣的故事。说是当年朱老总视察百花村时，人们“阶级斗争”的弦还绷得很紧。为了安全起见，村里提前三天，就把所谓“四类分子”全都送往山上的耕山队。那时，村里没有像样的接待地点，暂时借用村头的一座古庵，而这座古庵，同时也是村里的小学礼堂。小学临时放假，但一些机灵的小学生还是留下来，争相趴在窗外，以便瞻仰朱总司令的风采——那可是他们心目中身经百战的传奇英雄啊！其中，有一位屁股翘得最高的四年级学生，自从那天见到朱老总之后，他就梦想当一名军人。然而，命运没安排他参军，却让他一辈子与朱老总所热爱的鲜花结下了不解之缘。

他，就是朱江兴。提起他的名字，在九龙江畔，可谓无人不知，无人不晓。他，是爱花如命的花农，是卖花有道的花商，是家乡以花致富的带头人，又是现代花卉产业的创业者、开拓者。作为花农，他是百花村里第一个种花种出的万元户；作为花商，他曾以九湖花木公司副经理的身份，走遍全国大大小小的花卉市场；而后，作为一名共产党员，他又奉组织之命，回百花村担任党支部书记，并以此为基地，开创现代花卉产业，建立国家级的花卉大市场；光荣退休之后，他又出任漳州市花卉协会会长……

本次采风，我有幸与他结识，并在他家的客厅里，与他一边品茗，一边畅谈。尽管他手头有许多现成的文字材料以及印刷精美的画册，但他讲话时，却不看任何讲稿，他的每一句话，几乎都是脱口而出的民间俗语，充满生机活趣，带有极强的个性色彩。尽管他自称没读过几年书，文化程度不高，但他具有很高的悟性，往往三言两语，深入浅出，就能把一些专业性很强的理论问题说得十分透彻。笔者认为，他比专家还专家，因为他有专家们所欠缺的长期实践经验。可谓“听君一席话，胜读十年书”！不信，请允许我举出以下三例。

例一，“花卉产业是个赶时髦的产业。买花人总是喜新厌旧。花金花土。有时，花是无价宝；有时，花比草还贱。过时的鲜花，要当柴火烧，还要先在太阳底下晒干呢！”以上，很朴实很简单的几句话，完全道出了花卉产业与其他产业最大的不同点，即它的时令性和保鲜要求。为此，他给我举了个有趣的例子：有一年，北京开亚运会，我们空运一批鲜花晋京，同时也配上一些草叶片作为衬托。没想到，亚运村绿化工程副总指挥顿时双眼发亮：你们能不能多运一些这样的叶片来？原来，那时北京刚刚兴起插花热，急需大量绿叶陪衬。这种草，学名肾蕨，土名排骨草，我们闽南满山遍野都是，根本不值钱，但一运到北京，就身价百倍，每片值两角钱，这可是天上掉下来的一笔大生意啊！于是，我们一下子就名利双收了。亚运会刚结束，北京就送来一面锦旗："万枝叶片供亚运，闽南花卉第一家。"说到这里，朱江兴哈哈大笑："本来么，花草都来自大自然，任何品种的鲜花，都是由草变宝啊!"

例二，"我们百花村的党支部，在我当支部书记之前，是一届推翻一届；自从我当支书后，是一届推荐一届。"这里，从"推翻"到"推荐"，虽只有一字之差，却道出了农村基层党组织建设的一大真理。俗话说：农民富不富，关键在支部。而支部能否成为战斗堡垒，关键在于他们能否团结，能否成为全村致富的领头雁。百花村之所以能有今天，关键在于党支部能"一届接着一届干"，承前启后，可持续发展。尽管朱江兴没有详谈他当年如何当好支部书记，但凭这一句话，我们也就可以想象百花村之所以成功的秘诀所在了。

例二，当我问起当今世界花卉产业发展的总趋势时，朱江兴突然说了一句让我大吃一惊的话："花，是卖给有钱人的。人越有钱，就越讲究。"见我一时不解，他又补充道，当今，我们花卉出口的主要市场是欧盟，其次才是中东、东南亚。他们人均收入多，生活质量高，对花卉需求量也大，但同时，对花卉进口的动植物检疫及保鲜要求也都特别严格，这也就成为我们花卉发展的两大瓶颈。比如，我们出口到欧洲的花卉，根部不能带有一星半点的泥土；船运鲜花到欧洲，全程25天，其中有三天半在赤道，可要耐得住赤道的高温啊！这样，就逼使我们不得不走科技兴花之路，还要创立国际上信得过的品牌来。他这一席话，涉及科学发展观，其远见之明，不能不令人叹服。

此次访谈，还有一大意外收获：我看到了未来水仙花大厦的蓝图。作为百花村花市未来的花卉品种展示中心、交易中心、科研中心和信息交流中心，它将具备多方面的现代化功能。我仔细端详这一蓝图，发现16层大厦的立面上，最引人注目的，是楼顶上有朵水仙花的图案。对此，朱江兴满怀深情地说：我们九湖是水仙花的故里，我们的花卉产业是靠水仙花起家的，无论如何，我们都要保住水仙花在全国独一无二的领先地位。与此同时，百花村就是我们的品牌。由朱老总亲自命名的“百花村”三字，是无价之宝，是举国皆知，举世闻名的无价之宝啊！我们子子孙孙，都要像爱护眼睛一样，把它擦亮！

有他这句话，我们对九湖，乃至对全中国花卉产业的未来，也就放心了。

2013 年春

桂园万水千山

一

泱泱大中华，万紫千红，自古以来，就是花的国度。

万花丛中，桂花的一簇簇花朵，可能是最娇小最纤细最精微的了，但它却跻身于国人最喜爱的十大名花之列。早在春秋战国时期，《山海经》中就有“招摇之山多桂”的记载。楚国大诗人屈原还以桂花象征自己的高尚人格，在《九歌》等诗中反复咏叹“援北斗兮酌桂浆，辛夷车兮结桂旗。”其中，桂浆者，桂花之酒也；桂旗者，则是用桂树枝编织而成的旗帜。从此，一缕桂香，悠悠然，飘飘然，在中国史册上回荡了两千多年，时至今日，在全国市花的排行榜上，桂花仍然独占鳌头，成为杭州、苏州、泸州、桂林、南通、汉中等20多座名城共有的市花。

地处闽西群山怀抱之中，曾被诗人领袖毛泽东称为“路隘林深苔滑”的清流，与上述名城相比，只能算是蕞尔小县。但小县不可小看，它也有大产业，这就是近年来异军突起、驰名全国的花卉产业。清流自古多桂花，是闽省野生桂花的主产地之一。清流的客家人早就有种桂花树、喝桂花茶、饮桂花酒、尝桂花糕的传统，因此，桂花也是清流花卉产业中之佼佼者。2009年，中国经济林协会还为清流县戴上了“中国桂花之乡”的桂冠。

来清流采风的头天晚上，我们应邀在县城观赏“水上太极城”的灯光夜景。呈正反双弧形优美曲线的龙津之畔，许多人正在九龙广场和桂花广场上，或纳凉散步，或轻歌曼舞。此时，天上一轮明月，溪中一轮明月。皎皎的月光、闪闪的波光，明晃晃的灯光，与桂花树斑斑驳驳的树影交相辉映。虽是盛夏，桂花尚未开放，但如此天上人间桂花城，却也花不醉人人自醉，处处充满诗情画意。

翌日下午，采风团到林畲乡的“海峡两岸中华桂花文化园”（又称“桂花生态科技园”）集体参观。刚下车，我们就被大门内的一尊铜雕和一幅广告词震住了。那铜雕，是老子伸开双臂做拥抱状，其细细密密飘飘洒洒的长须，令人想起他在《道德经》中的名言：“道生一，一生二，二生三。三生万物。”而那一幅广告词，虽只有短短两句，却语出惊人，气势不凡：“世界千山万水，桂园万水千山”。

看来，此园不可小觑，其内必大有乾坤。

二

听说，主人姓郑，名占有。这名字一听难忘，好记。也许是命中注定吧？作为永安人，他却有幸来清流“占有”了这一千亩好山好水好土地。当然，不是巧取豪夺的“占有”，而是他诚心诚意为桂花寻找最佳家园，县里诚心诚意招商引资的结果。天下事心诚则灵，于是，2004 年，拍板成交，偌大的桂园在此安营扎寨，落地生根。

可惜，郑先生今天不在。带领大家游园的，是他的儿子，眉清目秀，温文尔雅，说一口不带地瓜腔的普通话。有趣的是，他却姓蓝而不姓郑，这其中又有什么故事？

来不及动问，还是先进园看看再说吧！举目四望，这里，有山，有水，当然，更有已种植成功的六百多亩、六万多株桂花树。据说，全国各地共有桂花品种 160 多种，而此园现已引种的，就有 130 多种。主人按其四大系列，分为金桂园、银桂园、丹桂园和四季桂园四个专业园。四园之中，全是大大小小，高高低低，老老少少的桂花树，笔者犹如幼儿园小朋友翻看汉字大辞典，只觉得到处都是横竖撇捺折，却一个大字也认不得。时令正是盛暑，每棵树上全是繁枝密叶，不知秋风送爽时，它将开出何种颜色的花儿来？

此时此际，不由想起唐代的一则传说。说是杭州灵隐寺有个德明和尚，在一个皓月当空的中秋夜，忽听窗外雨声滴滴答答，开门一看，只见月亮里撒下许多珍珠般的细小颗粒，便张开衣襟接了满满一兜。翌日一早，他向师父智一长老报告。长老一听，连声说：善哉善哉，这是月宫中吴刚砍伐桂花树落下的桂子啊！于是，德明和尚把这些桂子种在寺前寺后的山坡上。第二年中秋，桂树成林，各色桂花飘香。德明和尚灵机一动，把花开金黄的，称为金桂；花开玉白的，称为银桂；花开朱红的，称为丹桂。而四季都能开花的，则命名为四季桂。时隔千年之后，今日清流桂园主人，也把桂花分成四个系列、四大园区，他是承继德明和尚的衣钵，或者，他本人就是德明和尚转世再生？

小蓝兴致勃勃地带领大家观看园中的镇园之宝：一株高达五米多的"桂花王"，据说它是名贵品种黄金桂，树龄已有五百多岁了，但依然风神潇洒地笑迎四方宾客。趋前细察，但见其主干笔挺直立，粗壮而遒劲，四条支干更是生机勃勃地向四方展开墨绿色的旗帜，全树上下，不见任何枯枝败叶，显得老当益壮，青春焕发。

小蓝说，这棵"桂花王"，是他父亲从漳州移植来的，入驻园区那天，惊动了四乡八里的乡亲，连清流县委梁书记也来为之回填培土，提桶浇水，并与大家共同探讨桂花的产业走向与桂园的发展远景。小蓝说，像这样树龄百年以上的优质老桂花树，他父亲已在全国寻购了30多棵，目前大都还寄存在原产地。今后，待园区各类建筑逐步兴建，与之相配套的每一棵名贵树种准确定位后，再一一恭迎入驻，使这里最终成为国内第一个按品种分区、规范化种植的桂花园，也是国内品种最齐全、规模最大的桂花博览园。

王安石在《游褒禅山记》中尝言："世之奇伟、瑰怪非常之观，常在于险远，而人迹罕至焉。"桂花亦如此。大凡品质优异的野生桂花树，常隐居于云雾山中的悬崖峭壁之间，故有"岩桂"之称。为采集这些野桂花，他父亲不远千万里，跋山涉水，攀岩越涧，吃了不少苦。光是2007年，他就两次从悬崖上摔下来，有一次还摔断了一根肋骨，是妻子蓝春娥指挥工友硬把他抬进了医院。可是，他却以苦为乐，乐此而不疲。由此看来，郑占有先生与桂花结缘极深，他对桂花的挚爱，早已到了痴迷的地步！

令人意想不到的是，在桂园深处，还藏有一片青砖黛瓦、古色古香的新建筑，其风格仿照闽西客家的五凤楼。据说，这就是即将竣工的“桂花文化馆”。看来，园主人是有意把桂园当成一项文化工程、文化产业来规划、来建设的。此馆建成之后，将收藏并陈列哪些展品，来诠释桂花文化源远流长、博大精深的内涵呢？不能不令人浮想联翩。

可惜，集体采风时间有限。初识桂园，匆匆一瞥，但作为园主人的这一对父子，却给我们留下深刻印象和众多悬念。

三

两天过后，奉采风团之命，分工采写桂园的我俩，终于有机会再次走访桂园。正值有惊无险的“潭美”台风过境之后，雨过天晴，山野如同洗过一般清新，一路上，夹道的紫薇花、木槿花和夹竹桃花，张开一张张红红的笑脸，喜盈盈把我们迎进了桂园。

作为公司董事长的郑占有先生依然不在，接待我们的，依然是他的儿子小蓝。他彬彬有礼地送上名片，方知他姓蓝名积玉，是桂园的总经理。蓝积玉，这名字太美了，让人想起古代长安最负盛名的蓝田玉，想起李商隐的名句：“沧海月明珠有泪，蓝田日暖玉生烟。”看来，为他取名的父亲郑占有颇有文化修养，他希望自己的儿子是一块宝玉，不，不是一块，而是一串宝玉堆积起来的啊！

然而，他为何姓蓝而不姓郑呢？原来，他们的祖籍地是永安市的一个畲族乡，叫青水乡。蓝积玉的母亲蓝春娥为畲族。子随母姓，后来，小蓝顺利考上了中央民族大学。两年前学成归来，他就来此辅佐父亲创业，成了桂园的总经理。

在儿子眼里，父亲郑占有虽然连高中都没读完，便回乡务农，但他从小爱书如命，深受中国耕读文化传统的熏陶。前些年，为了买一部新版的四库全书，他不惜一掷30万元，在家里装了满满六个书柜。即此一端，也就可以想见他对文化的渴望与需求了。看来，一个人的文化素养，未必与学历成正比，正如一个人的道德操守，也很难以官阶高低来衡量。

当然，有文化的郑占有视野开阔，胸有大志，并不想在老在家乡“脸朝黄土背朝天”。于是，改革开放的春风刚吹起，他就远走上海做起了蔬菜批发生意。正当生意做得风生水起之时，目光四射、头脑活络的他却发现：在上海，比蔬菜更贵的，是花卉。其时，上海正在实施城市美化绿化工程，花卉苗木常常供不应求，一棵桂花树、罗汉松要几万元到几十万元，与闽西老家有很大的差价。这其中，岂不隐藏着极大的商机！于是，他一有空就自带干粮钻进上海书城，如饥似渴地阅读有关经济管理、林业科技和农业产业化的书籍。与此同时，他还前往南京林业大学、浙江林业大学、中国花卉协会桂花分会等，向专家教授们登门求教，得知桂花的全身都是宝，既可发展苗木批零营销，又可开发桂花膏、桂花酒乃至桂花精油等高附加值产品，甚至，还可拓展成独具特色的桂花旅游……中国有两三千年种桂和赏桂的历史，桂花完全可以跃升为一项新兴的文化产业。于是，他灵机一动：何不做一个中国最好的桂花园？郑占有考察了上海、苏州、杭州、桂林等地的桂花园，经过对比，他认定，福建三明老家的气候很适合桂花种植，他决心回乡搞一个集桂花种植、加工、旅游休闲为一体的综合产业园。于是，2004 年，兼具天时、地利、人和的清流县林畲乡，便成为他实现理想最好的载体。2007 年，桂园基本建成，因品种之多、规模之大，很快引起全国桂花界的注目。2008 年，在清流县委、县政府的大力支持下，第二届中国桂花论坛在清流成功举办。作为拥有野生桂花群落，并在全国唯一承办过中国桂花论坛的清流县，很快被中国经济林协会命名为“中国桂花之乡”。而他们的桂园，也荣获“中国桂花文化园”的美称。

四

小蓝经理接待我们的地点，是园门内侧一个八角形的玻璃大厅。据说，原先这里只有一个四四方方的房间，本拟拆掉另建，后来，他父亲忽发奇想，在老房子周围圈起八角形的玻璃幕墙，就地取材，点石成金，就成了今天这个通透明亮的接待大厅——桂缘轩。他还亲撰一联：“桂树桂花贵人贵客，园林园艺缘在缘中”，以寄寓建园之初衷，妙哉！

这里，也是他们目前兼作办公和小型艺术品的展示中心。我们在厅中漫步一圈，发现处处都摆放着主人所收集的奇石、木雕及花卉盆景。中心位置正方形的老屋（现为办公室），其四面外墙上，还挂有一些名家字画以及园区活动的若干照片。从照片上看，郑占有先生是个脑壳剃得精光、圆头大脸、身手矫健、目光四射、笑口常开的中年汉子，他总是那么兴致勃勃地向来访者比画着什么，似乎一刻也不安静。小蓝说，他父亲真是个闲不住的人，一整天眼珠子和脑子都在转，坐不了十分钟就要站起来，但只要碰上好书，他就可以静坐终日，甚至好几天不出门。

访谈中，我们渐渐明白：他父亲不但是个精明的企业家，还是个很有胆识的收藏家。接待厅里所摆放的小品，只是其冰山之一角。为充实未来的桂园，他“以藏养藏”，既善于挣大钱，也敢于花大钱，已从全国各地搜罗到许许多多珍贵的陈列品，其中，堪称“镇园之宝”的，有四大系列：一是桂花名贵树种；二是以阴沉木为主的金丝楠木；三是以闽江、九龙江流域为主的奇石；四是以黄杨木、罗汉松为主的盆景。

说着，小蓝经理捧出一本厚厚的《海峡两岸桂花文化园规划设计方案》，这是他们委托苏州市东南文物古建筑研究所对全园的未来所进行的规划和设计，包括总体规划设计图、各展馆施工图、各展馆平面部署图，文图并茂，精彩纷呈，堪称高品质、高起点、高层次。小蓝如数家珍地为我们指点、讲解，其中既有我们看不懂的各种工程技术名词及其数据，也有我们所熟悉的用唐诗宋词所表述的设计理念。上述主人所珍藏的四大镇园之宝全都派上了大用场，并有四大展馆与之相配套。其总体目标是：要把清流桂园打造成“当代中国传统文化名园、中国知名乡村俱乐部和国家级5A级景区”。

现在，就让我们张开想象的翅膀，到未来的桂园里翔游一番吧！

中秋佳节，桂子飘香，一年一度的桂花文化节在此揭幕。一辆满载国内外游客的旅游大巴，把我们送到桂园主入口处。一下车，首先映入眼帘的，就是由主楼、角楼和八字形照壁所组成的门楼，如同一位温柔敦厚的古人，拱手笑迎四方宾客。

穿过门楼，满园芳菲，我们先去参拜那棵五百岁的“桂花王”，但见它满树流光溢彩，金灿灿的花朵，千朵万朵，让秋风送来阵阵幽香，阵阵惊喜。在它的前方，是一个用汉白玉石砌成的“世上天香赏桂台”，正方形，四面环水，寓天圆地方之意。此台取名“世上天香”，显然来自唐代诗人宋之问的名诗：“桂子月国落，天香云外飘。”在这“世上天香赏桂台”周围，便是全园的文化展示区了。其地势由低到高，山景、水景与建筑景观相映生辉。主人的四大系列“镇园之宝”，在此分别以四大展馆加以呈现。其中，赏石与品茶结缘，共名“桂雨茶亭品石轩”。但见古色古香的茶室茶亭茶廊里，桂子如雨，缕缕幽香，点点甘甜，皆注入一杯杯热气腾腾的桂花茶，游人来此一饮，口舌生津，五内俱畅，自然有宾至如归之感。步入其后的品石轩大展厅，来自闽江、九龙江及太湖流域的奇石，或玲珑剔透，或沉雄厚重，千奇百怪，千窍百孔，让人赏心悦目。其中，一些九龙壁巨石，还散落轩外的竹林之间，游人在漫步时不期而遇，自会带来一阵阵惊喜。一条小溪，潺潺流入一组硬山屋顶、玻璃幕墙，颇具中西合璧意蕴的建筑，原来，这里是“五艺黄杨盆景园”，如此设计，是让五光十色、千姿百态的盆景，既能上承阳光的投射，又能近听流水的清音，更显得生机勃勃，欣欣向荣。取名“五艺”，系指“琴棋书画诗”，与盆景这“无声的诗，立体的画”相得益彰。

当然，更引人注目的，还是大名鼎鼎的金丝楠木精品馆了，它矗立于高高的台基之上，是一幢重檐翘角、画栋雕甍、琉璃瓦盖顶的三层楼阁。它不但展出众多用金丝楠木制作的红木家具，还珍藏一棵重达80多吨的“乌木王”，它来之于四川盆地，“集天地之灵气，吸日月之精华”，被外国人惊叹为“东方神木”，故此阁又称“东方神木阁”。有趣的是，最早建成的中华桂花文化馆，因其有如一把太师椅安然端坐于半山，又名半山庄，“有山有水如屏如画，半耕半读亦仕亦农”，颇具农家的山野情趣。这里，是中华桂花文化的集大成者，登堂入室，在各种展品中探古访今，追根溯源，不论经史子集，诗词歌赋，历史掌故，民间传说，成语俚语，节庆风俗，乃至一个人的衣食住行，生老病死，寻医问药，升学求偶，地不分南北，人不分老幼，人类物质文明、精神文明和生态文明，哪一样少得了桂花呢？听说，今天有著名的林业专家正在庄内开讲座，难怪，许多中小学师生，早早赶来，一队队鱼贯而入……

当然，作为休闲区，这里还将建有五星级的“炎黄本色精品酒店”，坐落在波光滟滟的万湖之上，湖心岛上的万字形大厅，便是再次举办桂花论坛的会议中心。与此遥相对望的，是“三明土堡民俗博览园”，来自台湾的客家访亲团正在此作祖地寻根游……为满足不同游客的不同爱好和需求，园区的一角，还有专为烧香拜佛者建有“观音院”，为望子成龙者建有“魁星阁”，为“天下有情人”建有“花前月下文化园”。有趣的是，连我们这些采风者，也有了专设的“清流艺术家村”。今夜，“海上生明月，天涯共此时”，皓月当空，桂香在如水的月光中飘荡，从海峡两岸来此参加“桂花诗会”的诗人们和音乐家一起，即将举办“桂香诗歌朗诵音乐会”……

桂园如诗如画，如梦如幻。如此包罗万象，仿佛“万物皆备于我”的桂花大观园，要投入多少巨资、花费多少时间才能梦圆？说实话，我们的想象力完全跟不上桂园主人的“天马行空”。此时此际，反复盘旋在我们脑际的，还是主人的那句“桂园万水千山”，还是老子《道德经》中的那句名言：“道生一，一生二，二生三。三生万物。”

五

采访结束之前，蓝积玉总经理还带领我们就近参观他父亲的至爱之宝——金丝楠“乌木王”。它，就暂时栖身于接待厅外侧一溜长长的工棚里。

好家伙！它全身黑黪黪的，粗粝、毛糙、布满凹凸皱纹与纵横节理的表层，在静默中幽幽发光，散发着远古时代苍凉的气息。其树桩的横截面比人还高，其身长30多米，犹如神龙见首不见尾，据说重达80多吨！蓝经理说：所谓乌木，又称阴沉木、碳化木，乃地上植物因地震、洪水或泥石流等原因，被埋入古河床等低洼处的淤泥之中，在缺氧高压状态下，经细菌等微生物作用，历成千上万年碳化过程所形成。它兼有木的古雅与石的神韵，极具观赏与考古价值，被古人称为“万木之灵，灵木之尊”，也被外国人惊叹为“东方神木”。因此，郑占有不惜投入巨款，从四川盆地上用起重机吊起，再用大平板车千山万水运来。怪不得，他要专门盖一幢崇楼高阁来加以珍藏和展示。即此一端，足可想见郑占有在收藏上的眼力、魄力与经济实力！

但我们以为，在郑占有夫妇所有的收藏品中，最贵重的无价之宝，就是他俩的这位宝贝儿子蓝积玉。试看中国古代有多少名园，创业难，守业更难。尽管主人在创业时耗费多少钱财、多少心血，到头来，却因缺乏子嗣，或因儿孙不肖，不得不半途而废，沦为废墟，甚至，隔代易主，落入他人之手，正如昆曲《牡丹亭》中哀叹的那样：“原来姹紫嫣红开遍，似这般都付于断井颓墙”。再看当今天下，又有多少家庭存在代沟，父子之间南辕北辙，缺乏共同语言，更不用说子承父业了。而郑占有却后继有人，有这么一个崇拜他、理解他、支持他，能与他同心同德、共同创业并守业的接班人。郑占有可真是个令人羡慕的有福之人啊！

清流有园，是为桂园。桂园有梦，是为美梦。桂园之梦与13亿人的中国梦融为一体。祝愿郑占有、蓝积玉父子：胸怀千山万水，踏遍万水千山，心想事遂，美梦成真。

（本文与汪兰合作采写）

2013年夏

临水夫人

岁月悠悠，海天苍苍……

风波浩荡的台湾海峡，自古以来，就是神仙的家园，神话的故乡。

在众多神灵之中，最受两岸人民崇仰的，是三位法力无边的女神。以出场先后为序，她们依次为：远古时代的太姥娘娘，唐代的临水夫人，宋代的妈祖娘娘。

她们，都高举爱的大旗，以扶危济困、拯救人类生命为天职。但其施爱的侧重点各有不同。在闽东最早种植白茶，以茶为药、治病救人的太姥娘娘，是公认的的茶神；生活在闽江流域的临水夫人，是老百姓心目中的妇幼保护神；而在湄洲岛羽化登仙的妈祖娘娘，则是举世闻名的护航女神。

其中，因年代久远，太姥娘娘的姓名及家世，已无从考证。但妈祖和临水夫人，却都是在古书中有迹可循的实有其人。其中，妈祖姓林名默娘，临水夫人姓陈名靖姑，她俩本都是普通的民间女子，后来，借助民间传说的助力和历代帝王的敕封，这才渐渐由人变成了神，最终，都上升到“圣母”这一天上人间至高无上的地位。

在海峡三女神中，我最早熟悉的，自然是家乡莆田的妈祖了。如今，她的信众多达两亿，五千多座妈祖庙分布 28 个国家和地区，其信俗已被联合国教科文组织列入人类非物质文化遗产名录。

以信众之多，影响之大，能与妈祖相伯仲的，自然便是临水夫人陈靖姑了。据专家考证，唐大历二年（767 年），她出生于闽县下渡（今属福州市仓山区）十锦祠的一家农户，幼年时曾在闽江古渡龙潭角的闾山大法院学习道家法术。18 岁时，她嫁到古田县临水村（今大桥镇）刘姓人家为妻。婚后，她在闽江上下游各地除妖镇邪、扶危解厄、保胎救产、送子护童，闻名遐迩。唐贞元六年（790 年），闽省沿海大旱，田地龟裂，禾苗枯黄，饿殍遍野，26 岁的她，不顾身怀六甲，奋力祈雨抗旱。不久，果然天降甘霖，万众欢腾。然而，过度劳累的她，却因此受了风寒，动了胎气，难产而殁。据元末明初古田籍学者张以宁《临水顺懿庙记》一文所载：陈靖姑弥留之际，曾高呼道："吾死后，不救世产难，不神也。"此后，其"英灵著于八闽，施及于朔南"。人们感其恩德，在古田，在福州，在闽东、浙南及台湾宝岛，乃至南洋诸国，陆续建起数以千计的临水宫加以祭拜。与此同时，历代帝王也不断对她加封，其封号由"夫人""太后"，一直上升到了"天仙圣母""顺天圣母"。新中国成立后，特别是改革开放以来，对陈靖姑的民间文化信仰越来越得到重视和保护。2008 年，"陈靖姑信俗"被列入国家非物质文化遗产名录；2013 年，她的祖庙——古田县大桥镇临水村的"敕赐临水宫"，也实至名归，被国务院公布为第七批国家级重点文物保护单位。

有关陈靖姑的神话传说，是福建民间文学的一大瑰宝，也是闽剧、评话、歌舞、壁画、雕刻及影视艺术创作的一大资源。其中，有相当一部分故事，被清代乾隆年间一个名叫"里人何求"的文人，编入《闽都别记》一书，我早年曾翻阅过，对此略有所知。但对其祖庙的参拜，说来惭愧，却是退休之后近几年的事了。2007 年春，我随省文联原主席许怀中教授首次到古田采风，这才有幸亲到大桥镇临水村瞻仰。这是一大片始建于唐、历代不断加以重修的古建筑群，依山就势、高低起伏，充满神圣、神奇与神秘的氛围。

当时，有三点印象最为深刻。一是站在溪边，往山上远远望去，但见天际轮廓线上，重重叠叠的飞檐翘角，映着天光云影，有如许多矫健的蛟龙，正从波涛汹涌的海面上冲浪而起，又如争鸣的百鸟，正从巨树的树冠上展翅齐飞。整个画面，充满动感，充满生生不息的活力。二是进了大殿，仰观头顶上雕刻精美的木质藻井，其颜色之黑，之浓重，仿佛随时会滴下墨汁来。显然，这是千百年袅袅升腾的香火，把它熏烤、蒸煮、涂染出来的，由此可见信众之多，香火之旺盛。其三，神龛前之案桌，里外三层，数量众多，其中有一张大型的石雕香案，居然长达四米以上，且厚重无比，即此一端，足见其礼器与供品之多，之重，之丰盛……据说，她在海内外的信众，已达八千多万，其中，每年来此进香者，都在十万人以上。

时隔六年之后的2013年夏，当我再次前来采风时，祖庙业已晋升为“国宝”级文物单位，来此的香客和游客就更多了。为安全起见，焚烧香烛已迁往殿外，于是，这里空气清新，光线充足，原先在烟雾弥漫中半隐半现的各种楹联题匾也一一清晰地展现于眼前。其中，钟鼓楼上的两幅楹联最为引人注目。其一：“辅弼除邪功不朽，保婴救产佑黎民”；其二：“身赴云端佑产妇，莅临凡间保婴儿”。由此可见，慧眼独具的古人，早已把“保婴救产”视为陈靖姑丰功伟绩的重中之重。而今，人们进一步把陈靖姑明确定位为大力倡导“优生优育”的“妇幼保护神”，堪称古为今用，古今一脉相承。

本次采风，我还特别注意到祖庙右殿有36宫婆像。这36位宫婆，传说原是闽王宫中为白蛇精所害的36名宫女，经临水夫人拯救死而复生，后拜夫人为师，一一成为她的得力助手，并修炼成神，在此陪祭。有趣的是，她们各司其职，各有封号，如安胎婆、催生婆、救产婆、抱仔婆、报喜婆、养生婆、度男婆、引女婆等等，几乎涵盖当今妇幼保健院中妇产科及儿科的所有医护人员。这还不止，听导游说，随着时间的推移，这36姑婆发展到后来，又扩充成72姑婆。我想，36也好，72也好，她们其实都是临水夫的化身和分身。在缺医少药的古代社会，人们太需要临水夫人这样的医生和助产士了，但她一个人忙不过来，太辛苦了，于是，便在想象中为她配备出这么多助手来。实际上，这是古代人民对建立健全城乡妇幼保健医疗卫生体系的一种美好愿景。在海峡三女神崇拜中，妈祖娘娘只有一个，太姥娘娘也只有一个，而临水夫人，却由一个扩充到36个、72个，这种由民间丰沛的想象力所创造的独特文化景观，不能不让我浮想联翩。

普天下的丈夫，谁不望心爱的妻子平平安安！普天下的父母，谁不求自己的儿女健康成长！普天下的爷爷奶奶、外公外婆，谁不想早日抱上孙辈！妇女是世界的一半，儿童是人类的未来。对妇女儿童的珍爱与保护，不论何时何地，都是天经地义，顺应民心的大好事。但与此同时，我们又不能不清醒地看到，从古到今，妇女与儿童又往往是最容易受到伤害的弱势群体。在古代，就连贵为皇帝的康熙，其所生的32个儿子和20个女儿中，也有12个儿子和9个女儿夭折，更何况社会底层的芸芸众生！时至今日，尽管妇女的社会地位大大提高，医疗科技高度发达，妇幼保健事业也愈来愈受到全社会的重视，但医院妇产科的床位仍然供不应求，剖腹产的比例居高不下，拐卖妇女儿童、残害幼女的案件时有发生，含毒的婴幼儿奶粉也接连在媒体披露并激起公愤……因此，对妇女儿童的保护，仍然是深化改革中保障民生的一大重要课题，对陈靖姑精神的弘扬，也仍然有其现实意义。

当然，其意义还不仅仅如此。作为海峡两岸共有的“神缘”之一，它还是紧密联系两岸同胞情感的桥梁与纽带。据2010年在香港出版的《古田临水宫志》统计，光在台湾宝岛，就有专祭临水夫人的宫庙400多座，另有陪祀的宫庙三千多座。本次采风，古田县民族与宗教事务局副局长兼临水宫管委会主任林尚安先生送我一套录像带，是2009年秋古田临水宫祖庙陈靖姑金身巡游台湾的现场实录。从10月23日起，前后历时12天，夫人金身乘坐八抬大轿，在声势浩大的仪仗队护驾下，环游岛上15个县市和15座宫庙，有129座宫庙前来分香敬香，有不下一百万的信众前来瞻仰朝拜，其盛况，只有此前湄洲岛妈祖金身巡游台湾时才可相比拟。

观赏录像带，最令人感动的是，有一天，台湾宝岛天降大雨，数千信众从四面八方冒雨前来为临水夫人金身接驾。其中，既有身穿盛唐服装的宫廷贵妇，也有西装革履的当代绅士；既有演奏十音八乐的民间老艺人，也有吹洋号敲洋鼓的摩登少女；既有羽扇纶巾的道士，也有打着观音堂旗号的尼姑；既有喷火跳神的传统舞蹈，也有舞龙戏狮的杂技表演。礼花在空中怒放，鞭炮在地上炸响，一盏盏红灯映照着一张张笑脸，一条条雨丝冲刷着一行行热泪……大开眼界的我，终于恍然大悟：台湾民众对临水夫人的崇拜与信仰，是祖祖辈辈对唐山大陆的文化记忆，是不分男女老少，不分贫富贵贱，超越宗教、族群、党派、蓝绿及任何意识形态的最自发、最民间、最普及、最广泛因而也是最持久的民俗文化活动。作为海峡两岸“五缘”之一的“神缘”，作为“神缘”之一的陈靖姑信仰，其巨大的魅力、威力与凝聚力，是任何数典忘祖、鼓吹“台独”的分子所不可战胜的。

据说，在欧洲，在古希腊与北欧的神话之中，也都有神圣的“命运三女神”。她们高踞云端，或编织“生命之线”，或浇灌“世界之树”，以此掌管人类的生老病死、爱恨情仇。而台湾海峡的这三位女神，其地位之神圣，传说之神奇，信众之多，影响之广，丝毫也不比欧洲的女神逊色。作为中国人，我为此深感荣幸与自豪。

谨以此文，向临水夫人、向妈祖和太姥娘娘，向至尊至圣、至善至美的海峡三女神，遥献一瓣心香，愿海峡两岸同胞，子子孙孙、世世代代，都能继续得到她们的关爱与庇佑，共筑和平、安康与幸福的中华之梦。

2013 年秋

"福清哥"走遍天下

在福清，最畅销的图书是《世界地图册》；

在福清，最受青睐的文化用品是地球仪。

到福清探亲访友，不论是红砖大厝的古民居，还是欧陆风情的新别墅，登堂入室，常常都能看到这样一幅画面：一位白发苍苍的老人，戴着老花眼镜，坐在厅堂里，或打开手中的《世界地图册》，或拨动怀中的地球仪，对绕膝的小孙辈们喃喃细语：看，这是印尼的万隆，你外公就在那里的福清同乡会；看，这是南非的开普敦，你姑丈就在那里的玉融商会；看，这是日本的横滨，你舅公在那里开中餐馆；看，这是西班牙的度假胜地，你表叔在那里开酒店；来，再看看阿根廷首都，名字长长的，叫"布宜诺斯"——噢，还要加上"艾利斯"，你老爸的超市就开在市中心呢……

看来，这小小的地球仪、厚厚的地图册，已成为福清人家中的重要摆设。我甚至还发现一户人家，新房子落成时，特地在屋顶上设计了一个圆球体的自来水塔，并在塔身上画起了五颜六色的世界地图。远远望去，好大一个地球仪，似乎就在他家屋顶的天光云影中慢慢转动呢！

为什么福清人对地球仪和地图册情有独钟？

福清市委书记陈春光说得好：凡有阳光的地方，就有福清人。

福清市外事侨务办公室主任黄少文更是如数家珍：目前，在福清全市128万户籍人口中，归侨、侨眷就有83万人；在海外的华人、华侨近90万人，他们分布全世界五大洲120多个国家和地区，拥有海外社团65个。美国、英国、加拿大、澳大利亚……这些发达的资本主义国家就不用说了，光是太平洋上的岛国——汤加、斐济、所罗门、萨摩亚等等，也都能听到我们福清的乡音。

那么，非洲呢？堂堂大国南非，不但有举世敬仰的黑人国父曼德拉，也有大约30万华人与华侨。不久前，福清市市长林贤出访南非，中国驻南非大使田学军就亲口对他说：在南非30万华人、华侨中，来自中国大陆的将近一半，来自你们福清的，又占一半中一半，大约六万人左右，他们早就成立了南非中华福清商会。此外，更令人能以想象的是，就连南非的“国中之国”莱索托，一个只有200多万人口的高原小王国，居然也有两千多位福清侨胞，他们所开设的商铺遍及该国的每个角落。

说到莱索托，我忽然想起，上次来福清采风时，我曾在城关的虎溪之畔，参观过一座南非公园，其中有一座造型奇特的亭子，听说就是莱索托王国的巴苏陀民族风格，其建材包括覆盖在亭子上方的一种茅草，都直接从非洲空运过来。即此一端，足见福清人在全世界分布范围之广了。

于是，我和黄少文开起了玩笑：看你对全世界大小国家的熟悉程度，简直可以到联合国秘书长身边去工作了！

与他同时接受我采访的，还有福清当地的文友郑敬平，他年轻时是三明钢铁厂的一位小说家，《福建文学》的重点作者，后来回到老家福清，成为全县最熟悉侨情的大秀才，有关印尼侨领的《林绍良传》及林文镜父母的墓志铭等，均出于他的笔下。谈起福清人的海外移民史，他更是要言不烦：从某些民间姓氏族谱的有关记载，从东张镇古窑址出土的外销瓷来看，早在宋元之交的十三世纪末，福清先民就开启了出海经商的先河。明代郑和下西洋后，不少福清先民也紧随着走海行船、辗转于南洋一带。到了清初，朝廷实行海禁，“百姓尽徙内地，筑台寨为界”“片帆不许出海”，但就在这种严酷的禁令下，仍有一批又一批的福清人铤而走险，冒死冲出国门，流亡海外。康熙二十四年（1685年），海禁放松，出境谋生者就越来越多了。1840年鸦片战争，福州辟为五口通商口岸之一，不少福清贫民在西方殖民者的引诱之下，沦为出卖苦力的契约劳工，谱写出一部部举世为之悲叹的“猪仔”血泪史。其后，清廷灭亡，民国初始，福清人这才以自由移民的身份，掀起了第一次大规模的海外移民潮，并一直延续到新中国成立前后。他们主要分布在东南亚各国，尤以印尼居多，其后裔多达40万。

堪称福清历史上第二次大规模的海外移民潮，始于20世纪七十年代末的中国开放改革初期。当时，国门大开，八面来风，一向敢于冒险闯天下的福清人，得思想解放风气之先，他们通过求学、经商、婚嫁、劳务出口及投资移民等各种渠道，纷纷走出国门，走向世界。据福清市公安、外事、侨务部门的不完全统计，自1979年至2005年间，全市出国人数就超过30万。他们所抵达的目的地，再也不局限于东南亚，而是遍布全球五洲四海120多个国家和地区。其中，在澳大利亚定居的，约三万人，而远在南美的阿根廷，福清的新侨民也迅速增加到1.3万人。

如今，这股“出国潮”依然方兴未艾，“出国热”也依然热气腾腾。在福清，人们习惯以中国始行开放改革的时间画线，把海外侨胞分为“老侨”和“新侨”。如果说，历朝历代的“老侨”，出国时多以求生存为初衷，那么，开放改革以来的“新侨”，则以谋发展为理想。他们秉承“老侨”艰苦创业、顽强拼搏的老传统，却又与时俱进，以放眼全球的战略眼光和追赶时代潮流的新思维，不断开疆拓土，再立新功。其所涉及的产业，也从以往以工业、地产、金融为主，拓展到商贸、矿产、建材、建筑、劳务以及餐饮、超市等服务业。如今，包括新老侨胞在内的福清华人华侨，已成为驰骋全球经济市场的一支劲旅，涌现出一批举世瞩目的工商巨子和华侨领袖。据“世界福清社团联谊会”估算，金融风暴之后，福清海外亲人的总资产不降反升，已从原有500亿美元左右增加到600亿到700亿美元之间，约占全世界华人华侨总资产的三十分之一，福建省华人华侨总资产的五分之一。

有趣的是，不管是“老侨”或“新侨”，在海外的福清人，都有个约定俗成的爱称，叫“福清哥”。尽管有关“福清哥”的来历，有多种说法，但我所理解并所要强调的是：这“哥”字，一字千钧，掷地有声，它是历朝历代福清人用爱国爱乡的赤子情怀，用闯荡五洲四海的冒险精神，用患难之际敢于为朋友两肋插刀的侠肝义胆换来的，它来之不易，弥足珍贵！

我从小在福清长大，对此深有体会。我母亲是福清人，她的娘家在新厝镇江兜村，全村人口不足三千，海外亲人却多达一万。我小时候，她教我唱的第一首儿歌就是：“拖砻伊弯，老鼠过番……”那时，新中国刚成立，福清还很穷，干旱，缺米，乡亲们一日三餐只能以番薯果腹。好在有侨汇，从世界各地源源不断寄回来的侨汇，不但帮助乡亲战胜一次次天灾人祸，还为侨乡的公益事业奠定了良好的基础。当年，我随任教的父母借居双屿小学，那校舍，原为后墙上破了一个大洞的王氏宗祠，后来，是印尼华侨集资修缮，才把它改建成小学的，它贮藏着我童年时代一切美好的记忆。再后来，我考上渔溪镇的虞阳中学，学校里有幢欧式的红砖楼，取名本游堂，据说，“本游”二字，就是华侨捐款人长辈的名字。作为校图书馆，本游堂是我少年时代的乐园，也是我一生文学生涯的起点。在那里，我翻阅了许多文学名著，摘抄了不少名家名句，其所用的笔记本，一种道林纸精印的笔记本，也是一位女同学送给我的，她家是侨眷，这笔记本自然也是舶来品。1960 年，我参加高考，考场设在城关的华侨中学。看来，要特别感谢这“华侨”二字，因为它又给我带来好运，让我在语文考试中得了个作文满分，据说是全省高考有史以来的最好成绩。正如没有母亲，就没有我；没有福清的爱国侨胞，也就没有我的母校，没有我的高考好成绩，没有我后来为之终生奋斗的文学事业。因此，我一直把福清视为第二故乡。

改革开放之后，福清成为全国首批综合改革试点县市，海外亲人对家乡的贡献就更大了。黄少文主任让我看了一份资料，其中，光是 2013 年，华侨对家乡公益事业的捐款，就多达 25 亿元人民币，累计在家乡投资和引资近 60 亿元，兴办三资企业近千家。以“融侨”命名的经济技术开发区，是全国首家“侨字号”开发区，其欣欣向荣的画面，被国家邮电部选入 2004 年发行的《侨乡风貌》特种邮票，成为令人自豪的国家名片。福清的海外亲人，是推动福清对外开放的一支生力军，为福清的经济建设和社会发展做出了独特的历史性贡献。福清，这昔日的“番薯县”，之所以能跃进全国经济百强县市之列，成为海峡西岸新兴的港口工业城市，成为闽都福州最为壮观的南大门，全世界的“福清哥”功不可没！

本次采风的任务，是为福清编写一本题为《著名侨乡　港口新城》的纪实文学集。按惯例，书中当有专写侨乡建设的一个专辑。但市委宣传部部长、文学博士出身的叶友琛却另有高见。他认为，福清经济建设和社会发展的每一个重点、热点和闪光点，全都离不开海外亲人，哪怕是国宝级文物古迹的修复，也离不开他们的襄助，因此，有关这方面的内容，应贯串并渗透于全书的所有篇章，难以抽出另成一辑。诚哉斯言！采风团领导当即择善而从，予以采纳。与此同理，篇幅有限的本文，也无法对福清侨乡建设的先进人物、先进单位一一加以列举，好在团友们的其他文章，对此将有详细而又精彩的报道，读者自可从中细加品赏。

在这里，我特别需要向读者报告的是："福清哥"的高风亮节和特殊贡献，受到了中国各级政府的高度重视和赞赏。2009 年新中国成立 60 周年阅兵大典，应国务院邀请，上天安门广场观礼台的福清海外华人华侨代表就多达 60 人。历届福清市委、市政府，都把"侨"字当作福清的一大特点、一大优势、一大贡献、一大促进，把外事、侨务工作当作联系海外华侨华人，广大归侨侨眷的桥梁和纽带，在开展海外联谊活动、招商引资、维护侨益、服务侨捐，乃至选派优秀教师到海外华文学校任教等各个方面，都做了大量周到细致的服务工作。近年，县里还投巨资建起了福清侨乡博物馆。该馆位于新市区中心，外观有如一艘拔锚启航、鼓浪出海的艨艟巨舰，象征福清人自古至今勇于扬帆出海、走向世界的光荣传统。

潮平两岸阔，风正一帆悬。站在建筑业已竣工、开馆尚待时日的这艘巨舰面前，我忽发奇想：要是在馆前的广场上或馆内的大厅里，矗起一个大大的地球仪，让"福清哥"所在的 120 个国家和地区都能闪闪发光，那该是何等壮观的景象！

地球仪，不仅是福清幼儿认识世界的启蒙教具，不仅是福清老人思念海外亲人的载体，它也应该成为福清侨乡最重要的标志。

2013 年冬

采风拾趣（三题）

土楼与标点符号

“土楼是个大大的句号，却引来无数问号与感叹号！”

在名列世界文化遗产的福建土楼群中，有许多中外游客所留下来的精彩题词。上述这一条，就因其想象力的奇特与大胆，文字的精炼与含蓄，一直为人们所津津乐道。

那么，它是何时、何地、由何人构想出来，又由何人把它写进留言簿的呢？说来，其间还藏有一个相当有趣的故事。

1991年春，为纪念中国共产党建党70周年，并在福建日报上组织“征文作品专版”，福建省文联组织作家采风团，由时任中共福建省委宣传部副部长兼省文联主席的许怀中带队，于3月5日至15日赴闽西、粤北中央苏区进行采风。

团员中除我之外，还有朱谷忠、张惟、陈志泽、延青和王振源。

3月4日晚上，采风团从福州启程，坐了一夜火车，于3月5日晨抵达龙岩。刚下火车，便听得一声春雷巨响，紧接着，豪雨从天而降。好在前来接站的当地主人已带来雨伞。大家全都异口同声地说：这是今年春天的第一声春雷，第一场春雨，好啊，好彩头！

本次采风的主题十分集中，任务也十分明确，即参访中央苏区各革命历史纪念馆、各基层单位先进党组织和优秀共产党员，每人为福建日报写一篇征文作品。报社的王振源作为随团编辑和记者，负责专版稿件的组稿任务在途中就地落实。

3月7日，采风团在永定老区采风期间，参观了位于湖坑镇洪坑村的土楼振成楼。该楼始建于民国元年，内部空间设计状如八卦，俗称八卦楼，其内部装饰，多含西洋元素，在闽西土楼中，是一幢难得的带有中西合璧风格的杰作。1988年列为省级重点文物保护单位，1900年正式对外开放。但当时，各地旅游业尚未兴起，对土楼的研究和宣传也刚刚起步，来此参观的，多为各级官员和专家学者，普通游客并不多。参观结束时，楼主人请采风团在留言簿上题词。大家先翻阅比我团捷足先登者所留下的墨宝，除“埃及金字塔，中国土圆楼”一条较为引人注目外，其余多为“中华一绝”“国之瑰宝”“建筑奇葩”等放置四海而皆宜的泛泛之词。对此，采风团的团友们都说，我们是文联组织的作家团，理应想出个比较新鲜的，能让人一见难忘的句子来。于是，大家全都沉吟不语，进入腾云驾雾的思索之中。不久，擅长散文诗写作的福州老作家延青率先打破沉默，兴奋地说：能不能用标点符号来加以表达？比如：“土楼是一个句号，却引来无数问号和感叹号！”此语一出，众皆齐声叫好，于是，团长许怀中便代表全团欣然提笔，留下苍劲有力的笔墨。

当年，振成楼尚无“土楼王子”之美称，更未荣登全国重点文物保护单位和世界文化遗产的龙虎榜，延青老兄这一别出心裁的妙句，便以其特有的新鲜感迅速在闽西各地传开。三天过后，即3月10日，当采风团来到上杭县才溪纪念馆时，馆里早已摆开笔墨侍候，馆长还连声说：“你们在永定振成楼的题词，听说是一副对联，叫作‘土楼圆楼土圆楼，句号问号感叹号’，实在是太妙了！”

大家一听，先是一怔，继而全都哈哈大笑起来。原来，我们的题词在口头流传的过程中，已从散文诗的句式被加工成具有中国传统特色的对联了，尽管上下联末字的平仄颠倒了，但原词的意趣还是原汁原味地保存了下来，且更朗朗上口。对此，延青面有喜色，包括团长在内的全团团友也都倍感自豪。

时隔18年之后，2009年11月，福建省炎黄文化研究会和福建省作家协会联合组织“走进永定”采风团，许怀中、朱谷忠和我有幸旧地重游，再访振成楼。如今的振成楼今非昔比，早已名闻天下，中外宾客源源不绝，有关土楼的宣传品和出版物更是琳琅满目。随手翻阅，见许多书上都印有土楼的题词集粹，其中，我们当年的题词，也总是赫然在目。只不过，作者的姓名只署许怀中，而延青之名却隐去了。当然，这也难怪，因为当年提笔在留言簿上题写的，就是福建作家采风团的团长许怀中。然而，一向办事认真的许老，对此却心存不安，于是，在与县领导的见面会上，他特意郑重声明："当年，原词的真正作者是福州作家延青，我只是代表采风团书写而已。"他这一席话，体现了实事求是、不掠人之美的谦谦然君子之风，恂恂然长者之风，引来了全场经久不息的掌声。

作为往事的亲历者与见证者，笔者以为，准确的记载应为：

土楼是个大大的句号，

却引来无数问号和感叹号！

福建省作家采风团

延青拟句，许怀中书题

1991年3月7日

谨以此文，向今年84岁的许怀中先生深表敬意，并向已故的散文家延青先生、编辑家王振源先生深表怀念。

闽清飞鸡与辽东蹓哒鸡

2000年5月9日至19日，应鞍山钢铁厂之邀，我随中国作家代表团前往采风，并出席中国作家创作基地揭牌典礼。

众所周知，曾经拥有50万产业工人的鞍山钢铁厂，是我国最大的国有企业，誉称"共和国长子"。前辈作家罗丹、草明、艾芜、于敏、郭小川等都曾到此深入生活，并各有重要作品问世。而当地作家中，《夜幕下的哈尔滨》作者陈屿、《沸腾的群山》作者李云德等，也都具有很强的创作实力。如今，为重振文学雄风，鞍山市政府拨款百万元，建起一幢"会友楼"（取"以文会友"之意），盛情邀请中国作家协会在此设立创作基地。对此，中国作协大力支持，并从全国各地抽调一批作家，组成中国作家代表团出席基地的挂牌典礼。团长：王充闾（时任辽宁省人大常委会副主任兼辽宁省作协主席）。副团长：章武（时任福建省作协主席）。团员则有：河北的何申，浙江的汪浙成，陕西的李天芳、辽宁的刘兆林、文畅，福建厦门的毛振亚以及中国作协本部的谢真子、李一信、牛玉秋等。

作家团的采风活动以鞍钢为中心，着重了解国有老企业如何在体制改革和科技创新中凤凰涅槃，浴火重生，与此同时，也到辽东半岛各地城乡进行参观访问。有一天，采风团来到台安县农村，参观一家机械化孵鸡场，但见一颗颗鸡蛋在培养箱中被人工孵化，变成一只只活泼可爱的小鸡，从流水线上源源不绝地传送出来，再用科学配方的饲料进行精工饲养，其自动化、现代化程度自然不在话下。

然而，作家们出厂后，却都沉吟不语。不知谁嘟哝了一句，这种集体孵化方法，好是好，但我吃鸡蛋，还是爱吃农村老太婆养的土鸡蛋。来自浙江的汪浙成说，是啊，还是土鸡好，我们杭州市郊区的农家乐，如今都要都打出土鸡的旗号。

在小说界誉称“河北三驾马车”之一的何申说，在我们那里，不叫土鸡，叫柴鸡，因为它们老在柴火堆里扒来扒去找虫子吃，俗话说，猪往前拱，鸡往后扒——各有各的活路。

辽宁本地的刘兆林说，在我们辽东半岛，称土鸡为蹓跶鸡，因为它们是放养的，可自由自在随便在房前屋后蹓蹓跶跶。

大家都说：这“蹓跶鸡”的名字取得最好，很形象，且带有动感。

此时，我也不甘落后，便向大家介绍：在福州附近的闽清县，土鸡又被称作飞鸡、蓝天飞鸡。当地农家在户外天然的竹山、草山放养鸡群，让这些鸡饮用清澈的山泉水，以稻谷、玉米、昆虫、青草为主食，饲养时间长达半年以上。由于这种鸡保持原始野鸡的生活习惯，体小、脚青、爪利、嘴峰硬，能平地高飞，跃上树梢，其肉质可与天上的飞鸟相媲美，故取名为蓝天飞鸡。说到这里，我还凭记忆念出一段当地的广告诗：

飞鸡，飞鸡，闽清的蓝天飞鸡，是女人的月子鸡，老人的长寿鸡，孩子发育成人的滋补鸡，逢年过节、走亲访友的礼品鸡……

我这一说，众皆哈哈大笑。在中国各地，尽管土鸡的叫法，各有不同，但吃鸡要吃土鸡，吃鸡蛋要吃土鸡蛋，却是大家的共识。

采风活动结束时，在总结会上，我向中国作协创联部提出一条建议：今后对作家的培养，请千万别用集体孵化的办法，还是多组织作家们在各地采采风，蹓跶蹓跶为好！话未说完，谢真子已忍不住大笑，众人也都给我掌声鼓励。我想，这是一向不善幽默的我，最成功的一次发言了。

本次采风，我所完成的三篇作业是：《遥寄鞍钢》，刊发于福建日报，入选中国作协选编的《作家采风》（作家出版社，2001 年出版）；《白玉山之耻》，刊发于当年度的《人民日报》；《千朵莲花山》，后收入拙著《一个人·九十九座山》。

谜语楹联壮行色

2011 年冬，省城福州温暖如春，但闽东山区却已是寒风凛冽，冷气逼人。参加"走进海西"采风团的全体作家、记者，全都披上大衣，裹上围巾，但大家心里却依然热气腾腾。因为从"海西药城、长寿之乡"的柘荣，到"云端仙境、养生佳园"的周宁，一路上所见所闻，都是那么新鲜亮丽，那么生机勃发。

柘荣是采风团在全省所走进的第 24 个县，2008 年被命名为"中国民间文化艺术之乡"，它拥有以剪纸、刺绣为代表的民间美术；以评话、布袋戏为代表的民间戏曲、曲艺；以盘歌、号子为代表的民间音乐；以灯谜、龙灯、八仙灯、什锦灯为代表的民间灯彩艺术，琳琅满目，美不胜收。

为了让作家们亲身感受柘荣民间文艺的独特魅力，好客的主人在柘荣民间艺术展示厅摆开了一场别开生面的精神盛宴，品香茶、赏剪纸、听评话、猜灯谜……其中，最令文人们感兴趣的，便是猜灯谜活动了。只见谜人袁廷福将摆在桌上的一张张谜条展开，谜面形象生动，诙谐有趣，却又暗藏玄机，耐人寻味。因为这些谜语是专为采风团制定的，每一条谜语的谜底正是某一位团员的姓名，于是，台下的诗人、作家、记者们，一个个聚精会神、冥思苦想，都想从中发现自己的姓名原来还有另一种带娱乐化的新解。不久，随着一阵阵欢呼声、笑声、掌声次第响起，一条条谜语的谜底也都名花有主，绽放在每一位喜出望外的笑脸之上。

其中，最令人称奇叹巧、心悦诚服的谜语有三条：

指腹为婚——许怀中

古代兵书——陈章武

安徽奇峰入笔端——黄文山

隔数日，采风团走进第25个县——周宁县。该县是全省海拔最高的县，位于七步镇境内的九龙漈瀑布，接连九次从高山悬崖上跌落，宛若天上的银河倒泄，飞珠喷玉，挟雷带电，且不时抖出一弯彩虹，堪称人间奇景。

那天，大家先是到七步镇七步村的南台王宫，瞻仰宫内五棵千年水松——国家一级保护植物，再到九龙漈瀑布附近的高山峡谷间听涛观瀑。

也许，是高山流水洗尽了一路风尘，长青古树勾起了大家的童年回忆吧？老作家们全都返老还童，一路上插科打诨，互相取笑，一个个都变成喜笑颜开的老顽童。

路上，省农业厅原厅长吴建华，首先对身边的张锦才进行调侃："张锦才，口才笔才才才精通；"显然，这是一对楹联中的下联，须用人名对出上联。这时，笔者正好走在原福建日报老总黄种生的身边，灵机一动，便以他的姓名对之："黄种生，今生来生生生不息"。此句一出，不但得到吴建华、张锦才的首肯，连黄种生也颇感得意。更难得的是，我们的何少川团长也一改平日之严肃，当他在茶亭坐下品茶时，举杯笑道：这是今天的九龙漈，带给大家的灵感啊！

不料，坐在他身边的黄种生立即以此引出了个上联："九龙灵感惊天地"。笔者心想：九龙漈位于七步镇，联想到曹植七步赋诗的典故，便抢先对出："七步成诗镇古今"。接着，吴建华另辟蹊径，又以七步村的五棵松对出下联："五松风骨泣鬼神"。

在众人的认可声中，我以为，还是吴建华比我略胜一筹，因为他所对的，是今天采风途中的两大实景，虽似信手拈来，却珠联璧合，严丝合缝，不落痕迹。难怪，他会被专家成堆的省楹联协会推选为名誉会长！

采风途中，有如此奇妙的谜语、楹联助兴、壮行，不亦乐乎，何其快哉！

2013年冬改定

2014年
（72岁作品）

小蜗牛的蝴蝶梦
沈郎樟与半亩方塘
石狮三城雕
从仙耙溪到白水洋
水韵涵江
从梅溪口到太平洋
长征，从这里出发

小蜗牛的蝴蝶梦

春暖花开季节，我来到厦门市最长的滨海带状公园——海沧湾公园。在陆地与海洋之间，它，既是一条绿色长廊，又是一条艺术长廊，更是一条连接人际间温情的长长的纽带。

作为一个步履蹒跚的老人，我首先关注脚底下的道路。好在这里的树木花丛之中，既有公共自行车的专用道，又有用彩色水泥平铺的跑道、用鹅卵石嵌砌的健身步道；既有让孩子们上下奔跑的灯光彩虹桥，让情侣们漫步谈心的林间小曲径，也有供妈妈们推着婴儿车、供老弱病残者坐着轮椅徐徐滑行的无障碍通道——用美国南方松铺架的木栈道。于是，我借助拐杖和助步器，在这里轻松自如地度过了观海赏景、踏青游春的大半天日子。

沿着长长的木栈道以及点缀其间的长廊短亭，我且行且坐，从不同的角度隔海远望：厦门岛华厦连云的繁华、鼓浪屿巨岩耸立的高贵、大屿山白鹭之家的幽远与神秘，以及海面上的点点鸥鹭、片片风帆、艘艘巨轮，全都历历在目。回望公园内部，每一个节点，都有精心构建的景观小品，其中，尤以众多富有海洋气息的雕塑最为赏心悦目。这里，既有翻腾在海浪中的海豚、海燕与海鸥，也有斜躺在海滩上的海螺、海蚌和老渔船。以“水帘”命名的广场，晶莹发亮的巨大水滴，让人遥想“沧海月明珠有泪”的唐人诗意；以《渊源》为题的组雕，从鱼到人的造型演变，又让人重温地球与人类的进化史。最令人怀旧的，是一个名叫“鱼篓情”的景点：岸上，一盏盏高挂的红灯笼，象征着一个个温暖的渔家，它向港湾里的小渔船，滩涂上的讨海人声声呼唤，呼唤亲人们背着沉甸甸的鱼篓、鱼筐，早早平安归来。它让我想起多年前，大学同窗在厦门聚会，曾到这里一个名叫东屿的渔村，品尝当地最有名的“海鲜三宝”：土龙、小章鱼和土笋冻。如今，昔日的小渔村已消失在高楼林立、车水马龙的新城区，好在有这个以“鱼篓情”为主题的情景再现，既能抚慰老海沧人舌尖上的乡愁，也能让新厦门人饮水思源，珍惜新城来之不易。

至于亚热带的花草树木，其品类之多，色彩之艳丽，就更不在话下了。难怪，会有那么多本城或外地的青年男女，双双来这里的情人广场约会，就连这里的植物名称，也是那么温情脉脉：“含笑”，好比羞答答的初恋；“相思”，是天长地久的坚贞；“合欢”与“鸳鸯茉莉”，则是对有情人喜结良缘最美好的祝愿……

当然，人的一生并非只有芬芳与甜蜜，有时，也不免有灾难降临。那么，如何应对灾星、病魔与死神？我在这里也意外找到了最好的答案。那是一条长画廊，所展出的近百幅水彩画作，其作者汪瑶，并非成名的画家，而只是一位年轻的女孩，19 岁时，她从海沧实验中学考进中央美术学院，21 岁时，她得了一种罕见的“烟雾病”，说话含混不清，文字记忆消失，偏瘫的右手更无法执笔画画。与死神擦肩而过的她，几经手术之后奇迹般地活了过来，于是，她开始重新识字，并用左手练习画画。三年来，她用她的画笔，用童话般纯真而又透明，用魔幻般神奇而又神秘的画面，充分表达内心对生的渴望，对爱的领悟，对艺术的追求与梦想……

尽管赏画的时间有限，但她那种非凡的定力、毅力与生命力，以及由此所迸发出来的想象力与表现力，却很快征服了我。比如，她把困守病榻的自己，画成一只蜗牛，而一个个前来看望她的好朋友，则是一只只展翅飞翔的花蝴蝶。沉重与无奈，痛苦与挣扎，憧憬与希望……无声的画面，传递出作者内心深处的万语千言，引起我强烈的心频共振，因为我也曾经有过类似的艰难日子。再比如，过年了，窗外声声爆竹，阵阵礼花，但为她发愁的全家人却未办一件年货，未添一件新衣。为了安慰家人，懂事的她，则用画笔给全家人穿上最华丽的古代贵族服装，撑起洋伞，牵着小狗，一起漫步在阳光灿烂的金色大道上。更令人吃惊的是，当她临摹凡·高那幅有名的自画像时，画着画着，似乎不经意间，就把叼烟斗的凡·高，画成了戴眼镜的自己，而且，嘴角上还露出一丝顽皮而又狡黠的微笑——是的，在她的梦想中，凡·高就是自己，艺术大师与爱画画的少女，在人格上完全是平等的！

听一路同行的海沧朋友说，汪瑶与病魔抗争的故事广为流传，汪瑶的作品在《国际艺术》网上崭露头角，饱受好评，汪瑶本人，经市民投票，也先后成为“感动海沧”和“感动厦门”的十大人物之一。于是，就有了眼前这条画廊，这条令无数游客为之动容、为之叹服的画廊。也许，在全国许许多多海滨公园中，这是绝无仅有的特例吧！

我想，海沧公园之所以有如此浓浓的人情味，之所以有如此丰富的文化内涵和高雅的艺术品位，这是全体市民“共谋、共建、共管、共评、共享”的结晶，换句话说，也就是“美丽厦门，共同缔造”的成果。在这里，每一株树木的枝丫间，几乎都可以找到一块小木牌。比如，汪瑶画廊前的一株鸡蛋花，上面的小木牌就写着——认养者：新华通讯社；认管者：橄榄枝广场舞队。在此附近，还有一面“会说话的墙”，走进细瞧，方知墙上有许多游客的留言，他们对公园景观的设计、设施的添置以及更为科学的管理，提出种种建议，而园林部门也会及时对此做出令人满意的答复。短短几年时间，海沧公园之所以能提升为绿化工程的精品，应该说，倾听广大群众的呼声，集中全体市民的智慧，这就是它成功的奥秘。我猜想，汪瑶之所以能在此拥有她的画廊，也是被她所感动的市民们合力催生的吧！

但愿小蜗牛的蝴蝶梦，能早日梦想成真！

2014年春

沈郎樟与半亩方塘

时光倒流八百年!

当我一脚踩进尤溪的朱熹公园时，便一下子返老还童，跟南宋时期一个名叫“沈郎”的读书郎，一起玩沙戏水，栽花植树，并在他父亲朱松的指导下，背诵四书五经，练习写毛笔字。不料，我们错把桃花“桃”字的“木”字偏旁，写成了“挑手”。于是，在朱老先生严厉的目光下，我们不得不再用一千遍的耐心，苦苦加以改正。有幸的是，当这一艰巨作业完成时，早已凋谢的满园桃花重新开放，桃之夭夭，灼灼其华，居然把一条青印溪全都染红了。

这位沈郎，这位性格沉静、聪慧好学的孩童，正是日后的一代大儒朱熹。因为青印溪流入沈河，尤溪别称沈城，出生在沈城的朱熹，小名沈郎。沈郎者，沈城之读书郎也，听起来特别亲切。

与沈郎有关的，还有园内的两棵“沈郎樟”。据专家考证，这是朱家告别尤溪、迁居建瓯前，由朱松指导朱熹亲手种下的，时朱熹年方七岁。如今，这两棵“沈郎樟”已经八百多岁了，却依然枝繁叶茂，丝毫未见衰朽之老态。其中，大的一棵胸围 9.9 米，树高 26 米。巨大的树冠，遮天蔽日，浓阴匝地。听林业专家说，如此硕大的香樟全国并不多见，它目前还处于壮年时期，堪称“樟树王”。肃立树下，遥想八百年来，雨打风摧、雷击电劈、霜侵雪压、鸟啄虫啮，它皆岿然不动，犹如朱子理学，虽历经“伪学”“打倒孔家店”“批儒批孔”等种种劫难，却劫后重生，发扬光大，不能不令人百感交集。

比“沈郎樟”更著名的，还有近旁的“半亩方塘”。它曾被朱熹写入他的不朽诗作《观书有感》：“半亩方塘一鉴开，天光云影共徘徊。问渠那得清如许？为有源头活水来。”此诗收入初中语文课本，全中国的少年都能背诵。尽管池塘四周，一些石雕构件显得过于拥挤，过于华贵，欠缺“池塘生春草”“青草池塘处处蛙”的原生态之美，但它那种明镜般的清澈与透明，以及溶入其中的深刻哲理，依然是整座公园的画龙点睛之笔。

听说在全国各地，“半亩方塘”还有多处。但这里的“半亩方塘”资格最老，早在朱熹出生之前，它就出现在朱松《蝶恋花·夜宿郑氏阁》词中：“清晓方塘开一镜，落花飞絮，肯向春风定……”从“清晓方塘开一镜”到“半亩方塘一鉴开”，其父子诗作的传承关系一目了然。那么，我们该如何对待其他地方类似的“半亩方塘”呢？我以为也不妨抱宽容与赞赏的态度。因为《观书有感》并非《观塘有感》，朱熹此诗，是哲理诗而非风景诗，他所写的，是心中的“半亩方塘”，而非眼中的“半亩方塘”。为了弘扬朱子文化，让更多人从中领悟做人与做学问的道理，那么，“半亩方塘”岂不多多益善！

本次采风，适逢朱熹公园扩建，中心广场上重塑的朱熹立像，站在高高的台基上，其身躯微微前倾，衣袂轻轻飘动，仿佛正从古书中举步向今天走来。但他站得实在太高了，人们须退到远处，昂起头来方能仰视。

在尤溪，能与朱熹公园相伯仲的，自然是后起之秀紫阳公园了。它坐落在县城东郊诸水汇流处一大片沙洲之上，是一座综合性开放式的公园。倘若把朱熹公园与紫阳公园进行对比，我以为：前者是温文尔雅的古代书生；后者是活力四射的时尚女郎。前者，小而精，是雕版印刷、中规中矩的经典古籍；后者，大而博，是鼠标点击、天马行空的现代自由诗。前者靠山，有山的沉稳、幽静与深邃；后者环水，有水的活泼、奔流与开放……

两者虽大小有别，风格迥异，但皆以朱子文化为主题，又有许多相似之处。比如，两园皆有朱熹塑像。前者的朱熹是儒圣，是高峰独峙的立像，而后者的朱熹，则是一位教师，是他与四大门生席地而坐、坐而论道的群像。前者的造型多少有点神化，后者则更多体现了他为人师表，循循善诱、诲人不倦的一面，显得更加平民化、世俗化，因而也更令人感到亲近与亲切。再如樟树。朱熹公园有两棵“沈郎樟”，紫阳公园则有八棵香樟，号称“八大樟”，它们是在建园之初，由县里四套领导班子代表全县人民从园外移植过来的。想想，再过八百年，当“沈郎樟”告老退休之际，这里的“八大樟”又可承接“樟树王”的光荣称号。前人种树，后人乘凉，朱子之风，代代相传！

有趣的是，紫阳公园内，还高耸一座新建的魁星阁。据说落成当年，隔溪对望的尤溪一中，就有五位毕业生考上了清华、北大，堪称“五子登科”。有人说这是“魁星爷”显灵赐福的结果。对此，笔者不敢苟同。其一，尤溪一中的高考好成绩，应归功于师生和家长的共同努力，与虚无缥缈的神灵并无必然联系。其二，成才之路千万条，岂能一考定终生！名牌大学生未必皆是国家栋梁，高考落榜生亦可成为民族精英。正如朱熹当年，没考上状元，但中国历朝历代的状元，又有谁的学问能与他相比！但尽管如此，我对新建魁星阁，仍然举双手赞成，因为它体现了尤溪尊师重教的优良传统，这也是弘扬朱子文化的题中应有之义。

八百年前，尤溪有幸，能生出朱熹这位文化巨人；八百年后，朱熹有幸，能拥有尤溪这座“朱子文化城”！

2014 年春

石狮三城雕

在中国六百多座城市中，唯一以石狮命名的城市就是你。

在你的怀抱里，有无数只狮子。其中，与你命运息息相关、最能体现你精神特质与个性魅力的狮子共有三尊，堪称你的三座城雕。

——题记

祖狮：凤里庵的老故事

石狮有很多故事。其中，最古老的故事总是这样开头：很久很久以前，在泉南各地港口通往泉州府的官路上，有一座香火很旺很旺的凤里庵，庵门口，有一对很老很老的石狮子……

据文史专家考证，这“很久很久以前”，指的是隋朝；这“凤里庵”，指的是一座供奉观音菩萨的尼姑庵。庵的所在地是个“有凤来仪”的“凤穴”，庵后的小山丘又形似狮子，先人取“凤翔狮舞”吉祥之意，便在这里选址建庵，并在庵门口雕了一对石狮子。古籍《西山杂记》载：“时有石狮子，外来商人在此贸易。”因地处交通要道，加上生意兴隆，先民们常约定在庵前石狮处聚会，久而久之，石狮就成了地名，成了一处人烟稠密、商业繁茂的街市与集镇。

如此看来，凤里庵前的石狮子，就是石狮这一方宝地的“祖狮爷”了，没有他，就没有从前的石狮镇以及当今的石狮市。因此，他在石狮的历史上至关重要。

历经一千多年的风雨沧桑，如今，凤里庵仍然端坐在凤仪街的原址，只因历朝历代不断修葺，它已成为一幢用红砖白石和钢筋水泥混搭、带有闽南侨乡中西合璧风味的双层建筑。庵内庵外，楼上楼下，雕梁画栋，金碧辉煌。其大门上方，刻有“凤里古地”四个大字。跨进门槛，烛光摇曳之中，但见香案前的石地板上，有个深陷的凹坑，据说，这是千百年来无数善男信女在此五体投地、毕恭毕敬磕头磕出来的，由此可见，其香火绵延千年而不绝。

有趣的是，传说中那对古老的石狮子，如今还有一只，依然张着大口，端坐在庵门的左侧。按闽南民间习俗，石狮子的摆设皆为左公右母，公狮张口注视来往信众，母狮闭嘴护卫膝下幼子，体现传统社会男女有别，各司其职。另有一说，说是他俩在念佛号，张嘴的公狮口吐“阿”字，闭嘴的母狮发出“弥”音，一公一母二重唱，听起来就是“阿弥陀佛”的“阿”和“弥”，倒也刚柔相济，余韵悠然。如今，母狮早已不知何处去，公狮却依然忠诚地守望在这里，成为石狮悠悠千年的历史见证。

本次采风，笔者专程到此一拜。仔细端详，但见这只“祖狮爷”造型朴拙，线条简古，神态安详，尽管因年代久远，石头风化，脸上五官的细部皆已模糊，但总体轮廓却显得雍容大度，有泱泱然隋唐之古风。只是他实在太老了，圆鼓鼓的大眼睛，目光似乎有点迷茫，张开的嘴巴里也没有牙齿——或许，本来有牙齿，却早就掉光了。尽管他只有半人高，且老态龙钟，但人们对他依旧心怀敬畏与感恩，不但为他披上红布披风，为他系上红布肚兜，还在它身边立碑，为他和古庵一起戴上市级“重点文物保护单位”的桂冠。至于他面前那个刻有“福”字和龙凤呈祥图案的石香炉，就更不用说了，不管是老石狮人还是新石狮人，不管是海外亲人还是台湾同胞，到这里顶礼膜拜时，总要虔诚地燃上一瓣心香。袅袅的香烟，从古风尚存的街巷飘向海峡两岸，飘向五洲四海……

毫无疑义，与凤里庵同寿的这只老石狮子，这位“祖狮爷”，就是开创石狮历史的第一座城雕，他永远承载着人们对摇篮血地、对列祖列宗最诚挚最深沉的记忆与情感。

醒狮：石狮建市的标志

石狮不但出故事，也出新闻。1987年12月17日，一条新华社电讯迅速引起举国关注、举世瞩目：国务院正式批准石狮升格为省辖县级市。

在此之前，石狮只是晋江县的一个侨乡小镇，然而，别看他当时全镇人口只有8万，海外亲人也有8万，海内外比例刚好一比一。在本镇人口中，百分之八十以上为侨属侨眷。“猪仔”任人宰杀的历史，华工异域创业的艰辛，在抗击倭寇入侵和战胜大洋风暴中同仇敌忾、同舟共济的肝胆义气，赋予石狮人身上有着与内地人殊然不同的禀性。他们，可说是国人中商品意识、竞争意识、风险意识最早觉醒的一群。他们秉承老祖宗在凤里庵石狮子前做生意的老传统，借改革开放的春风，在家门口的大街小巷做起了服装生意，并迅速以“铺天盖地万式装，有街无处不经商”的气势和规模，惊动了全国。当时，每天从全国各地来此抢购“国产洋装”的顾客，多达四万之众，乃至国营的132个班次公交车、民营的100多家巴士公司，以及无数载客的摩托车全都人满为患。车流滚滚，人流滚滚，商品大潮汹涌澎湃，势不可挡。国务院因势利导，及时做出这一符合市场规律、顺应民心的英明决策，让喧闹多年的有关石狮到底姓“社”还是姓“资”的争论告一段落，让一向“爱拼才会赢”，但却命运多舛，一会儿“红得发紫”、一会儿又“紫得发黑”的石狮人，终于可以甩开膀子，在即将成立的市政府统一领导下，堂堂正正地发展市场经济、开创中国南方的编织服装城了。

当年，在32位候选人竞选首任市长的公开答辩会上，企业界选民代表毫不客气地发问：“假如你当选市长，能给我们带来什么好处?”

“我两袖清风而来，我个人不能给你们带来任何好处。但是，我能给你们带来政策——党和人民政府开放改革的各项优惠政策。”40多岁的刘成业以其掷地有声的简短答复赢得了最多的选票。

1988年9月30日，中共石狮市委、石狮市人民政府正式挂牌办公——中国最年轻的一个沿海开放城市诞生了。

于是，作为原石狮镇的标志——凤里庵前那尊古老的石狮子，可以光荣退休了。于是，作为新石狮立市的标志，一尊取名为“东方醒狮”的大石狮子城雕，终于矗立在市区面朝泉州方向的大门口。据说，这尊大型城雕，是由旅菲爱国侨胞黄光坦、黄光赞昆仲捐资兴建，厦门著名雕塑家王则坚教授设计，并经“石雕之乡”惠安的工匠花两年时间精工制作而成。其高7米，重达240吨，系用花岗岩雕刻拼装而成。这是一只充满活力、年轻而又强壮的雄狮，他昂首扬鬣，圆睁双眼，仿佛刚从千年的沉睡中苏醒，正面对世界，发出充满自豪而又自信的第一声呐喊：“我来了!”威武雄健的造型，朝气蓬勃的神态，孔武有力的线条，充满动感的姿势，象征着石狮人博大的胸怀、开阔的眼界以及开拓进取、爱拼敢赢的精神。他一出现，就深受石狮人喜爱，并很快享誉全国，被省建设厅、文化厅联合评为“福建省新中国成立以来城市雕塑建设成就奖”。

蝶狮：面向未来之梦

如今，建市26年的石狮早已今非昔比。作为全市主导产业的纺织服饰业，已形成涵盖纺织原料、纺纱织布、漂染整理、成衣加工、辅料生产、纺织机械和市场营销等环节的完整产业链，拥有3500多家纺织服装及配套企业，年产值700亿元，成为中国服装跨国采购五大基地之一、“闽派服饰”的时尚策源地，获得“中国休闲服装名城”“中国服装产业示范集群”等光荣称号，孕育出一大批知名服饰品牌和服装创意设计人才。当前，石狮的纺织服装业正在转型升级，向“品牌化、个性化、高端化、时尚化和高附加值”的方向发展，换句话说，就是从“服装制造”走向“时装创造”，打响品牌，走向世界!

令人喜出望外的是，本次采风，我又拜识了石狮市另一座新城雕，他就是坐落在“星期YI服饰创意博览园”蝶狮广场上的“蝶狮”。所谓“星期YI服饰创意博览园”，其内涵即为“中国优秀服饰设计师的创业基地”，因其集开放式的产业中心、商业中心与文化中心为一体，堪称石狮服装创意产业走向未来的开路先锋。而蝶狮广场，就是它的主题公园，公园的画龙点睛之笔，自然就是“蝶狮”了。远远望去，他好比是一只蝴蝶停在狮子的背上，又好像是一只狮子插上了蝴蝶的翅膀。它的建材，再也不是传统的石头，而是一种特有的金属，能在阳光、月光或星光之下，特别是在夜晚的霓虹灯下，折射出像童话一般神奇、像梦幻一般缤纷的色彩。它的造型，也不再是传统意义上具象的形神兼备，而是在极度的抽象、夸张与变形之中，给人以"惚兮恍兮，其中有象""恍兮惚兮，其中有物"的无穷想象。显然，这是一只绮丽、时尚、浪漫的狮子，是刚与柔的结缘，力与美的联姻；是粗犷与细腻的组合，稳重与轻灵的结晶；是奔走大地与飞上蓝天、继承传统与大胆创新的和谐统一。他象征着石狮的服装产业正在面向世界、开创未来。

据说，这只蝶狮的创意，出自意大利的著名策展人、艺术家Miss lietti之手，原创作品位于首都北京，慧眼独具的石狮人一眼看中它，就依样在石狮重铸一尊，并以他为中心，开辟了广场，配雕了许多身穿各式新潮时装的男女模特……从此，石狮市又增添了如此一尊充满人性化、人见人爱的新城雕。

众所周知，意大利米兰是老牌的世界时装之都，近年来，与中国石狮市交往密切、互动频繁。就在采风团抵达的当日，由意大利驻华大使、对外贸易委员会首席代表白达宁率领的意大利商务考察团一行，光临石狮出席"梦想·聚合·扬帆海上丝绸之路"中意商贸合作石狮峰会。这次峰会，将大力推进双方在时尚创意、时装发布、市场共享、人才交流等方面开展广泛的合作交流，实现互利共赢。

中国和意大利同为世界文明古国，而石狮人和米兰人正是这两大文明古国的优秀儿女。今天，石狮人在学习借鉴米兰人经验时，自谦为"东方米兰"，当然，这仅仅只是一个过程，因为学习和借鉴的终极目的，不在模仿而在超越。在不久的将来，当中国的石狮市也跻身于世界时装之都，并后来居上时，意大利的米兰人，想必也会以"西方石狮"来引以为荣了。作为古今丝绸之路东西两端的中国与意大利，石狮人与米兰人的精诚合作，必将为人类的和平发展、共同进步提供一个新的范例。

不久前，中国国家主席习近平在出访法国时，有一段举世为之赞赏的名言：拿破仑说过，中国是一头沉睡的狮子，当这头睡狮醒来时，世界都会为之发抖。中国这头狮子已经醒了，但这是一只和平的、可亲的、文明的狮子。我想，石狮的三座城雕，石狮的前世今生与未来，就是这一论断一个最好的注脚。祝福石狮，在世人面前，你永远是一只和平之狮、可亲之狮、文明之狮！

2014 年春

从仙耙溪到白水洋

中国历来以农为本。在汉语中，带有农耕文化色彩的动词比比皆是。譬如，云是可以“耕”的，叫“耕云”；雨是可以“播”的，叫“播雨”；西岳华山上有一条险道，传说是太上老君驾着青牛在悬崖上“犁”出来的，故称“老君犁沟”。无独有偶，在福建屏南，也有一条山溪，传说是仙人用铁耙在层峦叠嶂中“耙”出来的，故称“仙耙溪”。

仙耙溪是白水洋上游的一条支流。白水洋之名，早已如雷贯耳，但仙耙溪之名，我却是第一次听闻，且一听，就被镇住了——想想，那腾云驾雾、力大无比的仙人，其手中的铁耙该有多大，耙齿该有多粗！这一耙，就耙出了一条深深的峡谷，溪流在峡谷底部千回百转，其气势，其声响，自然不是俗世间一般的小溪涧可以比拟的了。

说来惭愧，写过《一个人与九十九座山》的我，直到72岁，才有机会随采风团来白水洋一游，实在是来得太迟了。如今的我，双腿麻木僵硬，不但不能像年轻时那样“见山就爬，一爬到顶”，就连在平地上，每进一步或每上一级台阶，都要借力于一条腿的拐杖和四条腿的助步器。今天，自号“七腿翁”的我，尽管通过了景区的剪票口，倒退着下了十几级大石阶，又坐上了通往目的地的电瓶车，但最终能否走“进”白水洋——或者，只能走“近”白水洋，远远地望它一眼？我心中毫无把握，只能是听天由命、随缘罢了。

好在中国有句古话，叫“来得早不如来得巧”，巧就巧在今天，为我充当导游的，是当地的青年散文家禾源，他的作品近年来连获全国孙犁散文奖和在场主义新锐散文奖，对此，我慕名已久，今天，能在他的引领下，分享他笔下精彩纷呈的家乡山水，何乐而不为！这充满童话色彩的“仙耙溪”一词，就是他赏给我的第一件礼物。

这时，扩音器里传来了悠扬的歌声：“白水洋，神秘的白水洋……”听说，这首歌的词作者，就是同车的女诗人黄锦萍。今天，她旧地重游，双眸炯炯有神却又静默不语，想必，又有许多新词丽句在她心中翻腾激荡吧！

电瓶车沿着弯弯曲曲的山道徐徐向下滑行，峰回路转之中，仙耙溪在一侧的山谷间躲躲闪闪，时隐时现。山高，林密，谷深。我想聆听它的歌唱，但双耳总是灌满团友们的欢声笑语以及呼呼的林涛声；我想一瞻它的风采，但高高低低的山峰，远远近近的绿树，又总是把它遮蔽得严严密密。只有在车子急转弯时，它才偶尔一露真容：或是从峭壁的岩隙中射出，如乱箭穿云；或是从溪床的高处跌落，如白练翻卷；或是与滩头的险礁相搏，高举起一束束盛开的白莲花；或是在幽暗的谷底聚成一汪深潭，在阳光的强烈照射下，如同反光镜一般大放光芒……面对山崖、礁岩与森林的重重封闭与阻拦，它，总是随物赋形，不断调整、变幻自己的形态，在左冲右突，上蹿下跳中，自由自在、无拘无束地一路向前，向前……坚定不移的方向、精心挑选的路径与万般灵活的步调，在这里取得了最佳的组合。柔弱者胜刚强。也许，这就是溪流在生存与发展中的一种智慧吧！

不知在下行的山道上转了多少弯，电瓶车终于降到了峡谷的底部，在一块略为平旷的地面上停住了。眼前，是一条横架于仙耙溪上的木桥。下车，上桥。于是，我第一次看清了它的容颜——最让我吃惊的，是它的溪床，平平展展、坦坦荡荡的溪床，简直就是一整块裸身平卧的巨岩，“神龙见首不见尾”的巨岩。岩面呈古铜色，如同古代美人手中的铜镜，打磨、拭擦得干干净净、亮亮堂堂。没有一丝青苔，没有一粒细沙，没有一块碎石，甚至，也找不出一条较为明显的沟纹与裂痕。整条溪床向下略略倾斜，保持一定的落差，白花花的流水，纯净、透明，有如新疆天山雪水一般亮闪闪的溪水，就这样浅浅地从上面淌过去，滑下去，且一路“潺潺”作响。潺潺，潺潺，其声之清亮、之流畅、之舒展，让人心里觉得轻松、舒坦。

听禾源说，白水洋发源于闽东北的鹫峰山麓，其上游分为上洋、中洋和下洋三个溪段，眼前的仙耙溪就是注入中洋的一条主要支流。前头不远，就是双水汇流处，溪面陡然变宽，成为可同时容纳两万人亲水、戏水的水上大广场，因此才有“天下绝景，宇宙之谜”的美称。

经他这么一说，我对白水洋自然就更加向往了。但他所说的“前头不远”处，到底有多远？我不敢细问，生怕大大超过我平日步行的极限，从而失去继续前进的勇气。

好在过桥之后，沿溪的道路，用水泥板铺砌，还算平坦，且又有潺潺的溪水声做伴，我倒也轻松自如地走了大约百来米。但接下去，溪流一拐弯，路面由水泥变成了鹅卵石，我就有点紧张了。为了减轻我的负重，禾源取走我的背包和拐杖，让我专注于脚底下的路面。于是，我就在鹅卵石与鹅卵石的缝隙中，为助步器的四脚细心挑选四个平衡的支点，就这样一步一停，慢慢向前挪进。这种走法，虽然稳妥，但速度太慢了，原先走在同一拨的团友们，便渐渐在前方消失了，就连许老——现年 85 岁的许怀中教授，也只留给我一个渐行渐远的背影。我生怕掉队太远，心里一急，大汗就湿透了 T 恤。正好路边有张石凳，禾源叫我坐下稍事休息。这时，一位景区的保洁员走了过来，他放下扛在肩头的扫帚，指了指树下的摩托车说：“老先生，让我载你一程好吗？”面对他真诚关切的目光，我心生感激，但转念一想，人家已经劳累了大半天，岂能加重他的负担！于是，便借口自己“胆子小、怕摔下来”，婉辞了。

不料，更大的考验接踵而至。溪流再次拐弯处，连路面上的鹅卵石也消失了，脚下的道路，是石匠直接在岩岸上开凿出来的，岩面凸凹不平，且凹处还有潴留的积水，很容易让人滑倒。对此，我心中不免发怵，因为我已经摔倒十几次了，每次卧床休息，少则十天半月，多则“伤筋断骨一百天”，我这把伤痕累累的老骨头再也经不起意外了……

然而，白水洋在前方召唤，团友们的背影在前方召唤！天下事往往“行百步者半九十”，美景当前，欲罢不能，我岂能半途而废，放弃这一生中很可能是最后一次参拜白水洋的机会？

正犹豫间，禾源君的一句话，如同醍醐灌顶，来得太及时了。他轻描淡写地鼓励我说：只要转过这个山脚，白水洋就可以望见了！

好一个禾源君啊，今天，你不仅是我的向导，我的保镖，也是我最佳的心理医生！于是，我不再犹豫彷徨，不再自卑气馁，一心一意举步向前。

说来奇怪，决心一下，办法也就有了，我发现石匠在开凿此路时，有意在紧靠山崖的底部，刻有一条供排水用的凹槽，我只要把助步器左边的两条腿往槽中牢牢一插，就可以履险如夷，再也不怕打滑了。于是，在禾源强有力臂膀的搀扶下，我终于稳稳当当地通过了这一段险径。

这时，耳边传来了很不一样的流水声。一路上轻声慢语的“潺潺、潺潺”，陡然间变成洪亮而又激越的“堂堂，堂堂”。这到底怎么回事？我停步往前一望，才知道溪流已转出了山脚，狭小的水面豁然开朗，平坦的溪床上也隆起了一道道明显的皱褶。于是，水声变大了，节奏加快了，堂堂，堂堂，如鼓在敲，如钟在响……此时此地，此声此景，让我脑海里突然闪出“堂堂溪水”四个大字——那是杨万里的诗吧！

“万山不许一溪奔，拦得溪声日夜喧。到得前头山脚尽，堂堂溪水出前村。”

这“堂堂”二字，太好了，它既形容出山后的溪流，堂堂正正，滚滚奔流的一种气势，一种境界，同时，也是一个绝佳的象声词，堂堂，堂堂，带有金属般的穿透力，让山为之鸣，谷为之应，人之血脉为之贲张！

前方，只有一箭之遥的白水洋已遥遥在望。此时，我就像当年翻越六盘山的长征红军，因胜券在握而余勇倍增。更让我惊喜的是，一时间，仿佛麻木的双腿醒了过来，僵硬的膝关节和踝关节也变得灵活了，一种返老还童的奇妙感觉像电流一般穿透了我全身心。前方峡口处，临水的木栈道出现了，观景的亭台楼阁出现了，早到的许怀中教授正在上方向我招手。扩音器里又传来黄锦萍的歌词：“白水洋，神秘的白水洋！天下绝景深藏在秘密嫏嬛，宇宙之谜期待着你的探索……”

终于，我就像一朵小小的浪花，投入了白水洋欢乐的海洋。堂堂白水洋，浩浩白水洋，令人魂牵梦萦的白水洋，我终于第一眼望见了你！你的奇绝，你的神秘，你的万千气象，让我目瞪口呆，让我神魂颠倒，让我陶然欲醉……在你面前，初来乍到的我，实在不知道该用何种语言文字来表达你的天生丽质，你的绝世神韵！好在本书将有诗人黄锦萍的新作供读者细加品赏，这里，就恕我不再枉费心机了。

今天，2014 年 6 月 11 日，是仙耙溪和白水洋一起征服了我，而我，也同时征服了自号为“七腿翁”的自己。当然，这是在禾源君的鼎力相助之下。遥想二十多年前，当我陪恩师郭风先生游金湖，在甘露岩下舍舟登岸时，我曾趋前轻轻扶了他老人家一把。他回过头，轻声对我说：“你还年轻，还有许多书可读，许多路可走，许多文章可写啊!”今天，我对一路陪伴我的禾源君无以为报，便把这句也许是很普通的话转赠于他。

但愿普天下比我年轻者，来白水洋亲近大自然，一定要趁早!

2014 年夏

水韵涵江

一

水，是城市的摇篮。

以水命名的涵江——我的故乡莆田涵江，当然不能例外。

涵江之“涵”，内涵十分丰富，它在各类辞书中至少有三种解释。其一为形声字，从水，指水泽众多、水波荡漾。宋代大文豪苏东坡在其名篇《石钟山记》中，曾用“涵淡澎湃”四字来形容长江之水。我涵江虽不能与长江相比，但莆田三大溪流——木兰溪、延寿溪与荻芦溪皆在此汇聚入海，三溪六岸更有无数沟渠湖塘在平原上编织成千丝万缕、千孔万眼的银色水网，为福建沿海难得一见之水乡泽国，涵涵焉，淡淡焉，澎澎湃湃焉，壮哉涵江！

其二，“涵”字亦可作名词解：涵洞、涵管、涵闸，分别指横向的水道、排水管及调控水量的闸门。史料记载，早在唐贞观元年（667年），先民们就在此围海造田，筑涵（即水闸）排涝，故称“涵头”，这是涵江有史以来最早的地名了。至今，我90岁的老母亲，一提起涵江舅舅，还总说成是“涵头阿舅”。到了南宋，国子监祭酒、礼部尚书刘政“初开水心河”，这才把口头语的“涵头”改称为书面语的“涵江”，显得更优雅也更大气了。其实，“涵头”“涵江”都离不开一个“涵”字，说明我们的老祖宗智商很高，他们不但懂得择水而居，而且懂得围海造田，懂得筑涵排涝，变水害为水利。妙哉涵江！

其三，“涵”字，还可作动词解：包涵、涵盖、涵濡、涵浸、涵润、涵畅、涵养……全都是好词、褒义词，蕴含“上善若水”之寓意。其中，我最引为自豪的就是“包涵”一词，包涵者，包容也，我涵江自古以来，胸襟坦荡，有容乃大，能包容多元文化，兼收并蓄，并使之在碰撞交流中融合壮大，因此，它既有江的奔放，又有海的壮阔，能在福建沿海的诸多古镇中脱颖而出，赢得“小上海”“闽中威尼斯”“侨乡名镇”等众多美誉而引人注目。贤哉涵江！

二

水，是财富的象征。

涵江之水，以溪江湖海的各种自然形态，以内埠外港的各种水运系统，以端明陡门及太平陂、南安陂等各种在古代堪称最先进的水利设施，涵盖着、涵濡着、涵润着这一方海滨沃土，使其成为兴化平原最富庶的米粮仓、花果乡。

其中，光是水果，就有“三大名果”：枇杷、龙眼、荔枝；光是海鲜，就有“五品海珍”：牡蛎、海蛏、灶鲟、章鱼、跳跳鱼。在莆田古今四十八景中，涵江共居八景，其中，与水有关的美景就多达五处：白塘秋月、锦江春色、宁海初日、望江竹浪、雁阵归舟。

当然，涵江之水，绝不仅仅只为人们提供美食与美景，提供传统农业、林业与渔业的丰饶与富足，它更以通江达海的交通优势，让涵江人很早就能开眼看世界，走向世界，并在与世界接轨的过程中兴办实业，使这一千年古镇蔚成闽中的商贸重镇和工业重镇。据文史专家程德鲁先生介绍，涵江商贸的繁华至少已有上百年历史，早在清光绪二十五年（1899年），日本“纪摄丸”便从三江口入港，从此，对外门户开启，涵江成为海商聚居之地。到了抗日战争期间，作为福建沿海侵华日军未能封锁的唯一海港，涵江上交国民政府的税收曾一度居全省之冠，名噪一时的“小上海”之称便由此传开。

本次采风首日，主人就邀请我们走访老城区中心诸水环抱中的一大片现存红砖大厝。其中，既有中规中矩、古色古香的传统民居，也有中西合壁、华洋杂糅的华美别墅。厅堂、天井、雕窗、美人靠以及众多的牌匾与楹联，传承着唐诗宋词的悠悠古韵；罗马柱、大拱门、绿斗栏杆与历经百年仍鲜艳如新的进口花瓷砖，则散发着浓浓的欧陆风情。最令人叹为观止的，是取名为“东方二十五坎”的25间连体大商栈，一式的拱孔骑楼与拱形卷廊，沿河成L形排开，不能不令人遥想当年窗外长流水、门前小码头，商船穿梭来往、货物堆积如山的不尽繁华。据说，这些华楼美厦的主人，都是富商巨贾、侨界精英，于是，每当我望见一些红砖大厝屋顶的燕尾脊时，总会想起那句著名的古诗“似曾相识燕归来”……毫无疑义，现存的这些红砖建筑，是涵江港对外开放的历史见证，是中原文化与海洋文化联姻的艺术结晶，也是无数海外侨胞、台胞、港胞思念故园、寄托乡愁最原本的载体。它是有形的物质财富，也是无形、无价的精神瑰宝，是涵江这一水乡名镇最具城市个性、城市魅力的精华之所在。如今，人们就像拭擦蒙尘多年的出土明珠一样，重新发现它的奇光异彩，于是，在着力保护的同时，正与南安的蔡氏古民居等著名建筑捆绑一起，以“闽南红砖厝”的名义，积极申报世界级的文化遗产。

三

水，是智慧的源泉。

涵江有江有海，水源充沛，气候温润，且拥有广袤的良田沃野，自然能吸引大批智者来此择水而居。因此，早在古代，涵江就是一座开放性的移民城镇。

此次采风，听区委书记沈伯麟一席谈，真是如坐春风。他说，古代从中原来涵江定居的，多为名门士族。一为孔氏，即孔子第41代孙、唐宝历年间的莆田县令孔仲良，其子孙于涵江阙里聚族而居，现尚存孔庙遗址。二为黄氏，即中唐时入莆，并在涵江黄巷定居的黄岸及其后裔黄滔、黄璞、黄公度、妙应禅师与本寂禅师等，历代英才辈出。三为李氏，即唐朝李渊的后裔，于宋咸平年间迁居白塘湖洋尾村，其子孙考中的进士就多达数十人。四为方氏，即明代大儒方孝孺，传说他在南京被朱棣诛杀十族之后，有一位漏网的侄儿逃难至此，隐姓埋名，传宗接代，最终又蔚成涵江一大望族。当然，历朝历代来涵定居者还有许多，但就他所列举的这“四大家族”，就不能不令人为之惊羡。最后，沈书记还开了个玩笑：“他们带来了中原的文化，也带来了食不厌精的烹调技艺，与本地极具江海鲜味的食材一结合，自然就非常 OK 了。”

也许，正因为涵江人具有如此高贵的文化基因，所以，它能成为莆田“文献名邦，海滨邹鲁”的重要组成部分，自古以来，文风鼎盛，文脉绵长，群英荟萃，俊彩星驰，先后出现一大批鸿儒硕士、贤臣良吏、文武状元、高僧大德、书画名家与民族英雄，因篇幅所限，本文恕不赘言。到了近现代，宫口河一带繁华的商业街，也成为有名的文化街，经常来此访古寻旧、吟诗作画的文化界名人，就有于右任、程潧、萨镇冰、陈子奋、沈觐寿、李霞、李耕等。1930 年冬，涵江发生一场特大火灾，烧及 200 多家商铺。为重建家园、救济灾民，当地士绅致函全国，征集书画作品赈灾义卖。不久，就收到一千多位作者的两千多件作品，其中不乏全国一流名家的墨宝，如徐悲鸿、何香凝、黄宾虹、潘天寿、杨杏佛、章太炎、柳亚子、沈尹墨等等，即此一端，足见涵江在全国文化界具有非同小可的地位。

新中国成立以后，尤其在开放改革以后，悠悠千年的文脉在涵江得以延伸，在莆田，它既是工业重镇、商贸重镇，也是科技重镇、文教重镇，涌现出一大批包括中科院院士在内的专家、学者、名师及体坛明星、奥运旗手，与此同时，它还荣获“中国民间艺术之乡”的桂冠……

涵江是晚唐“闽中文章始祖”黄滔的家乡，其裔孙、南宋状元黄公度的诗作《悲秋》，现已斐然入选全国中学语文课本。如今，在涵江籍的作家中，有六人加入中国作家协会，有三人当选福建省作家协会正、副主席。在涵江区文联近两届领导班子成员中，黄福安是全国首位能弹奏古代文枕琴的音乐家；黎晗的小说《金刚沙》，成为《福建文学》创刊 60 周年中篇小说卷的书名；而本次采风途中，为大家鞍前马后辛劳服务的黄义福，其散文作品，也曾在“云里风文学奖”中夺魁。就像三溪之水源源不绝、三江口海港即将再造辉煌一样，自古文风鼎盛的涵江，必将有更多的后起之秀在文坛艺苑脱颖而出。

四

水，是生命的血脉。

世界上有无数城市因水而兴，却也有不少城市，因水源枯竭而灭绝，因水源污染而衰亡，因水源争夺而在战火中毁于一旦。水之于城市，犹如血脉之于人体，须臾不可或缺，不可亵渎。

幼时，我常随母亲从乡下进城，到“涵头”找“阿舅”。他是镇上的中学教员，喜欢到校外的小河沟里游泳。清清亮亮的流水如同明镜，鱼儿们就在镜中的天光云影里翔游。有时，他会带我到市场，选购咸淡水交汇处生长的大灶鲟，说是唐代的江采萍吃了它，才倾国倾城，贵为梅妃。有时，他会带我到宫口河去，看满载货物的木船在水街上穿梭来往，而我们，就在岸边红砖楼的骑楼下、廊道上，品尝小摊上物美价廉的“蛎猴烫米粉”。元宵节到了，家家挂起红灯笼，水街成为一条流动的灯河。中秋节到了，镇郊的白塘湖上，更是千船云集，万众昂首，共赏天上一轮明月。有一次，他还带我坐上小汽船，钻过一座座石拱桥，穿过一片片荔枝林，一路波光闪闪、水声潺潺到城厢。在我童年的记忆中，涵江，就是中国的天堂苏州、意大利的水城威尼斯……

然而，长大以后，这美丽的画图却渐渐黯然失色。“文革”动乱期间，我从闽南返乡，退休在家的舅舅告诉我：水乡闹起了水荒。河道淤塞，水源污染，加上市政瘫痪，居民吃不上自来水，只能到郊外挑水救急。他家的年轻人全都远走高飞，留守的五位老人全凭他一根扁担。他朝我眨了眨眼：“生命在于运动，这也算是我老年的一种运动吧！”他一向幽默，但这是一种令人心酸的“黑色幽默”！

后来，我到镇上一看，水街老了，像一个全身黄疸的病人。飘浮着秽物的浊水，缓缓地，有气无力地流淌着。一些大嫂在临水的石阶上浣衣，我怀疑那衣衫是否越洗越脏？一群光屁股的小孩在摸尖螺、蚬子和小河蟹，我又怀疑那些收获是否都带有“甲肝”病毒？

好在这一页页不堪回首的历史终于翻了过去。改革开放以来，尤其是涵江设区以来，历届区委、区政府都致力于治水清水。然而，随着人口飙升、市区扩容、工业飞速发展，尽管市民的饮用水早都用上了洁净的自来水，但各种污水、废水的排放量与日俱增，河道整治的规模、速度和成效，老赶不上时代的发展与群众的需求。为根本解决这一民生与城市发展的重大课题，2011 年，区里委托上海勘测设计院完成涵江水系规划，力争在五至十年内，分期分批对北洋片区 200 公里河道进行综合整治，努力实现河畅、水清、岸绿、景美，重塑涵江水乡古城的独特风貌。有了科学的总体规划，有了明确的奋斗目标，近三年来，大规模的“清水行动”，便在涵江全区城乡的大小河道，从上游到下游，从主动脉到毛细血管，广泛、深入而又有条不紊地展开了。

本次采风，面对区水务局厚如《辞海》般的规划文本，状如天罗地网般的城区河道地图，毫无专业知识的我，只能望“洋”而兴叹，只能提出一个最简单的问题：何谓生态型、景观型、休闲型护坡？一位年轻的工程师用最通俗的语言解答，即不把护坡用水泥和石头封死，而是用一种特制的生态挡墙预制块进行铺砌，让水生植物能从中承接阳光雨露自由生长……

我一听，恍然大悟，这就是让水边河岸的草儿啊，花儿啊，全都抽枝拔叶，全都盛开怒放，于是，蜜蜂来了，蜻蜓来了，蝴蝶和鸟儿也全都飞来了，清清的流水，原生态的护坡，坚固而又生机勃发的河岸，就像我舅舅年轻游泳时的那种模样。我想，已故的他若能驾鹤归来，肯定会扑通一声，再跳下去畅游一番……

月是故乡明，水是故乡清。我的故乡涵江，千古以来以水为名、以水为荣的涵江，前程似锦，请多珍重！

2014 年夏

从梅溪口到太平洋

一

世界上有不少国家不少城镇，其街道往往以某位人物来冠名。当然，这位人物绝不是普通人，而是对国家、对民族、对人类文明进步有所贡献的大人物。

一个人，能有一条街道以他命名，就很了不起了，假如有两个国家、三座城镇的三条街道以他命名，那么，他必定是名人中的名人，名人中的伟人。

在中国福建的著名侨乡闽清，就有这样一位先贤，他的鼎鼎大名：黄乃裳。早在1948年，福州市的万侯街，就改名为“乃裳路”。1958年，原为英属、后归马来西亚的诗巫市议会做出决定，把新建成的一条街，命名为“乃裳路”。如今，2014年秋天，当笔者来闽清采风时，车经黄乃裳的故乡坂东镇，同车的主人又指着一条繁华的商贸大街说：这，就是前些年刚命名的“黄乃裳街”。

一个人的生命是有限的，而一条街道，却可以无限期地延伸下去，于是，与之同名的这个人，就有了超越时空、与世长存的特殊意义。黄乃裳，作为近代中国著名的爱国华侨领袖、中国民主革命的先驱者，他实至名归，当之无愧。

本次采风，闽清县侨联送我一册《闽清县华侨志》的复印本。翻开这本时间跨度长达百余年，浸透汗水、泪水和血水的闽清先民海外移民史，我从中得知，早在清同治末年（1874—1876），就有六都（今坂东）的黄钺赴缅甸行医；清光绪中期（约1893年），二都（今云龙）的季钧赴新加坡办报，县城的许太清取道新加坡赴印尼经商。他们是闽清有史记载最早走向世界的华侨。

但是，人数最多、影响最大的，还是此后的1900年，参加戊戌变法失败后的前清举人黄乃裳，开创了在中国历史上大规模向海外群体性移民的先例。作为南洋热带雨林农垦事业的开拓者，他从福州十邑（指旧制福州府所辖，同属福州语言文化圈的十个县），先后三批招募垦民一千余众，渡海抵达原属英国、今属马来西亚的沙捞越垦荒建埠，被称为“新福州”垦区首府诗巫市的开埠“港主”。垦殖的成功，尤其是引种橡胶、油棕及创办工商企业所取得的丰厚回报，从此吸引闽清大批乡亲陆续移居南洋各国。到了二战之后，他们中的许多人又从南洋各国转赴欧洲、澳洲和南、北美洲。改革开放以来，随着中国国门大开，八面来风，更有大批闽清人奔赴世界各地，成为新一代华人华侨，他们分布的范围也就更广了。据县外事侨务办公室统计，目前，闽清全县人口32万，其中归侨、侨眷7万人，遍布所有乡镇。海外华人华侨26.5万人，分布世界50多个国家和地区，其中，既有东南亚的马来西亚、新加坡、印尼、泰国、文莱等，也有日本、美国、加拿大、阿根廷、澳大利亚、新西兰、英国、意大利等，他们在海外各地所组建的社团已拥有45个。

一百多年来，闽清人就是这样，一批又一批，一代又一代，从梅溪口出发，沿闽江奔向太平洋，奔向全世界的五洲四海。而所有闽清籍的海外乡亲，有理想、有作为的海外乡亲，毫无例外，都以黄乃裳为自己的先祖、导师与楷模，为自己精神上的一面旗帜。

在黄乃裳的家乡，闽清的父老乡亲也始终以他为荣。早在1945年，县里各界人士就为他建起庄严肃穆的黄乃裳陵园。新中国成立之后，尤其是改革开放以来，历届县委、县政府对黄乃裳的史迹保护、文物收藏及宣传工作都更加重视。1979年，第一座黄乃裳纪念馆在坂东镇建成，矗立黄乃裳铜像，下镶“垂范人间”四字。1996年，第二座黄乃裳纪念馆——规模更大、气势更加宏伟的纪念馆，又在县城的闽江之畔、台山之麓建成。全国政协原主席贾庆林为其大门题匾：“彪炳千秋”。诚然，黄乃裳的丰功伟绩、高风亮节，如同纪念馆四周的高山流水、江风松涛一样，将永远矗立在闽清的史册之上，回荡在闽清人子子孙孙的记忆之中。如今，纪念馆已成闽清县最重要的一处爱国主义教育基地，最受国内外宾客青睐的旅游景点。加上城关原“世纪广场”更名为“乃裳广场”，从城关到坂东，有关黄乃裳史迹的各旅游景点，已连成闽清最具侨乡特色的一条黄金旅游线。

2005年，闽清县黄乃裳研究会成立，此后，对黄乃裳的学术研究逐步深入，相关的文艺创作也渐趋活跃。近年来，闽清县与福州市有关单位合作，先后举办了“黄乃裳与辛亥革命学术研讨会”、“纪念辛亥革命100周年暨黄乃裳学术研讨会”、“闽清县黄乃裳研讨会”，相继出版《纪念黄乃裳文集》《近代伟人黄乃裳》《典藏黄乃裳》等专著，并着手编写《中国近代伟人黄乃裳传记》，筹拍有关黄乃裳生平的电视连续剧。传承黄乃裳的光荣传统、弘扬黄乃裳的伟大精神，已成为闽清县文明建设的一大特色，一大亮点，成为32万闽清儿女实现中国梦的一大精神动力。

二

一百多年来，走向世界的闽清人，以黄乃裳为光辉榜样，勇于开拓、进取、创新，在不同时期、不同国度、不同领域，都对人类的和平、发展与进步做出贡献。他们中的佼佼者，先后成为工商巨子、学界精英、社会名流，成为德高望重的华人华侨领袖。他们的事业如日中天，他们的名字群星璀璨。

限于本文篇幅，且略举当代三例。

例一，正式创立于1990年的世界福州十邑同乡总会，是全球福州十邑籍华人的国际性联谊组织。该会在全球各地拥有46个属会，属下会员总人数涵盖海外300多万福州籍华人，遍布世界107个国家与地区。该会每隔两年或三年一届，择址不同地区轮值主办全球性恳亲大会。如此一个大规模的国际性社团，其会长人选的实力、能力、凝聚力、号召力与影响力可想而知，而让闽清人津津乐道的是，其历任会长多数由祖籍闽清者所当选。如：第一届至第四届会长张晓卿（马来西亚），第六届至第七届会长黄双安

(印尼)，第八届至第九届会长张仕国（马来西亚)，第十届至第十一届会长刘贤威（马来西亚)。他们这四位会长，卸任后还都被聘为永久名誉会长。

例二，福建是全国著名侨乡，长期以来广大海外侨胞情系故土、造福桑梓，积极支持、参与福建改革开放和现代化建设，参与福建经济社会发展。为表彰他们热心公益事业、造福家乡人民的高尚行为，福建省人民政府依据《福建省华侨捐赠兴办公益事业表彰办法》，决定为捐资超一千万元者立碑表彰。在闽清县华人华侨中，受此殊荣者已有五人，他们是：黄双安、许长华、刘会干、杨尚海、黄超。此外，荣获福州市 2008－2009 年度热心公益事业表彰的，又有闽清籍的海外捐资人七位，他们是：黄双安、张仕国、许如衡、许如泉、许如安、方孝忠、俞振旺。其中，黄双安、张仕国还荣获“福州市热心公益事业茉莉花奖章”。2013 年，福州市政府表彰 2010—2011 年度社会各界捐赠先进大会上，刘贤威、张仕国、许如安等三位荣获三等奖。

例三，在闽清县广大归侨、侨眷中，也英才辈出，其中，最著名的，当数祖居云龙乡后垄村的中国科学院院士吴孟超。他是中国著名肝胆外科专家、2005 年度国家最高科学技术奖获得者、2011 年“十大感动中国人物”之一。包括归侨侨眷在内的全县人民，多次掀起向他学习的热潮，至今热度未减。

在以上三例中，黄双安的名字多次出现，笔者与他虽无缘谋面，但却有一次难忘的间接交往，故想在此重点介绍。我最早得知他的大名，是 1989 年第一次到闽清采风之时，那时，台山顶上有七幢小木屋，排列状如北斗七星，因其造型奇特、用料考究（皆为南洋红木），富有异国情调，让我一见难忘。同行的闽清主人说，那是双安别墅，由祖居闽清塔庄的印尼籍华人黄双安所捐建。黄先生是印尼材源帝集团创办人及董事会主席，该集团是一家以木材加工、渔业、农业、矿业为支柱的跨国企业集团，在印尼拥有庞大的林区，为印尼林牧业的支柱企业。黄先生积极推动印尼华侨华人与当地人民的友好，曾多次受到印尼政府及历任总统的褒奖，还荣获马来西亚苏丹王颁赐的“拿督丹斯里”勋衔。1987 年，他首次回闽清寻根谒祖，就慷慨解囊，不但捐建了家乡的塔庄中学、坂尾小学教学楼各一幢、课桌椅 1450 付，还给台山公园增添了这一迎宾别墅。受其感动，我在当年的旧作《梅城三帖》中专门为此写了一帖，在《福建日报》上广而告之。

到了 2002 年，我意外收到由福州十邑同乡总会寄来的一大包函件，打开一看，里头有会长黄双安署名的聘请函及五部华文中篇小说。原来，为褒扬同乡女作家冰心的文学贡献，鼓励世界各地华文文学创作，促进世界各地华人对中华文化的重视与学习，总会自 1996 年起，连续三届举办冰心文学奖，每届只评出一种文体的一部作品，奖金一万美金。首届为散文奖，第二届为短篇小说奖，本届即第三届为中篇小说奖，特聘请我为评审作家。当时，我还在福建省作家协会主席任上，并兼任冰心研究会副会长，对此，既深感荣幸，也深感责任重大，于是，用半个月时间，细心阅读所推荐来的五部中篇小说（其作者涵盖中国大陆、台湾、香港和马来西亚），最后，投给余华的《活着》一票，并认真撰写了评语。此后，该作品果然荣获大奖。黄双安先生还派专人到福州为我颁发“评审作家”纪念盘，那是一个绘有水仙花图案的脱胎大漆盘，上面用金粉烫印着他的亲笔签名。如今，它还置放在我的卧室里，与我朝夕相伴。

从此，我明白，闽清籍的海外大企业家，都和黄乃裳一脉相承，十分重视中华文化的传播与继承。黄乃裳生前曾七次办报，创办 43 所学校，而黄双安也因独资捐建闽清一中新图书馆，在 2010 年他 80 岁华诞时，再次荣获省政府立碑表彰。本次采风，听县侨联同志介绍，一向重视文教、乐善好施的黄先生，如今在中国也身兼多职，他是中国侨联顾问、福州市侨联荣誉主席、天津市政府顾问、中国野生生物保护基金会名誉会长……

可钦可佩，可喜可贺，可圈可点！在闽清人的海外乡亲中，如果说，黄乃裳代表他们辉煌的过去，那么，黄双安等则代表他们光荣的现在。

三

作为著名侨乡的闽清，其外事侨务工作的繁忙程度，可想而知。别的不说，光是近五年来，他们所接待的海外侨胞，就多达 107 批次、4500 余人。

周恩来总理生前有句名言："外事无小事"。作为著名侨乡的闽清县，在历届县委、县政府领导的眼里，侨务工作从来都是全县的一件大事，一件事关经济、文化建设和社会发展全局的大事。而作为联系海外华侨华人、县内广大归侨侨眷的桥梁和纽带，侨务部门更是为此做了大量周到细致的服务工作。他们虽然人手不多，但在全县重点侨区成立了10个乡镇级侨联，65个村（居）侨联小组，形成"广覆盖、多层次、全方位"的组织服务网络。近年来，由于工作出色，在乡镇级侨联中，有两个评上省级"侨友之家"，有3个评上市级"侨友之家"，有3位侨联干部评上市级"侨友之星"。2013年，县侨联主席、外事侨务办公室主任夏忠杰还光荣晋京，出席第九次全国归侨侨眷代表大会。

本次采风，县侨联为我提供一份近五年的工作总结，从中可以看出，五年来，他们在开展海内外联谊活动、招商引资、维护侨益、服务侨捐，以及选派优秀教师到印尼、菲律宾等国华文学校任教等各个方面，都卓有成效。

其中，开展海内外联谊活动，更是闽清县侨务工作的一大创新、一大亮点。五年来，他们不但增强与海外社团、海外侨领及侨界精英人士的密切联系，还着重开展对海外新华侨华人、华裔新生代、华侨华人新社团等侨务的"三新"工作。

最让笔者耳目一新的，是他们与海外社团在闽清联办三期夏（冬）令营活动，先后有100多位马来西亚诗巫华裔青少年参加。其中，头两期为冬令营，分别举办于2008年12月、2010年12月，第三期为夏令营，举办于2013年7月。活动期间，来自国内外的营员结对子同班学习，请老师讲授汉语、方言、书法、美术、剪纸以及古诗词欣赏、楹联知识等，让青少年感受中华文化的博大精深，加强对中华文化的认同感。与此同时，还组织海外营员回各自的祖居地寻根谒祖，参观闽清县博物馆、艺术馆、黄乃裳纪念馆、古民居宏琳厝等名胜古迹和水口电站等大型企业，甚至，还组织他们游览厦门经济特区及武夷山、大金湖等风景名胜区，以增进他们对中国的了解，感受到作为一个炎黄子孙的骄傲与自豪。由于效果显著，深受国内外师生和家长的欢迎，也获得全省侨界和教育界的好评。

本次采风，我有幸读到由马来西亚“诗巫闽清同乡会”编辑的一本画册，题为《第二届2010闽清籍华裔青少年寻根冬令营·感言特辑》。尽管许多华裔青少年的文笔还比较稚嫩，但他们都用纯真的心灵、好奇的目光，真挚而热烈的情感抒写了对中国的观感。读后，如同“冬天里的一把火”，让我心里火辣辣的，请允许我在此摘引若干，与读者共赏之。

代表马来西亚诗巫闽清同乡会一方的“开营主任”黄桂萍，在前言中开宗明义：闽清，是我们先贤的故乡，是我们“根”的所在地。诗巫——闽清相隔万里，但隔山隔海难隔乡情，30位冬令营成员，都是第二代到第四代的华裔，对祖乡没有印象，通过冬令营，回到祖地寻根，了解闽清文化，传承美德，让两地亲情地久天长，代代相传。

第一天（12月20日），当他们从诗巫出发，取道吉隆坡飞到福州，再驱车来到闽清营地时，已是10摄氏度的子夜，从赤道而来的他们又冷又饿，但22岁的刘必意却十分动情地写道：“当地领导为我们准备热乎乎的鼎边糊，第一餐宵夜，已让我感到十分贴心和温暖。”

第二天，开营式之后就上汉语课。全营年纪最小、12岁的池信洁惊喜地写道：“老师给我们讲了中国的历史，讲了许多关于中国的故事，让我学到了许多知识，我觉得我很庆幸！”爱读小说、20岁的郑宗芳对书法课情有独钟。她说：我知道了各种类型的毛笔，有狼毫、羊毫和兔毫，我还知道最原始的汉字是甲骨文，刻在龟壳上，当我学会如何运用毛笔写出楷体字后，就可以改变我平时的书写习惯，让字写得更端正更整齐。爱唱歌、22岁的刘明慧则对剪纸课印象最深：老师和闽清职专的同学教我剪红双喜的“囍”字。原来，只要掌握技巧，剪纸并没有想象中那么难，虽然下课了，但每个同学都不愿意离开教室。我想，等姐姐哥哥嫁娶时，我一定要学以致用，为他们亲手剪个“囍”字。

回祖居地寻根谒祖，更是让华裔青少年心情激动。祖居金沙、22岁、爱打篮球的帅小伙黄俊霖说：“这一刻，我一生都不会忘记，心里有一种无法用字笔写出来的心情，这就是亲情吧！”祖居坂东四乐轩、23岁的刘子盈说，前人种树，后人乘凉，没有祖辈们的刻苦耐劳及不辞辛劳的奔波，我们这些后裔怎能会有现在舒适的生活呢！

短短十天的冬令营很快就结束了，在结营的文娱联欢晚会上，来自马来西亚的营员演唱了《用马来西亚的天气说我们爱你》等精彩节目，并邀请中方的同学一起跳起了马来西亚的舞蹈《POCO—POCO》。次日，依依惜别之后，他们又第一次坐上动车——迄今，在马来西亚尚未见到的动车，前往厦门特区参观。16 岁的林于翔写道："厦门，这名字我早就听说过了，现在终于让我开了眼界……仿佛到了世外桃源，放眼望去每个画面都是那么的诗情画意。"14 岁的刘会锦写道："现今的中国发展迅速，日新月异，我以自己是龙的传人引以为傲!"17 岁的黄礼荣写道："中国，我爱你，因为我是中国人的后裔。"13 岁的刘怡伶则放眼未来："我希望下次还有机会可以参加这项活动，也希望这项活动可以一直继续举办下去。"

是的，我相信，闽清县这一富有创意、深受欢迎的夏（冬）令营必将越办越好，让更多的华裔青少年享受这一亲情之旅，让他们长大之后，都能为传播中华文化、增进中国人民同世界各国人民友谊，构建丝绸之路经济带和 21 世纪海上丝绸之路，实现美丽富强的亚太之梦，做出杰出贡献。

2014 年秋

长征，从这里出发

一个人，一个大写的人，一个顶天立地的人，一个像钢铁、像岩石一般坚强的巨人！

他，高高挺立在宁化县县城南端入口处的广场之上，挺立在中国革命光荣的史册之上，供千秋万代后人所瞻仰。

这座广场，这座占地8000平方米的广场，全称为“宁化县红军长征出发集结地纪念广场”。

这座纪念碑，这座高达23.68米的“人”字形纪念碑，就屹立在广场的正中央。

四根方形的冲天大柱，以钢筋混凝土和黑色大理石的最佳组合，以其峥峥硬骨、凛凛风姿，从东西南北四个方向略带倾斜地升向高空，并在顶端会合处，共同擎起一个巨大的红五星。由于视角上的原因，任何观众从任何方向前来瞻仰，都只能望见四根大石柱中的两根，紧紧倚靠成一个巨大的“人”字。

今天，我就站在这位巨人的脚下。抬头仰望：蓝天，白云，红五星。在初冬的暖阳下，巨人头顶的红五星，闪闪发光，显得特别耀眼。

站在我身边的陈端——宁化县革命纪念馆的女馆长，用满带自豪的语气向我介绍：

这座广场，这座纪念碑，诞生于2005年，时值中央红军长征胜利七十周年。为纪念中国历史上的这一光辉节日，人类历史上的这一伟大奇迹，宁化县人民政府邀请广州美术学院的专家进行整体设计，并在“山海协作”方晋江市的大力支持下，在县城的南大门，在奔流不息的翠江之畔，把它一举建成。其中，四根冲天大柱，喻指当年中央主力红军长征时在全国的四个起点县，它们分别是：福建的宁化、长汀；江西的瑞金、于都。碑顶的红五星，则是当年中国工农红军的军徽……

显然，我头顶上的这位巨人，正是一位头戴红军军帽的战士。他，正是从这里，从誉称“中央苏区乌克兰”的红色土地上，踏出二万五千里漫漫长征路上的第一步……

在陈端的引领下，我绕着纪念碑环行一圈。

碑下，既有言简意赅、朗朗上口的碑文，也有精雕细刻、栩栩如生的人物群雕，再现当年宁化儿女踊跃参加红军长征、一往无前献身革命的动人场景。陈端说，这组铜铸的人物群雕，高 8 米，宽 6 米，由厦门大学艺术公司承制。

这时，我听见近旁传来潺潺的流水声。那是翠江的一条支流，从广场的中央，从红军巨人的脚下穿过。

水声潺潺，岁月悠悠……

此时此地，此情此景，不能不让我的思绪回溯到 70 多年前，那战火纷飞、鲜血染红的岁月……

1933 年 10 月，国民党反动军队对中央苏区发动大规模的第五次军事“围剿”。以王明“左”倾冒险主义为代表的党中央反对毛泽东“诱敌深入”的战略方针，命令红军全线出击，结果屡遭重创。12 月中旬，中央主力红军不得不从白区撤回中央苏区，转入战略防御。然而，“左”倾冒险主义者又错误地实行防御中的保守主义，强令部队处处设防，节节抵御，展开阵地战，以至于红军数量急剧减少，根据地日益缩小，斗争形势越来越严峻。到了 1934 年 9 月，历时一年的第五次反“围剿”斗争终于失败。原中央苏区的 21 个县，至此，仅剩下赣南的瑞金、兴国、于都、宁都、会昌、石城和闽西的宁化、长汀等 8 个县。而数十倍于我的国民党军队，正以堡垒战术，步步紧逼红军，步步蚕食中央苏区，情况万分危急。

在此险恶的形势下，我军被迫实行战略大转移。10 月 6 日，中革军委向驻守宁化的中央红军各主力部队发出三封密电，命令其将防务移交地方红军和游击队。当时，驻守宁化的红军共有 1.4 万人，占中央主力红军总兵力的百分之十六强。其中，红三军团第四师及军团医院驻守淮土凤凰山，少共国际师一个团与军委直属炮兵营驻守淮阳、隘门，红九军团后方机关驻守上下曹及滑石一带。接到命令后，他们分别从驻地出发，或取道石城，或取道长汀，向江西的瑞金、于都方向集结。从10月16日开始，中央主力红军总共八万六千余人，先后渡过于都河，向西突围，突破敌人的第一道封锁线，撤离中央苏区，开始举世闻名的二万五千里长征。

当年，作为“中央苏区乌克兰”的宁化县，全县人口只有13万，先后报名参加红军的就有一万三千人，几乎占全县人口的十分之一、全县青壮年中的近一半。其中，在家乡宁化就地入编驻军，并随军出发参加长征的，就有三千多宁化子弟兵。他们，有的在红三军团的第四师，有的，则刚由原福建省军区独立第七师改编成红五军团第三十四师。

军情十万火急，告别家乡和亲人的日子突然逼到眼前。许多戴着草帽、穿着草鞋，刚刚放下锄头镰刀，刚刚穿上军装、拿起步枪的宁化儿郎，就背上父老乡亲们为他们准备的军粮，匆匆踏上征程。他们，甚至还来不及通知年迈的父母双亲，来不及吻别恩爱的妻子和襁褓中的婴儿，就以急行军速度撤离苏区，他们，只能怀着依依不舍的深情，向家乡的层层梯田、缕缕炊烟挥手告别………

其实，对于他们中的绝大多数人来说，这一去，不是告别，而是永别、诀别，是人世间最悲壮的生死之别。因为，正是他们所在的红三军团第四师、红五军团的第三十四师，在长征途中担任全军最艰巨的前卫和后卫任务。他们，将在敌人的重重包围之中浴血奋战，不惜用自己年轻的骨肉之躯，为全军的突围铺垫出唯一的一条生路。

湘江，黑雾浓浓的湘江，恶浪滔滔的湘江，战火煮沸的湘江，鲜血染红的湘江！

1934年11月底至12月初，就在红军从宁化出发短短一个多月之后，爆发于广西、湖南两省交界处的湘江之战，是红军长征途中历时最长、规模最大、战斗最激烈、损失最惨重的一战。这一战，红军在三十万敌军的重重包围下，虽然强行西渡湘江，撕开了敌人的第四道封锁线，粉碎了蒋介石聚歼红军于湘江东岸的企图，但却也带来极为惨重的损失，战役结束时，全军人数从长征出发时的8.6万多人，锐减至3万多人。

其时，奉命留守湘江东岸，为全军担任殿后掩护任务的，是红五军团第三十四师，全师指战员5000多人，绝大多数为包括宁化在内的闽西籍子弟兵，其中的一个团，又几乎全都是宁化人。他们以一个师的兵力，英勇狙击，殊死血战，打退强敌的无数次疯狂进攻，为主力红军争取了宝贵的过江时间。但完成狙击任务后，湘江两岸的所有渡口、所有船只已完全被敌人所封锁、所控制。渡江无望，他们只好返身孤军苦战。此时，东岸到处都是敌人的桂军、湘军、中央军及广西民团。他们把对红军的仇恨，全都集中发泄到红三十四师身上。面对敌军的重重包围，红三十四师在师长陈树湘的带领下，一次次突围受阻，一次次惨遭伏击，一批批战友倒了下去，又一批批战友站了起来，一路砍杀，一路牺牲，直到弹尽粮绝，全师覆没！

12月9日，年仅29岁，坚持战斗到最后一刻的师长陈树湘，因腹部重伤不幸被捕。在敌人的担架上，他毅然用手伸进自己腹部的伤口，绞断自己的肠子，以最决绝的方式来结束生命，来实现他此前的誓言："为苏维埃流尽最后一滴血！"

惊天动地、可歌可泣的湘江之战，历来是我军军史、我党党史的重要研究课题。然而，千军万马混战之时，飞机大炮轰炸之际，血染湘江的许多红军指战员甚至没有留下姓名，因此，有关他们英勇战斗、壮烈牺牲的种种细节，也大多淹没在时间的长河和历史的云烟之中。

然而，党和人民没有忘记他们，共和国没有忘记他们！

今天，我们仍然可以从各地红军墓的墓碑上，从各处纪念馆所搜集到的革命文物中，从亲历长征全过程的老红军们所口述或所撰写的回忆录里，寻找到他们的踪迹，想象他们当年血战的惨烈，以及在数十万敌军围追堵截之中孤军奋战的无私无畏与英勇顽强。

例如，杨成武将军在《忆长征》中回忆他20岁时所亲历的湘江之战，至今读来还令人惊心动魄："敌人像被风暴摧折的高粱秆似地纷纷倒地，但是打退了一批，一批又冲上来，再打退一批，又一批冲上来。从远距离射击，到近距离射击，从射击到拼刺，烟尘滚滚，刀光闪闪，一片喊杀之声撼山动地。"

又如，为数不多的红军作家之一陈靖，在《湘水黔山》中如实记载："血染十里溪""河底遍尸体"。为悼念红军烈士，湘南与黔北湘江两岸的当地老百姓，"三年不食湘江鱼"！

前些年，在中央电视台热播的电视连续剧《长征》中，还有这样令人难忘的镜头：当被排挤出党中央的毛泽东，带病随军长征的毛泽东，挤在混乱的红军队伍中，好不容易从摇摇晃晃的木桥上横渡湘江后，暂时驻足西岸，回望后续部队的渡河情况。当他听到红三十四师被敌军团团围困在湘江东岸，无法突围过江，只能孤军死战，很可能全军覆没时，他脸色陡变，无比痛心地反复叨念："我的三十四师啊，我的三十四师！"

当然，作为文艺作品的电视剧创作，在尊重历史真实的前提下，允许对一些细节进行合理和必要的想象和加工。毛泽东当年是否如是说，也许在史料上难以找到准确的记载，但剧作家借特型演员之口，替忧心如焚的毛泽东所念出的这一段台词，却表达了红军全体指战员对英雄三十四师的无限痛惜之情，深深打动了全国亿万观众。

2005 年 10 月，原中央党史研究室副主任石仲泉在宁化县调研时，曾深有感触地说："没有宁化子弟兵在湘江战役中的巨大牺牲，长征的历史有可能要重新书写。"而在此之前，曾在湘江之战中幸免于难的开国将军韩伟，也在他晚年的回忆录中，深情地说："如果没有湘江战役，如果红三十四师能到达陕北，那全国闻名的将军县就不单只有湖北的红安县了……"

然而，历史就是历史，它再沉重，再严酷，再令人遗憾，再令人痛心，也无法改变，无法重写。好在宁化儿女为红军长征，为革命胜利，为共和国创立所作出的重大牺牲和贡献，至今并没有被人民所忘记。本次采风的第一天，现任宁化县委书记肖长根就告诉我们：

在长征途中，红军每前进一公里，就有约三名宁化籍战士永远倒下。能走完长征全程，胜利抵达陕北的宁化籍红军战士，只有幸存者 58 人，到了全国解放，健在的宁化籍老红军仅有 28 人。宁化儿女用宝贵的生命和鲜血，为中国革命写下了悲壮的历史篇章。

此后，在参观宁化县革命纪念馆时，女馆长陈端又向我们作了更详细的介绍：在长征途中，包括血染湘江等历次恶战，也包括在爬雪山、过草地过程中所牺牲的宁化籍红军指战员，其总数大约为6600多人，但由于各种原因，新中国成立后能正式列入国家民政部《革命烈士英名录》的，有名有姓有地址的，只有3305人。其中，师级干部3人，县团级干部15人，营级干部74人。其余，都是难以查寻和实证的无名英雄……

这时，笔者忽然想起：著名作家魏巍，曾在他晚年的长篇小说中，以“地球的红飘带”一词，来比喻中国工农红军的二万五千里长征。那么，这条红飘带上的每一丝每一缕，也都浸染有宁化儿女——包括有名或无名的宁化儿女，那斑斑点点永不褪色的热血！

1955年，中国人民解放军正式实行军衔制。当时还健在的三位宁化籍老红军，三位身经百战、战功赫赫的红军将领——张新华、张雍耿、孔俊彪，被授予少将军衔。作为开国将军，他们的英名永载史册，永远成为宁化人民的光荣与骄傲。

今天，我站在宁化县红军长征出发集结地纪念广场之上，久久抬头仰望“人”字形的红军纪念碑。蓝天，白云，红五星。作为当年红军军徽的红五星，依然在我的头顶、在我的心中闪闪发光。

我想，不论是开国将军，还是普通士兵，不论是革命烈士，还是无名英雄，他们都是宁化人民——也是中国人民最优秀的儿女，他们都是大写的人，顶天立地的人，像钢铁、像岩石一般坚强的巨人！

当年，长征从这里出发，为的是中国人民的解放事业。

今天，新的长征又再度启程，为的是实现更加雄伟壮丽的中国梦。

我深信，伟大的宁化老区人民，必将发扬革命传统，争取更大光荣！

2014年冬至2015年春

后 记

最近，我常常梦见我的拐杖丢了。

为了赶上采风团的队伍，我万分着急，沿着弯弯曲曲的小路，满山遍野寻找它。我跑啊跑啊，跑到一条山涧边上，一纵身便跳了过去……

醒来了，我暗自发笑：假如我能跑能跳，还找拐杖干吗？

说来，我和拐杖相依为命已经七年多了。七年前，也就是我 65 岁那年，一向健步如飞、见山就爬的我，莫名其妙摔倒好几次，且每次倒地的方向，都像马雅可夫斯基的诗句："向左，向左……"到医院一查，方知我腰椎的骨髓里有一些多余的东西，正在压迫神经，造成下肢麻木、僵硬，且左脚尤甚。于是，我遵照医嘱，开始以拐杖助步。好在那时福州有一个展销会，在一家卖木雕工艺品的摊位上，有一根来自台湾阿里山的藤木拐杖，木质的本色中呈现出虎皮状的斑纹，并带有几个自然生成的疙瘩，让我一见钟情。台商开价一百元，我回他"六六大顺"，于是，立马成交；于是，这根拐杖就成为我晚年寸步不离的伙伴。

就在这一年，即 2007 年，福建省炎黄文化研究会和福建省作家协会联合组织采风团，开始"走进海西"纪实文学丛书的采写工程。由于每到一县，都必须为该县出一本书，全省县（市、区）多达 80 多个，这一浩大的工程不知何年何月才能完成？怪病缠身、行走不便的我，能否到这一工地打工？我不免犹豫彷徨。然而，时代在召唤，生活在召唤，一向视文学为第二生命的我，还是鼓起勇气、拄着拐杖报名参加采风团，参加这一堪称福建当代史上前所未有的文学长征。好在有这根拐杖助步，我总算平平安安地从 65 岁走到了 70 岁。这五年间，我跟随大队人马，先后走进 28 个县市，完成 28 篇纪实文学作品。然而，天有不测风云，就在我即将跨进 70 岁的门槛时，却在厦门翔安一家宾馆的大堂里摔了一跤，这一摔，拐杖飞出去了，左腿挂了彩，踝关节也随之肿起了大包。有道是“伤筋断骨一百天”，我不得不坐上轮椅。

初试轮椅，我立马发现它的好处和坏处。好处是进退方便，旋转自如，可让疼痛、麻木和乏力的双下肢充分休息。坏处是太舒服了，太容易习惯了，若一味沉醉在它的怀抱里，今后很可能就站不起来了，就再也不能出门远行、参加采风了。于是，一百天过后，我当机立断，忍痛割爱，把它暂时封存起来。

刚好，有位亲戚从美国回来，带给我一架助步器，四条腿，全用不锈钢制成，我推着它在平地上徐徐前行，再也不怕倾斜跌倒了。当然，它只能用在无障碍的平路上，要是遇到阶梯，就无能为力了。我家住在没有电梯的六楼，出门时，先要下96级楼梯。这时，我先把助步器折叠起来，挂在肩膀上，然后，一手拄着拐杖，一手扶着栏杆，慢慢挪动双腿，倒退着下楼。拐杖和栏杆，减轻了我双膝的压力；倒行的姿势，又让我身体的重心能保持稳定。下楼后到了平地，我把拐杖勾住脖子，再把肩头的助步器取下，打开，于是，借助其前两腿底部的滑轮，后两腿底部的摩擦力，既可徐徐向前推进，又可在必要时止步暂停。我的这种出行方式虽然很笨拙，但毕竟安全、稳妥，不必再担心摔跤了。由于我出门时，共需动用七条腿——父母给的两条原始腿，外加拐杖一条腿、助步器四条腿。好啊，总共七条腿！有道是人生七十古来稀，古稀之年的我，居然同时拥有七条腿，显然，这比别人富足多了，于是，我便乐呵呵地自号为“七腿翁”。

转眼间，又两年过去了。作为“七腿翁”的我，照样参加采风团，照样开眼界、长见识、接地气，为12个新走进的县（市、区），提交了12篇新作品。特别让我感到欣慰的是，今年夏天，72岁的我，居然还能凭借七条腿，一步一拐地走进白水洋，填补了我走遍八闽山水旅游地图的一大空白，实现了多年的夙愿。

如今，我的这些作品有幸能结集出版，考虑到它们都是七年多来，我借助拐杖和助步器，一步一个脚印地从采风路上采来的，来之不易，所以就把它取名为《策杖走四方》。所谓“策杖”，其实也就是“拄拐”的意思，只不过它显得古雅一点，多了几分主动与洒脱，少了些许尴尬与无奈。

当然，我这一“策杖”者之所以能“走四方”，还要归功于时代的大变革，归功于生活海洋汹涌澎湃的涛声对我的声声呼唤，归功于全体团友、全体被采访对象对我的鼓励和鞭策、关爱和照顾。我忘不了在厦门火车站，因电梯“正在维修中”，大家不得不各自拉着行李箱挤进即将开动的车厢时，何少川团长逢人就问“看见章武上来了没有？”我忘不了在武夷山的大红袍树下，当我一脚在石阶上踩空时，是比我年长的季仲兄一下子把我抱住。我忘不了林思翔和陈云晖，他们每到一地，总是关照当地主人，要把我作为重点保护对象，尽可能提供方便。我忘不了全体团友，每当长途汽车开动时，大家总是把最方便的位置让给我。我忘不了在龙海采访荔枝海时，天降大雨，在又湿又滑的登山石阶上，副乡长提出要背我上去，我尽管婉言辞谢，但却热泪盈眶。我忘不了在清流赖坊采风时，一位驻村干部见我在鹅卵石路上举步维艰，便用摩托车载我进村，一下车，又有一位老大娘往我口袋里塞满了最好吃的赖坊花生。总之，在采风路上，不知有多少我认识或不认识的朋友都来助我一臂之力，其中，也包括一批年轻的各地文友，他们既是我的向导，我的保镖，也是我的心理医生，总是在我最困难的时候为我加油。永定的胡赛标、东山的林定泗、仙游的王清铭、柘荣的周贻海、屏南的禾源，甚至还在网上和报刊上发表文章，对我进行鼓励。当然，我也不能不提及我的老伴汪兰，她不是以照顾我的家属身份，而是以同样接受写作任务的团友身份，伴我一路同行。每当出门时，她总要一个人提着两个人的行李，每当我进出陌生的卫生间时，她总要在门口守着，以防我发生意外……

总而言之，没有时代的感召，没有生活的厚赐，没有集体的搀扶，没有老伴的照料，我的晚年不可能有这本书的收获。我常想，生活是创作的源泉，作为一个作家，理应一辈子与时俱时，走在人民大众的队列之中。尽管我这“七腿翁”垂垂老矣，走得很慢，很吃力，姿势也不够优雅，不够潇洒，更不知道自己还能走多久，走多远，但只要我还能挪动脚步，我就应该继续向前。

按照古希腊神话的说法，人生可分为三个阶段，即四条腿爬行的幼年阶段、两条腿勇往直前的青壮年阶段，借助拐杖三条腿蹒跚前行的老年阶段。而我，十分荣幸，在经历以上三个阶段之后，居然又有了当前“七条腿”走路的第四阶段。我还想，今后，当我站不起来时，我还有坐轮椅继续走路的第五阶段。最后，当我只能躺在床上时，我还可以卧游天下，那将是不用腿，而用思想走路的人生第六阶段。

由于病痛，我比健康者拥有多一倍的人生六个阶段，为此，我感到十分富有。

生命不息，行者无疆。只要人生的每一个阶段都在路上，沿途的风景就无比精彩。

当下，我唯一的愿望就是：不再做梦，不再丢掉拐杖。

2014 年冬，福州，金山，骥斋